在路上

高晓春 著

中国书籍出版社

图书在版编目（CIP）数据

在路上 / 高晓春著. --北京：中国书籍出版社，2024.10. --ISBN 978-7-5068-7937-8

Ⅰ．I267

中国国家版本馆 CIP 数据核字第 20243CK934 号

在路上

高晓春　著

图书策划	许甜甜　成晓春
责任编辑	张　娟　成晓春
装帧设计	书香力扬
责任印制	孙马飞　马　芝
出版发行	中国书籍出版社
地　　址	北京市丰台区三路居路 97 号（邮编：100073）
电　　话	（010）52257143（总编室）　（010）52257140（发行部）
电子邮箱	eo@chinabp.com.cn
经　　销	全国新华书店
印　　刷	四川科德彩色数码科技有限公司
开　　本	880 毫米×1230 毫米　1/32
字　　数	225 千字
印　　张	8.875
版　　次	2024 年 10 月第 1 版
印　　次	2024 年 10 月第 1 次印刷
书　　号	ISBN 978-7-5068-7937-8
定　　价	59.00 元

版权所有　翻印必究

构筑普通人"精神家园"

——高晓春散文集《在路上》代序

王啸峰

翻阅《在路上》90多篇散文时，我脑海里时不时浮现出作者高晓春的身影。每年，江苏省电力作家协会都办培训改稿会，邀请全国著名文学期刊编辑现场指导、点评、授课。会员作品集中都有高晓春作品。而我与他的接触沟通也仅限于协会会议。这些年下来，我记住了一高一矮两位苏电老作家，他俩总是结伴而行，微笑朴实，轻松来去。矮个子是淮安韩永宏，高个子便是扬州高邮高晓春了。《在路上》文如其人，向读者全景式展现出一位基层作家、基层电力员工丰富的内心世界。

经过近十年的发展，江苏省电力作协已发展到180多名会员，拥有10名中国作家协会会员，多次获得省级以上各类文学奖项的基层文学组织。其基础正是高晓春等持久地在文学园地耕耘的苏电作家们。高晓春是谦虚低调的。当扬州作协周荣池主席联系我时，我才知道这本散文集即将面世。作家要得到读者肯定，是要用文字来说话的。高晓春文字有鲜明特色，以中国传统文化、道德观念为魂，深扎于家园、故土、行业等基层单元，以一个个凡人小事构筑起作家的"精神家园"。

这是高晓春的第一本散文集，他今年已经59岁了。积累起

13多万字作品，小伙子已变成快退休的老人。以费尽大半辈子写作心血的作品出版，向自己职业生涯道别，开启人生新旅程，既有点感伤，又是一件极具意义的事。高晓春一直在高邮农村供电所工作，与地域、职业相关，这些文章总以贴近普通人和事的真实面貌呈现给读者，质朴得像一湾池塘、一段导线。每篇文章后的标注，让读者了解到作家的写作成果。作品刊载于《中国电力报》《国家电网报》《脊梁》《解放日报》《青春》《扬州日报》等报刊，并被《散文选刊》等选载。凭借这些作品，高晓春成为中国电力作协会员、江苏省作协会员。

  《在路上》始终贯穿着一条主线，那就是寻找并构筑起普通人的"精神家园"。高晓春是普通的，却也不平常。当大家都热衷娱乐时，他痴迷于青灯黄卷，在枯燥文字间跋山涉水，尽其所能还原一个个生活真相。不断地以作品中体现出的世界观、人生观、价值观勉励自己，就是在步步紧趋、环环相扣的实践、认知循环中，为人、作文相互促进。高晓春思想根源来自他父亲，一位普通的乡村教师。父亲的形象也在他的多篇文章中出现。而我认为，父亲给予作家的精神力量，隐藏在每篇文章字里行间。父亲写得一手好柳体字，写下了"忠智礼义传家宝，友善诚信处世风""名利淡如水，事业重如山"等家训。父亲博学多才，传授传统礼节、礼仪；通过"尾生抱柱"故事，说明坚持诚实守信的重要；还借说蝉的前世今生，教育孩子珍爱万物、善待生灵。这位农村老知识分子身上中国传统文化血脉，流淌到高晓春血液里。散文集中另一位重要人物是作家的母亲。她是现实生活"行为规范"：把最好的留给孩子、不浪费一粒粮食、承担农活和家务活毫无怨言。高晓春深情地写道："目不识丁的母亲虽说不出'谁知盘中餐，粒粒皆辛苦''成由俭来败由奢'，却在一粥一饭里传承着厉行节约、反对浪费的家风。"

高晓春把对父母、长辈的深情厚爱延伸到故乡高邮。而高庙圩又是他心中那枚"小小的邮票"。他把故乡故事写下来,"邮寄"出去,让更多人了解生他养他的地方。他写村庄旧事"抬房子",别具特色。"事先将房子砖头或土墼清除干净,变成只有屋面茅草(那时砖瓦房子罕见)的半裸房,然后用绳索将柱子从上到下横向捆绑三道,再用大小木杠支撑着好梁柱,在保证屋面无破损、架构不变形的前提下,通过人力将房子抬到预定位置。""几十个人抬着房子这样的庞然大物,喊着'嘿呦嘿呦'的劳动号子,步调一致地经过麦田或跑道……不到50天时间,分散在高谢村的308户房子,竟然神奇地飞到南北新庄台上了。"这是特殊年代村民们做出的"惊天动地"的事情。而作家更多的是记录身边小事。在散步、学车、上网、旅游、读书买书、过年过节等过程中,都能触发他的创作灵感。对内,他回忆、自省;对外,他助人、豁达。也让我由衷感慨基层作家写作之不易。高晓春在供电所一线度过了整个职业生涯。纵观90多篇散文,电力元素时常出现。他写自己在农村抄表,在所里搞班组建设、技术革新,写身边的先进典型、劳动模范、廉洁榜样,都付诸真情,读来令人亲切感动。

  高晓春是一名基层作家,又是一位非常用心的作家。当前,各级作家协会都将培养、扶持的重点放在年轻作家身上。的确,年轻作家是文学发展的未来和方向,却也不能忽视像高晓春这样的年长作家,因为他们是作家群中的基石,基石是至关重要的。失去了基石,任何建筑都会塌方。高晓春应该往什么方向继续着力?并不能因为出版散文集,或退休而搁笔,想必他也不会。因为写作是一辈子的事情。他可以借结集出版的东风,投入更多精力,发挥自己所长,从"多面开花"向"深度写作"过渡。"深度写作"是要深挖高邮某一领域历史、艺术、民俗掌故,实现写作在题材、体裁上的突破。

  《在路上》也是凯鲁亚克的著名小说。穿越美国大陆期间，凯鲁亚克将唐代诗人寒山作为精神导师。自由、反叛和对物质主义的摒弃，成为美国"垮掉的一代"的鲜明标识。其实，高晓春也写了"穿越之旅"，只不过他穿越的不是具象的大陆，而是岁月长河。他用文字向读者表明：人生就是跨越无数道沟沟坎坎，最终构筑起"精神家园"，获得内心平静与安宁。

2024 年 6 月 13 日

（作者系中国电力作家协会副主席、江苏省电力作家协会主席）

目录
CONTENTS

第一章　故土家园

故乡在哪里　　　　　　　　　　　| 002

留恋老屋　　　　　　　　　　　　| 011

老家的端午　　　　　　　　　　　| 014

童年中秋　　　　　　　　　　　　| 016

村头救鸟　　　　　　　　　　　　| 018

童年"支农"　　　　　　　　　　| 020

家乡的路　　　　　　　　　　　　| 022

小年的味道　　　　　　　　　　　| 024

"三十晚上"那些事儿　　　　　　| 026

清明迁坟茔　　　　　　　　　　　| 029

一棵金桂树的故事　　　　　　　　| 032

运河边的灯　　　　　　　　　　　| 035

那片土 | 039
负暄的日子 | 042
我的知了情结 | 045

第二章　永恒亲情

父亲的礼节课 | 048
一粥一饭当思来不易 | 053
母亲 | 055
父亲的园丁纪念章 | 058
叔父的"唠叨" | 061
我的舅父 | 065
看望岳母 | 068
二爷 | 070
送别 | 073
送女入学记 | 075
春联中的家训 | 078
难忘补丁衣 | 080

第三章　自在之旅

探访韩文公祠 | 084

有一种生活叫周庄	087
骊山探幽	090
吟唱《垓下歌》的悲情英雄	093
武汉散记	096
运河上的浮玉	100
瞻拜隋炀帝陵	102
庐山游记	104
云南见闻	107
登山记	115
书屋偶遇	117
带给灾区的希望之光	120

第四章　雪泥鸿爪

特殊的勋章	124
"好人"难有"好梦"	127
教坛六十载　园丁情悠悠	130
舞台的脊梁	133
"电力援建能手"诞生记	136
抄表那些事儿	139
这边的风景依然美	142

那年，我在电杆上吃月饼	144
怀念老李	146
我的世界里，少了一个你	148
青春，在竞赛中叠彩	153
不倒的劳模	156
迟到的红玫瑰	160
那晚，出租车上	163
结缘电力的老兵	166
生活的强者	168
意外的微友	170
把最好的给你	172
善意的恐吓	174
寒夜偶遇	176
遥想郑洪杰老师	178
找到"走友"	181
老师，您慢些老！	183
老何的生活故事	186
差距	188
不会营生的装修工	190
在援藏中感悟幸福	193
一本有故事的书	196

第五章　思绪风铃

心灵的距离没有远去	200
我步行，我快乐	202
学车记	204
闲聊"朋友圈"	208
新年，奔向更好的自己	210
时光从不等待	212
以书为伴，滋养心灵	214
至味人生	217
电脑的"自白"	219
我的电视情结	222
叩开幸福之门的金钥匙	224
但愿天天都是"读书日"	227
最美不过是"邱兵"	229
也谈喝酒	231
抉择	234
扣子	237
小马和老马	240
贤内助	243
连环计	246
患者心中的"北斗星"	249

从头再来		252
龙卷风之后		255
王进,我为你自豪!		258
尴尬的生日宴会		260
抢红包		262
月上柳梢头		264

后记 | | 267

第一章 故土家园

故乡在哪里

一

昨夜，我做了一个梦，梦见故乡了。我的故乡叫高庙圩，关于高庙圩的故事在梦境中鲜活起来，梦中的我踯躅故乡的村头，又见弯弯的小路，宁静的村庄，清清的河水……

传说很久以前，村子在盐河以东。村子东面有个距高邮南门管驿巷（今盂城驿）约十里远的十里尖小镇，这里有四百多户人家。小时候，听乡贤说，这里多为农民，祖祖辈辈靠种田吃饭，可这里的农民最怕水灾。有时一场暴雨，因地势低洼，常被洪水淹没，导致农民颗粒无收。种下去的庄稼是农民的希望，于是，村子里的长者请了高邮城内一位叫高魁的先生。高先生听后，皱了皱眉头，说此事非同小可。他随即起身，戴上礼帽，和长者出门。他顾不上休息，连忙取出罗盘，深邃的目光来回审视。然后，他抹了抹胡须，环顾四周，手指在罗盘上轻敲几下，转身粲然一笑说，这是块风水宝地啊，日后必有贵人出现。几个庄稼人听了面面相觑，半信半疑。接着，高先生在长者耳畔低语，不妨在圩内地势低洼的赵大庄建一寺庙，在四时八节贡奉鱼肉、果品、糕点等祭祀水神，祈求护佑，并每日敬香。为达到标本兼治的效果，高先生还嘱托，还需在河边筑圩，以防不测。

当地百姓深受水害，各户人家自发安排青壮年劳力，在没有任何机械的年代,硬是通过锹挖、担挑、肩扛、人推、人抬,建起了寺庙。清晨,天空还没有露出鱼肚白,圩上就响起"嗨哟嗨哟"的劳动号子,那是他们战胜自然,对美好生活向往的冲锋号;薄暮,明月照着他们疲惫的身影,他们一步一个脚印地往圩上填土、夯实地基……他们以愚公移山的精神,以精卫填海的斗志,历经三年,终于建成9.05千米长、3.5米高、2.5米宽,依南面香沟河,北边南澄子河,西边盐河的圩堆。圩堆建成后,高庙圩这块风水宝地,从未淹没过,就连1931年的江淮大水,1991年的特大洪水,1998年的长江水灾,高邮境内多处被淹,高庙圩(高谢村)也岿然不动,百姓安然无恙。

后人念念不忘高先生的善举,便将圩子称为"高庙圩"。

二

1931年8月26日凌晨,高邮大运河多处决堤,致使高邮城内近7.7万多人死亡,上了年纪的高邮人一定不会忘记!掩卷沉思,这是洪水给人们带来的深重灾难,也国民政府的腐败无能的例证之一。

洪水瞬间决堤,有人被冲走,失去生命;有人梦中惊醒,顾不上带上家什,忙着死里逃生。有个高姓青年与洪水搏斗了一天一夜,最后逃到十里尖小镇。镇上的乡亲们见他生得眉清目秀,文质彬彬,说话知书达理,便收留了他。青年的家被洪水淹没了,家人生死未卜。为了生计,他只能背井离乡,靠教私塾微薄的收入养活自己。就是他给这面朝黄土背朝天、世代日出而作日落而息的农民送来了儒家文化。

"人之初,性本善;习相近,性相远""哀哀父母,生我劬劳""或饮食,或坐走,长者先,幼者后""学而时习之,不亦说乎""学而不思则罔，思而不学则殆……"简陋的私塾里响起读书声，在 20 岁的高先生的领读下，这些耳熟能详的儒家经典句子，飞入寻常百姓家，滋养着他们干涸的心灵，让他们知道知识的力量。

他叫高芳，晚年得子，经常戴着一副老花眼镜，穿着灰色的中山装，步伐稳健。这位被人们尊称为"高先生"的老人是我的父亲，从事教育事业半个世纪。

今春，我遇见已退休回到村里的年逾七旬的严乡长，德高望重的他感慨地说："那年代，村里几乎都是文盲，你父亲在村里教了一辈子书，先是教私塾，后来当了人民教师，像我的父亲、我和儿子三代人都在他手上读书。《三字经》《弟子规》《诗经》《论语》这些至今我还能背不少呐。"严乡长饶有兴趣告诉我父亲手执教鞭、激昂文字的样子，还告诉我，父亲那手漂亮的粉笔字，他始终记得。

严乡长的话让我想起十年前老家动迁时，我们在清理橱柜时找到了一枚沾染灰尘的椭圆形纪念章。它镀着金边，中间是红底，一棵绿树，树干两侧写着数字 25 和拼音 YD 依然醒目。这是 1983 年全国教育工作委员会赠予父亲的教龄 25 年荣誉纪念章。

我七岁开蒙，剪着童花头、扎着小辫子，在父亲手搀扶下走进学堂。那时，我常觉得父亲胳膊肘儿朝外弯。譬如，我向他要钱，他说小孩不需要钱；偶尔看见糖担子，我哭着闹，他磨蹭着只买 2 分钱的糖。然而，若是他知道哪家孩子交不起学费，却要暗中帮忙，掏出两元或者三元垫付。那时学生一季的学费也就五六元钱。记得三年级的开学季，他擅自将我的蓝褂子送给孤儿万通穿，当我不解地质问他时，他拍拍我的肩膀和蔼地说道："开学天气凉，我看万通褂子窟窿布丁太多，就送给他了。"当时我嘟着小嘴巴，有好几天没跟他讲话。

生活的坎坷让他养成不苟言笑的习惯。1978年党的十一届三中全会召开后,父亲作为教师代表参加县人民代表大会。那天(高邮1991年撤县设市),他终于露出了久违的笑容,扬眉吐气地说:"祖国的春天来了,教育的春天来了……"

退休后,父亲仍然没闲暇,村庄的执笔之事均由他包揽,红纸上散发浓情墨香的"鸳鸯扣",是他对村里新婚夫妇的祝福;联系亲友的家书,是他搭起的联络感情的桥梁;门楣上的大红春联,是他恣意挥洒的爱与期盼……

我思忖,如果不是1931年那次水灾,父亲永远不会只身孤影地来到贫穷的农村。父亲生在高邮北门(今月塘小区),当时高家祖上饱读诗书,旧学深厚,祖父还和著名作家汪曾祺的老师高北溟是同堂兄弟。他教书育人,给这片土地带来新的希望。

三

我五六岁时,故乡曾经发生惊天动地抬房子事件。父亲和母亲提及此事的时候,我眨着好奇的小眼睛。抬房子是将原来分散在单庄上或者零散的房子集中到南北大圩上,南面香沟河,北边南澄子河,形成南北庄台化,这样既节约了土地,又使高谢村面貌焕然一新。

抬房子说起来简单易懂,实施起来却着实不易。村里成立了以王加元任大队长的指挥部。王加元身材魁梧,英姿勃勃,嗓门洪亮,走路大步流星。他先组织生产队有经验的队员和村贤商议如何将房子万无一失的抬到南北大圩上。安全是第一位的,不能出半点差池。王加元挺了挺胸膛,深深地吸了口烟。两个小时的会议后,大家达成共识,王加元拍板。先从徐庄生产队开始,要求做好准备措施,事先将房子砖头或土墼清除干净，变成只有屋面茅草（那时砖瓦房子罕见）的半裸房，然后用绳索将柱子从上到下横向捆绑三道，再用大小木杠支撑着好梁柱，在保证屋面无破损、架构不变形的前提下，通过人力将房子抬到预定位置。

天刚刚蒙蒙亮，来自四面八方的青壮年劳力便纷纷赶到徐庄，他们先来到生产队吃大锅煮的糯米饭，填饱肚子后稍事休息。男人们有的拿起草绳，有的吧嗒吧嗒地吸着烟，有的吹牛侃大山；女人在说着张家长李家短，还有人在织毛衣。这时来了个"大肚子"，人群中不知谁说了句，不能让"厅长"抬，小产了不得了。而大肚子红着脸说，没事，快足月了。

被抬的房子昨晚已收拾妥当，房主早早醒来，在房前转了一圈，然后神情凝重地在老柜前点上一炷香，磕头祈祷。想到要离开故地，他眼圈里泪水在打转，接着将老柜搬开了。

此时响起了噼里啪啦的鞭炮声，房子每个柱子下都站着两三组人，每组6到10人。他们面对面站着，向手心吐了口唾沫，双手搓了几下，便蹲下身子，将木杠放在肩膀上，随着王加元的哨声，双手向上抬，"呼"的一声，上重下轻的房子离开了土地，向前、向前……

几十个人抬着房子这样的庞然大物，喊着"嘿呦嘿呦"的劳动号子，步调一致地经过麦田或跑道（跑道是前期专人砍树让道并铲平填土的简易路段），尘土飞扬，声势浩大，蔚为壮观。若放到现在，一定有好事者将这场面拍成短视频，说不定能冲上热搜。王加元走在最前沿，约莫一刻钟，他让大伙儿中途歇息，随后，大部队再出发，将的房子抬到指定位置。大部队稍作休息，轮到下一家了。

谁都不曾想到，不到50天时间，分散在高谢村的308户房子，竟然神奇地飞到南北新庄台上了。

四

　　童年的那些有趣往事，一直印记在记忆深处……

　　春天，万物复苏。农村的田地里，麦苗返青，一望无垠，春风吹拂，麦苗轻轻晃动，似绿色的波浪。父亲领着幼年的我，拿着手制的风筝，在奔跑着，呼叫着，用力抖动着手中的线，口中还吟诵着高鼎"儿童散学归来早，忙趁东风放纸鸢"的诗句。我学着父亲拽着线，微风吹动我们的头发，父子俩在春风中哈哈大笑……

　　夏日的村庄是欢腾的。清晨薄雾中，母亲到码头洗衣淘米，开始了一天的劳作。她站在水湄边，将衣服放在搓衣板上揉搓，然后在石板上掼，那清脆的声响掀开了笼罩的雾气。中午气温升高，清澈的河水成了我们几个男孩子的根据地。我也学着栽猛子，溅起高高的水花，可水呛得鼻酸溜溜的，我蓦然抬头浮出水面，激起一阵嘲笑声。

　　当繁星爬上天空，月光洒向大地时，我们几个乳臭未干的小淘气开始捉蝉，放在罐头瓶中，或欣赏或把玩；遇到风高夜黑之日，就是玩"躲猫猫"，叫嚣乎东西，隳突乎南北，追逐嬉戏，不亦乐乎。那时父亲让我躺在室外的竹床上，边纳凉边听他讲火烧赤壁的故事。父亲是三国迷，说起曹操、周瑜和孔明，如数家珍，我倒觉得时间难熬。

　　到了吃月饼的时候就到了秋收农忙时。学校要求学生支农，接受贫下中农的再教育。在一个夜黑风高的晚上，母亲领着我们几个小男孩与生产队里的男男女女聚集一起，参加人拉木犁耕田。身强力壮的男人站前面，妇女排在后头，十几个人在队长吆喝下，每人弓着身子，双手拖着一根粗绳索放在肩膀上，高呼着

"嗨哟""走了""嗨吆"之类的劳动号子,像纤夫一样艰难地前行。我们几个孩童分居队伍的前后左右,每人右手拿一支火把。几个还没有半人高的小家伙就这样小心翼翼地擎起黑烟滚滚,忽明忽暗的"火团",为大人们照路。

一块田拉完,已是半夜三更。我跟随母亲拖着像灌满铅的双腿回家。第二天,我只能哈欠连天,四肢无力地走进学校。幼时的我除了夜里跟着大伙拉田,白天还要参加力所能及的劳动,拎梨水、搬稻草、拾稻穗……

小时候的冬天感觉比现在寒冷,屋檐边的冰冻拉出好长,晶莹剔透,地面上的雪堆积膝盖高,几个黄口孺子在门口结冰的河面上玩耍。母亲说太危险不让玩。要是被母亲发现了,我就要被揪住耳朵回家。我小嘴噘得高高的,脸上气嘟嘟的,还挂着泪水。这时,她笑嘻嘻递一块糖给我,我便破涕为笑。

儿时最大的心愿莫过于上十里尖小镇上玩,小镇距我家仅百步之遥,但历史悠久,加上水陆交通发达,每逢1、4、7逢集,人头攒动,热闹非凡。方圆二三十里的商人、百姓都会趁此前来会客访友,赶集经商。距县城十华里,与龙奔、高谢、勤王、贤良四乡村边界接壤的尖尖角就是十里尖小镇。

新中国成立初期,十里尖小镇水网密布,木桥几处,岸边桃红柳绿,河水清澈透明,四面八方的人涌进这三面环水的川字形小镇。"上十里尖了,上十里尖了……"孩提时,每当耳畔传来这熟悉的声音,我都异常兴奋。在物资极其匮乏的时代,上十里尖,看西洋景,有好吃好玩的,那是孩子最大的期盼。

儿时,最盼过年。从吃过腊八粥开始,天天数日头。过了廿四,家家户户忙掸尘之后,年味渐浓,到了三十晚上,时间仿佛过得太快太快,吃过馒头,祭过祖宗,帮父亲贴好春联,就到下午了。我和村里几个孩童喜欢玩铜钱,猜字。旧时铜钱上署有

"康熙""光绪""咸丰"等十二帝字样,一人将铜钱掷在堂桌面上转,不等铜钱停下来,就用手捂住钱,另一孩子要猜字,猜对了就拿走铜钱。其实不管输赢,大家心里都很高兴,只等拜过土地神,吃了年夜饭,就是春节了。春节有压岁钱,有新衣服,还有好多平时吃不到糖果,那种快乐难以言表。

五

如今的高谢村成了高谢社区,是典型的城中村,走在武安东路东延的双向八车道上,转身北面,是一片麦田,绿野平畴,一望无边,微风吹拂绿色的波浪,这里就是我的衣胞之地,映入眼帘的是一条2.5米宽的水泥路,这条路放在当下毫不起眼,但在30年前的建成这样水泥路面的确是高谢老百姓的福音。

20世纪90年代初期,农村主干道都是石子路,而通往田头的道路则是泥路。用老百姓的话说:"雨天扛着车子走,晴天刺得脚底疼。"种了50年农田的村民邹巨发唏嘘感慨,这真要感谢严乡长,如果不是他思想先进,快人一步,为我们将水泥路送到田头,农忙时节,晒稻、晒麦,我们比其他村的农民快活了不知多少倍。他是人民的好干部,这真是造福人民的大好事。

当时村里按照三横四纵将水泥路面连接起来,方便当地百姓收割、晾晒农作物。眼前的水泥路,经历30年的风风雨雨,虽说有些破旧斑驳,甚至坑坑洼洼,但却造福民生。

那天,在高谢社区,我遇到社区党总支书记严邦晖,做事雷厉风行的他正带领党员学习党的二十大精神。他微笑着示意我坐一会儿,在社区新时代文明实践站,我看到社区建党100周年的内刊《希望的田野》,书中记载一代又一代的高谢人,在这片土地上书写了波澜壮阔又怦然心动的故事,曾经经历了日本鬼子的烧杀抢掠，曾经在全市率先实现农业机械化……倏地，我脑海里闪现高先生的话："这是块风水宝地，日后必有贵人出现。"

十年前，我的老家拆迁了，这片故土已成为武安东路通往国道的连接路道，故乡的影子只能在梦中和记忆中，永远回不去了……当某一天，我回到故乡，也许会出现"儿童相见不相识，笑问客从何处来"的情景，想到这些，心里莫名的惆怅和失落。我唏嘘起来，不知是看不见当年故乡的影子，还是感慨自己渐渐老去，抑或是饱尝生活的悲欢离合太多，蓦然，眼眶湿润了。

令我欣慰的是，党的十八大以来，高谢社区发生了巨大变化。我驻足社区门口，此时阳光晴好，天空蔚蓝如洗，道路上川流不息，人们脸上洋溢着幸福，正阔步走在新时代的大路上。放眼眺望，高楼林立，商铺繁华，河道两侧，绿树成荫，文化广场上，人们阅读、健身、娱乐，居民的幸福指数不断攀升。

刊于 2023 年第三期《脊梁》

留恋老屋

早上起床，我没有像平时一样洗漱后就匆忙上班，而是特意走到楼上走走转转，那贴着瓷砖的墙壁，精致的不锈钢门窗，凸显的琉璃瓦飞檐……我的目光来回地扫视，多想流连一会儿，我从没有像这样欣赏自己的家！

在二楼的走廊扶梯上俯视，荷花静静地开在缸中，花蕊中长出粉红的花朵，白兰花吐露出阵阵淡雅的清香；此刻小狗早已在我的膝下点头哈腰地舔着我的脚面，往日的我却不以为然，可此时心里酸溜溜的。我疾步院落的过道上，笼中的3只画眉见到熟悉的我，仍然像往日一样啾啾地欢叫，我抓了一把谷物放在盆里，它们争先恐后地伸曲脖子在觅食。

只有我知道，老屋即将与我永别了，这里将成为镇政府连接S237的通道，拆迁势在必行！与我朝夕相处的花儿、鸟儿、狗儿们是绝对不知道自己将面临与它的主人一样的处境，过着居无定所的生活。

说到老屋，其实不老，从建成至今也不到十年。记得建房的那阵子，由于资金短缺，只好向亲朋好友举债，为了节省有限的资金，砖头、黄沙、水泥、钢材等大件，我和妻子不知跑了多少店铺；瓦工、木工、钢筋工、水电工好中择优；杂七杂八的事儿就土法上马。我主外，负责材料的选购和质量把关；妻子主内，负责杂工、做饭。每天早上天刚蒙蒙亮，妻子就起床，洗菜、淘米、打水（早晨瓦匠砌墙、打拌水泥、黄沙之水），连续三个月的过度操劳，妻子不仅面容憔悴，体重还下降了近10公斤。用她的话说，砌房烦人呢。

老屋按照我主观的方案设计，除客厅、卧室、餐厅外，还有为我学习用的书房，闲暇之时，我品味香茗，捧读书籍，在字里行间里感受主人公的悲欢离合，在跌宕起伏中启悟人生之哲理。若遇文友来此，宾主畅叙甚欢，从苏格拉底说到老子，从孔子说到莎翁，有时碰到某个问题甚至争辩不休，虽不敢说谈笑有"鸿儒"，但往来也无"白丁"了。

老屋坐落在庄台的第二排，清雅、安静，同排的邻居与我家相处和睦。前年夏天，家里的二亩田小麦晒在屋外。突然，乌云翻滚，雷电交加，当我冒雨赶回家时，小麦已被塑料布遮掩得严严实实。平时，双方家庭只要有亲朋好友来，一方肯定作陪，有时会喝得酩酊大醉。

老屋的后面是广袤的田园，勤劳朴实的农民一年四季都种植不同的农耕作物，看上去非常养眼，让你在不同季节看到不同的生活画面。春天，扑面而来的油菜花；夏天，果实累累的莲蓬；秋天，长满枝头的稻花；冬天，迎风傲雪的小麦……

与我生活近十年的老屋也许不多日将变为断垣残壁，我心里有些不甘，但毕竟属政府行为，小局必须服从大局啊！我茫然地看着房子里的物什，怅然若失地摸着计算机下的座椅，上面仿佛余温尚存……

有人对我说，你拆迁可以在家数钞票了。看来此人对我不太了解，自古有"文不爱钱，武不惜命"之说，我虽不是什么文人，但却把"孔方兄"看得很淡。自己已到天命之年，生活中饱尝太多的酸甜苦辣和悲欢离合，身为普通农电工的我早已习惯于"日求三餐，夜求一宿，每日有书读的简单生活"。

昨晚妻子凄楚地对我说，谈到拆迁，我就想哭。是的，老屋，是你陪我们一家四口人渡过了将近十年的人生生涯。我们多想陪陪你一起慢慢变老，可是，我没有能力保护你，但我们留恋你，并且把你留在我的生命里。

　　　　刊于2014年9月26日《江苏电力报》

老家的端午

"栀子花来,喷香的栀子花嘞……"晨练,我循声望去,路边卖栀子花的女子在高声吆喝。女子头戴两枝乳白的栀子花,身材苗条,姿态娉婷地站在装有半篮子的栀子花旁,一群人围着买花。哦,端午节又到了。

我生长在高邮水乡。小时候,村庄只有几十户人家,当石榴花染红了五月,空气中弥漫着淡淡的粽叶和艾蒿的缕缕清香时,村庄便热闹许多,妇女发髻上插素雅芳香的栀子花,小孩手拿着橘黄椭圆的枇杷,乡亲们言笑晏晏,家家户户开始忙端午了。门前大伯在清洗腌制的咸鸭蛋,屋后的叔叔在打扫猪圈,隔壁的婶婶忙着裹粽子……

听耆老说,每年五月五的端午是"毒日",蛇、蝎、蜈蚣、壁虎、蟾蜍这"五毒"纷纷出没。端午节当天,父亲早早起床,把家前屋后打扫干净,在犄角旮旯洒上雄黄酒,在大门的门楣上插上菖蒲和艾草。我帮父亲打下手,端水,扶凳子,生怕弄脏手腕上五色线编成的"百索子",父亲似乎看出了我的心思,叫我歇着。

天刚蒙蒙亮,母亲便买捆粽箬叶子,回来用水煮熟,然后放在木盆中浸泡小半天,当粽叶清香萦绕鼻间,母亲便坐下来裹粽子。她用手将翠绿的粽叶卷成圆锥形,舀二三勺白花花的糯米,捏成四角形。接着,俯身用牙齿猛然咬紧线头,左手捏着粽子,右手与牙齿默契配合着绕几圈扎牢线头,整个动作一气呵成。母亲将裹好的粽子放入水中先"养"起来。"放在水中，煮熟后，糯米不干燥，吃时才新鲜。"母亲笑呵呵地欣赏自己的劳动成果。

午饭，一盘盘香气四溢的菜肴端上了桌。有传统的"十二红"，炒红苋菜、红烧肉、西红柿、韭菜炒鸡蛋……还有流着红油的咸鸭蛋。于是，用小手数了数，茫然地问母亲："你说今天吃'十二红的'，怎么没有十二个红菜啊？"母亲微笑地说："嘿，呆小伙，光韭菜就是九样菜，你再数数……"我抓抓头，腼腆地笑了笑。

席间，父亲夹了块菜，端起酒杯，抿一口，皱了皱眉毛，说，这雄黄酒，味道有些辛辣，后劲大呢。据说，变成人的白娘子误喝了雄黄酒，变成白蛇，吓倒许仙，我也不能多喝啊。彼时，父亲额头的汗涔涔地流下，他边解开衣襟边说道，古人的话一点不假，吃了端午粽，就把棉衣送啦。

吃完午饭，我摸着圆滚滚的肚子，胸前挂着"蛋络子"，犹如贾宝玉挂的那块通灵宝玉那样洋洋得意，拉着几个乳臭未干的小孩子相聚一起，兴奋地玩开了，大家争先恐后地说家里中午吃了多少样菜。然后，歪着小脑袋嬉皮笑脸地相互凝视着对方的"蛋络子"在炫富。"我的蛋比你大！""你蛋大屁用，是鹅蛋！""哈哈哈……"孩提端午节的快乐时光，连垂髫小儿也得意忘形得像西晋的石崇与王恺，玩起斗富了。

后来，我长大了，知道端午节是为了纪念抱石投江的屈原、含冤而死的伍子胥、救父孝女曹娥……且全国各地有着不同的风俗习惯，丰富了端午节的文化和精神内涵；之后，我的老家也拆迁了，庄台的村民相继住入居民小区，可我老家端午节的习俗仍在心头萦绕。

因为，那是家乡的味道。

刊于 2017 年 5 月 26 日省公司网站

童年中秋

昨晚,与芳邻老赵跑步小区门口时,一阵凉爽的秋风裹着桂子的清香袭来。忽然,老赵转身对我说:"这秋的色调越来越深,中秋的脚步就临近了,时光真是飞快,一晃几十年下来了。"老赵的话语勾起了我童年中秋的记忆。

小时候的我正处于三年困难时期,那时物质匮乏。中秋节这天,大伯搀着我,下河采家菱(我生于水乡,农村有"家菱"和"野菱"之说。家菱清脆香甜,颗粒饱满;野菱外壳坚硬,容易扎手),这样家里晚上才有菱吃。来到河边,只见墨绿色的菱叶密密麻麻地铺满了水面,在秋阳的映照下闪着绿油油的光。这时,大伯将杀猪用的大澡盆放在河边,叫我先坐好,双脚不能乱崴,以防落水。然后,大伯将我搂在怀中,下水后,双手翻动着肥硕的菱盘,将长在菱盘根部的一颗颗绿里透红的家菱掐下,大伯先让馋猫的我尝尝。我不顾生菱上的水涩味,用牙齿一咬,指甲一剥,那白生生的果肉就吃到嘴里,既香脆,又甜涩。我兴高采烈地吃着,不时地用小手在水里划,水点溅在大伯的脸上。这时,大伯将大澡盆转头,不到一个时辰,就采了一大篮子家菱。

中午过后,母亲忙着做芝麻饼,说起芝麻饼,外形和烧饼差不多,馅是用月饼和芝麻。母亲先将面和好,用擀面杖推压,然后用手反复地捏,再填入馅心,揉搓平整后,拍打成圆形,贴入锅中。母亲在锅中滴入香油少许,接着,在灶膛里放入稻草文火烤,当发出嗞嗞的声音时,她迅速地翻动饼面,一会儿,一股糊香味在屋内弥漫。"烫呢、烫呢……"母亲关切地提醒着。我轻轻地咬上一口,外皮香糯劲道,内馅香甜流香,唇齿留香,有回味无穷之感。

吃月饼当然忘不了。可当时月饼有计划,凭券供应,一家一个团圆饼,加一斤四个的月饼,月饼无疑成了奢侈品。身为教师的父亲帮农村扫盲,意外分得了两个月饼,父亲舍不得吃,带回家给我享用。父亲将半边月饼放在花碗里,我鼻子一嗅,垂涎欲滴,真香!接着,就大口大口地吃起来,不消几分钟,就吃完了。父亲笑眯眯着看我,当我还闹着再来一个时,父亲说,留着明天再吃。我只好嘟着小嘴巴不情愿地走开了。可那松脆香酥,色泽橙黄,油而不腻的月饼,让我的双唇沾满芝麻和皮屑,始终定格在我的记忆深处。

赏月是中秋节的重头戏。当一轮明月跃入天空,月光皎洁,月影扶疏地泻在庭院,父亲带着我赏月,一炷清香,一碗开水,一只团圆月饼,一支莲藕,一碗毛豆芋头,一壶美酒整齐地排在一张长方形木桌上。彼时,四周静寂如水,空中清辉明月,浓浓的月光透过斑驳的树枝洒在大地上,整个人仿佛在月亮中,朦胧迷离。父亲面色凝重地先对月亮叩拜,等我和母亲叩拜后,我们一家人围坐木桌边,赏月吃饭。父亲咪了一口酒,放下筷子,给我讲嫦娥奔月、吴刚伐桂的故事,我歪着小脑袋瓜子听着。墙角落时不时地传来蟋蟀、油葫芦抑扬顿挫的鸣叫声。母亲叫我先喝祭月亮公公的开水,说喝了水才能平平安安。我勉强地喝了一口淡而无味的水,就大口地吃着平时吃不到的美食,心里有说不出的高兴。

后来,父母先后过早地地离世,让我失去了童年过中秋的乐趣。前年,老屋拆迁搬入小区,即便城市的高楼林立,霓虹闪烁,生活条件的大幅提升,也没有童年过中秋那股淳朴的乡土气息。

村头救鸟

那天傍晚下班回家,在家待闷的宠物狗乐乐晃着尾巴蹿到我跟前,它知道我要带它到村头散步。

出门右拐,走在水泥路面的灌溉渠上,乐乐东跑跑,西转转,一会儿在我前面跳,一会儿在后面叫,走着走着,天渐渐黑了下来。突然,乐乐"汪汪"吠叫,一声比一声高。循着它的尖叫声,我快步走上前,原来它对着灌溉渠边栖息的一只喜鹊在怒吼,我想,乐乐要是能逮住喜鹊,说不定还让我一饱口福呢?想到这,我得意地面露笑容,看看乐乐能否大显身手。

奇怪的是,以往乐乐看见鸟类,还没有靠近,鸟类就逃得无影无踪,今天的喜鹊怎么不飞上天呢?此时的乐乐叫得更凶了,我充满了好奇心,跨步到喜鹊面前,网罗"黄鼠狼"的钢丝夹子牢牢地嵌着喜鹊左腿,它的左腿滴着鲜血,染红了一小块地面。喜鹊瞧见我,顿时失去了往日"叽叽喳喳"的欢快声,叫出的竟是哀号得像乌鸦一样的"嘎嘎"声。它的眼角湿了,好像是泪水;它扑腾着翅膀,向天空方向飞,每次羽翼扇动几下,它左腿上的血就多上几滴。这一幕,让我的心揪得紧紧的。我想,这只喜鹊可能是出来觅食时,不小心误入圈套,才被夹子扎伤左腿。它在这,也不知挣扎了多少次。

我想救它。手机响了,是妻子催我该回家吃晚饭了。我将眼前的一幕草草地告诉妻子。妻子劝我赶快回家,说这夹子有黄鼠狼的气息，黄鼠狼可是大仙，你不能动，弄不好你会倒霉的。

有点迷信的我，动摇了救喜鹊的念头，我想转身回家。"嘎嘎"，喜鹊又叫了两声，这凄凉的声音直往我心里钻。我怜悯着上前两步，想救这只可怜的喜鹊，可脑海里又闪现出妻子的劝阻声，我茫然地又后退了两步。"嘎……嘎……"喜鹊的叫声越来越小，翅膀也不扇了，它好像没有力气了。我决定救它，管它"黄大仙"找不找我麻烦，眼前的这只该死的钢丝夹就像羁押正义者的镣铐，我疾步向前，用手使劲地掰它，一下、两下、三下，任凭我咬牙切齿地使力，钢丝夹像固若金汤的城池丝毫不动。

喜鹊不叫了，无力地瘫在地上。这么冷的天，受伤的它会熬过今晚吗？会不会有什么猫呀狗呀会吃掉它？会不会成为黄鼠狼的美食？翻转的思绪，令我的心揪得更紧。我一路小跑，急急地从家中取出钢丝钳，猛地一下切断了嵌在喜鹊左腿上夹子。松了绑的喜鹊没有飞走，我用双手托起它，抚摸着它冷飕飕的羽毛，喜鹊低着头，眨了眨眼，扑腾几下，飞走了。

望着被破坏的夹子，我掏出20元钱放在网罗黄鼠狼的洞口，算是给钢丝夹主人的补偿。

回到家，我没有将救喜鹊之事告诉妻子。第二天早晨，我欣然地发现钢丝夹和20元钱也"飞"走了。

刊于2014年4月29日《高邮日报》

童年"支农"

收割机像个魔术师,大步流星地往返几圈,一刻工夫,就将田野里的水稻统统吸入腹中,剥离茎穗,呼呼扬干,黄灿灿的稻粒便被吐了出来。我与几个乡亲们一道将稻子扛上拖拉机,很轻松地就结束了秋收。头发花白,满脸皱纹的杨大爷笑呵呵地说:"如今农业的机械化,种田已不像从前那样烦神了,我年轻那会儿干农活真叫苦哩。"他的一番话忽然勾起了我年幼时秋收"支农"的回忆。

我年幼时,赶上农业学大寨,每到秋收农忙时,学校会要求学生学农支农,接受贫下中农的再教育。秋收时节,生产队开会布置农田事儿时,也要叫上我们几个未成年的孩童一同参加。依稀记得队长说,这几日黄牛不够用,需要用人顶替牛拉田。在一个风高夜黑的晚上,母亲领着我们与队里的男男女女聚集一起,参加拉田。

人拉木犁耕田的场面看上去既热闹又夹杂着辛酸。身强力壮的男人站前面,妇女排在后头,十几个人在队长吆喝下,每人弓着身子,双手拖着一根粗绳索放在肩膀上,高呼着"嗨吆""走了""嗨吆"的劳动号子,像纤夫一样艰难地前行。若犁铧触及锈钉或杂物,拉木犁者因猝不及防而趔趄甚至摔个大跟头。体弱的母亲蹒跚着步子,时而蹙着眉头咬起嘴唇,时而用胳膊抹去脸颊沁出的汗水,远远望过去,她清瘦的身子仿佛无力地随时都会倒下去。

队长吩咐我和二子、小月子等孩童,分前后左右跟着大人们的拉田队伍走,每个小孩右手拿一只火把。我们几个还没有半人高的小家伙便小心翼翼地擎起黑烟滚滚,忽明忽暗的"火团",为大人们照路。不一会儿,火把的黑灰就钻入我的鼻孔,火辣辣的柴油气味呛得我连咳两声,眼泪直流。一程十多分钟走到田的尽头后,大伙儿停顿片刻,不忘给火把再注点柴油,以保证返程照明使用。

近子夜时,大伙儿原地休憩。又渴又饿的人们大口大口地吃着各家里自备的干粮,抔一捧水渠的水拼命地往喉咙地灌。母亲递给我一个烧饼,蹲下身子摸着我的头,心疼地说:"任饿竹子不饿笋。"望着我狼吞虎咽的样子,母亲疲倦的脸庞露出慈祥的笑容……彼时,困倦的男人默默地吸着香烟,妇人七嘴八舌地唠着家常,有人累倒了,还打起了鼾。我们几个小家伙席地而坐,抬头望到的只有无边无际的星空,低头看到的是各式各样的蚱蜢、蝗虫在影影绰绰地飞着、跳着,耳畔传来蟋蟀、油葫芦抑扬顿挫的鸣叫声。一旁的二子对我耳根嘀咕:"看我的!"随后蹑手蹑脚猫着身子,突然,伸出右臂,用大拇指和食指捏住一只叫得正欢的蟋蟀。就在我和二子蹲在地上争相嬉戏蟋蟀时,队长一嗓子嚷叫:"上工了……"我们只好赶紧把蟋蟀丢进罐头里,跟着队长继续开工。

一块田拉完,已是半夜三更。我跟随母亲拖着像灌满铅的双腿回家了。第二天,只能哈欠连天,四肢无力地走进学校。幼时的我除了夜里跟着大伙拉田,白天还要参加力所能及的劳动,拎犁水、搬稻草、拾稻穗……

四十多年过去了,幼年"支农"成为记忆,看到今天农村翻天覆地的变化。我想久远的往事,感慨万端。

刊于2014年12月4日《华东电力报》

家乡的路

　　前天去老家，我嘱咐副驾驶上位置的妻子系好安全带，她笑着用揶揄口吻对我说，现在开车规矩大了，过去骑自行车的日子忘记了？我斜视她一眼，按了两下喇叭，回正方向，凝视前方，思绪飘回到三十多年前。

　　那是20世纪80年代初期，农村大都为二三米宽的碎砖头瓦片铺就的简易路，读高中入梅时节的一天夜晚，我上完晚自习，骑着自行车回家，忽然又下起沥沥小雨，四周黑黢黢的，尽管路边不时传来蛙声，可我心里扑扑地跳得飞快，彼时的砖头路遇到小雨，路上白天的泥灰变成泥泞，车轮沾上泥巴，轮轴发涩，只能咬着牙用力握紧颤动的龙头，小心翼翼地向时有泥淖的前方骑行。蓦然，车一晃，脚一跐，我连人带车摔倒在地，感觉腿上麻木，用手一摸，衣服沾了泥巴，就连我新买的黄书包也弄得泥糊糊的。再一瞧，车链条也脱落了，我又气又恼，艰难地扶着车，一瘸一拐往家里走。

　　趔趄了近一个小时，我才到家门口。母亲见到浑身泥水的我浅笑着，迎了上来，帮我推车，父亲转身从柜里拿来钳子替我修车。让我心里稍微好受些许。母亲一边洗衣服，一边安慰我说，还疼吗？只要不伤着骨头就是造化，现在有砖头石子路走不错了，我们那时都走泥土路，唉，只要遇上雨天，路面又烂又滑，鞋跟上满是烂泥，像坠秤砣一样，越走越重……我哪有心思听她絮絮叨叨，隐约臀部还有些肿痛，遂板着脸孔，嘟着嘴巴冲进房间。

躺在床上，我辗转反侧，不时地抚摸肿痛的臀部，思忖，如果能像城里人一样，走在宽阔的水泥马上路该多好啊？

1983年参加工作后，负责抄表的我最担心月末下雨。记得一个骄阳似火的日子，我骑着自行车去毗邻村抄表。忽然，天空乌云翻滚，尽管我使劲脚踩车踏板，加速前行，可豆大的雨点还是打在身上。我连忙从工具包中取出雨衣套上，下来推着推车走。须臾，鞋帮上沾满泥巴，脚，像套上镣铐一样，汗珠从额头沁出，气喘吁吁，活像电影里的鬼子吃了败仗那般狼狈。当时心想念叨，农村人何时才能走上不沾泥巴的水泥路啊！

进入新世纪，党的富民政策滋润了农村大地。镇里制定乡规民约，实行"村里贴、组里筹、村民集"的办法，要求各村将砖头石子路改建水泥路。一时间，庄稼人忙开了，每天轰隆隆的马达声，村民夯土的号子声此起彼伏。那阵子，家家户户宛如忙过年一般，人人脸颊荡漾着笑靥……新路铺就的那天，村庄沸腾起来了，乡里乡亲兴高采烈地在路上溜达，那杂沓声和说笑声表达对新生活的赞佩。夜幕降临，路灯高照，我和妻子走在只有五六米宽的乡村公路上，那平坦的水泥路面，感觉心里美滋滋的。妻子挽着我的手，仰望天上的星星，那股幸福和满足难以言表。

"嘟嘟……"车驶入路边加油站，我停车加油。带着翻滚的思绪，我凝望着眼前四十米多宽的双向六车道公路，那川流不息的车辆，两边树冠如盖的香樟树，花池上竞相开放的各式菊花、月季，还有矗立的路灯……

"这在过去做梦都想不到的事儿，家乡路，你变了，变繁了，变得绚丽多姿了！"我唏嘘感叹着，拉上车门，启开引擎，驶向远方……

刊于2019年11月1日《国家电网报》

小年的味道

我们当地的民俗,将农历腊月廿四这天称为"小年",过了小年,年味就渐渐浓了。

从我记事起,腊月廿四这天,家家户户都要忙掸尘,将屋檐房梁上的污垢灰尘、房前屋后犄角旮旯里的杂物清理干净。扎着头巾、手攥鸡毛掸子的父亲让我扶好板凳腿,他先从家堂老柜这儿开始,接着擦洗门楣,然后掸掸屋梁、窗户。父亲擦洗到哪儿,我便跟着扶到哪儿。

之后,父亲小心翼翼地将厨房灶台上的紫色香炉"请"下来,打上一盆清水,用粗布慢慢擦洗,晚上就要"送灶"。父亲虔诚地说,当天是灶王老爷向玉皇大帝汇报民间忠奸善恶的日子,因此要将灶台擦得一尘不染,祈求灶王老爷说些好话。

母亲早早地在菜畦里摘一捆豌豆,挖几斤慈姑,先削掉表皮,清洗干净,然后将冬至时腌制的猪蹄文火煨炖。锅堂内红红的火苗正旺,咸猪蹄那一股诱人的香味钻进了我的鼻腔。我掀起热气氤氲的锅盖,猪蹄在乳白色的汤锅中咕嘟咕嘟沸腾颤抖,让人禁不住馋涎欲滴。我借着拿筷子戳戳肉是否软烂的机会,伺机偷吃上一块。母亲似乎料到我的心思,她走过来,拍拍身上的灰尘,摸摸我的头说:"伢子要上规矩,等晚上敬过灶老爷才可以吃。"

腊月廿四这天,父亲还要忙着给乡亲们写春联,左邻右舍会将买好的红纸送给当教师的父亲。父亲站在八仙桌前，推了推眼镜，手握毛笔在砚池蘸上墨汁，叫我站在对面给他拉平纸，其实，我心里惦记着大锅里的猪蹄，哪有心思在那里拉纸，自然时不时走神。父亲瞪我一眼道："纸歪了，字跟着歪！"见我被斥责，邻居们常常笑着解围。

天慢慢暗下来，噼里啪啦的鞭炮声此起彼伏。父亲来到洗涤一新的灶台上，点上蜡烛，在"上天言好事，下界降吉祥"的对联旁边，插上一炷香。母亲将早已煮好的糯米饭、豆腐、蹄爪等放在灶台上后，跪下祈福，父亲在门口放上一挂鞭炮，算是给灶神送了灶。

吃过晚饭，我跟随父母上土地庙，祭完土地爷回到家时天色已晚。我躺在床上睡不着，摸着吃得滚圆的肚子，不时地打着嗝儿，回味着咸肉香，心里有说不出的喜悦。

40多年过去了，那民俗淳朴的小年，时常在我脑海里眷念萦回。

刊于2018年2月9日《国家电网报》"亮生活"

"三十晚上"那些事儿

"爆竹声中一岁除,春风送暖入屠苏。千门万户曈曈日,总把新桃换旧符。"宋代王安石的《元日》诗歌,描写了民间百姓除旧布新,喜迎春节的欢乐景象。

在我的记忆中,腊月的最后一天除夕,不管是农历廿九,还是三十日,我们这儿的人都称"三十晚上"。小时候,从腊月开始就期盼过年,而年前的三十晚上又是过年的重头戏。这一天,时间仿佛过得太快太快。几十年下来,许多新鲜有趣的事儿在脑海里挥之不去。

早上,天蒙蒙亮,毫无睡意的我,就兴奋地跟着爸爸将笆斗中发酵好的面粉一起抬到大伯家,蒸馒头。和着面粉、系着围裙的大伯看见我,笑嘻嘻将一个热气腾腾的香喷喷的馒头塞给我,我猛吃两口,竟噎住了。父亲沉着脸,说:"赶紧把蒸好的馒头放到竹匾里晒太阳,只顾吃,恨年穷的样子。"

"你啊,伢子一年到头,就这两天最快活,小乖乖,吃、吃……"大伯笑着说着,又给了我两个馒头。

不到一个时辰,馒头蒸好了,肚子也吃饱了。父亲叫我和母亲去祭祖。"祭祖,是向阴间的亡灵告别,三十晚上,缅怀先烈,迎接新年。"父亲说着拿纸钱,走在前头,母亲紧随,拎着放豆腐、凉粉、糕点的篮子。一家人来到树碑的小土堆旁,在树木葳蕤的祖坟前,我学着父母的样子,抔土。然后,父亲掏出火柴

"嚓"的一声，纸钱烘烘，火光摇曳。接着一起磕头，父亲面色凝重地念叨："祖上安息，快来拿钱……"我歪着头看着，记在心里。

我吃过午饭，协助父亲贴完春联，就等着过年了。那一刻，心里高兴极了，连走路的脚步都似乎轻盈了许多。忽然，小龙、小马等几个小伙伴叫我玩铜钱。我们兴高采烈地围坐小桌旁，按照"石头、剪刀、布"的演练结果，其中一人将铜钱掷在小桌上"哗啦、哗啦"地转，不等铜钱停下来，就慌忙用手捂住钱，叫另一人猜字，紫色铜钱上署有"顺治""康熙""咸丰"等清朝十二帝，字样繁多，猜对了就拿走铜钱；若猜错了，一人则从口袋中掏出一枚。也许是我运气好，一会儿工夫，口袋就叮当作响，赢了近 10 枚铜钱。突然，比我小一岁的小马哇地哭出声来。父亲闻声跑来，摸摸小马的头，笑嘻嘻地说："三十晚上，伢子哭，不作兴。"说着，瞪我一眼，手伸到我口袋中，抠出铜钱给他。顿时，小马破涕为笑。随后，我们几个小孩子又乐呵呵地玩开了。

夕阳下，我跟随父亲上土地庙，辞年后，天很快暗下来，回家路上，鞭炮声此起彼伏。年味浓郁的家中，老柜上香火糕点香气袅袅，堂桌上荤腥蔬菜色香迷人，让我馋涎欲滴。荤菜有猪六碗（猪头肉、斩肉圆、炒猪肝等）、煮鲤鱼；蔬菜有安豆苗、（豌豆）水芹菜、汪豆腐。一家人吃年夜饭守岁。父亲喝着酒，时不时地抽支香烟。我和母亲吃着可可的菜肴，一家人言笑晏晏的。见我大口大口吃猪头肉，母亲笑着说，你要吃点安豆，一家人才平平安安，吃点水芹菜，一家人才勤劳致富，你上学才能考 100 分呢。母亲说着，用筷子指着鲤鱼，这不能吃，留着，家里年年有余呢。我似懂非懂地点点头，听得心里乐滋滋的。其实，在物质匮乏的年岁，若不是三十晚上，那能吃上这么好的美味佳肴呢。

  一家人在老柜前磕头，祈祷后，父亲被大伯叫去看牌，熬夜守岁去了。母亲将红纸包放在我枕头底下，叫我初一早上拆开看，是压岁钱，我惊喜交集。接着，她给我拿出新衣服，折叠整齐，放在床边，我用鼻子嗅了嗅，啊！一缕新布香充斥鼻腔。然后，她又掏出一块糖，放在我嘴里，笑呵呵地说："吃糖，初一喊人嘴才甜呢，拜年时见到谁，叫什么称呼，不能喊错人，特别是长辈，像隔壁的曾伯伯、邻家的杨奶奶……不然人家说某人家的伢子没有教养，啊！"在母亲的絮絮叨叨中，不知何时，我进入了甜蜜的梦乡。

  人的记忆会随着时间的推移会变得模糊不清，而我小时候的"三十晚上"那些事儿，却永不漫漶。

  因为，那是传统的年味。

刊于 2017 年 1 月 24 日江苏省电力公司网站

清明迁坟茔

老屋拆迁后，镇上的公路项目建设全面铺开，社区工作人员通知我，坐落在屋后的父母坟茔碍事，必须限期迁坟。迁坟之事令我的心绪悲从中来。

我17岁痛失母亲，便将母亲的骨灰盒安葬在离我家不远的自留地上。26岁丧父后，将父母的骨灰盒，合并入土在一起，修建后的坟茔旁边，树木蓊郁，水流淙淙。

年轻的我失去了双亲后，和妻子一道承担家庭的重担，抚养两个小孩，生活中，每当我遭遇挫折时，我习惯地伫立在父母的坟茔前沉思默想，与父母的一些过往在心头萦绕。特别是父亲，是位私塾先生，他饱读诗书，热爱学习，教书育人近半世纪，带给许多做人做事的哲理，那些教诲时常在耳畔回响，心中的一些懊恼随之烟消云散。每次去过他们的坟茔，便增添生活的勇气和战胜困难的决心。而每年的清明节、中元节和冬至，我们一家人都要去上坟，抔土修坟，素食敬奉，烧纸烧香……凝望土冢，面对"生死两茫茫"的悲怆，感念生我育我的恩泽。几十年来，父母的坟茔成了我和家人心中的精神图腾和不朽眷念。

"尽管父母在坟地安安稳稳，可这次地方政府造路，碍事要迁坟，我心中有些许不舍，但小局必须服从大局，迁坟大势所趋。总不能将生我养我的父母埋在公路底下。"我对妻子晓以利害。

妻子叹了口气，沉着脸，点点头说：“这，肯定不行！那按风俗，在清明节的前三天里，为父母迁移坟茔。"

迁坟前夜，我迷迷糊糊没睡好，竟然梦见父亲。父亲老来得子，十分娇惯我，从未动手打过我，梦中的父亲还是那样慈祥。一大早，灰蒙蒙的天，还下起了淅沥小雨，好似我们一家人怅然的心。我们带上豆腐、凉粉、糕点、香火、鞭炮等，来到父母的坟茔前，我敬上一炷香，心中默默地说，爸、妈，这次政府建设公路，我们只好将你们移开，请二老理解。然后转身，叫妻子和两个女儿一一磕头，不知怎么，妻子猝然抽噎起来，两个女儿也跟着哽咽，我强忍悲痛，生怕泪水流下来。

事先，我在村里找了两个经常干这类活计的古稀之年的鳏夫。他们一人肩扛着一把大锹走过来了。寒暄之后，我给了他们每人两包香烟、两条糕点和喜钱。我和家人再次磕头，在"噼里啪啦"的鞭炮放完后，一鳏夫先划上石灰印，另一人将坟茔的土壤铲平，他们合掌作揖后，动作娴熟地挖开来。我和家人在旁边目不转睛地看着，不到二十分钟，就挖下去1米多深。这时，一锹挖下去，我的心跟着战栗，生怕碰坏父母的骨灰盒，散失骨灰。而此时小雨仍旧在下，雨水打在嘴边，舔舔冰冷的，心也跟着冷了起来。

"找到了，找到了……"一鳏夫用红布袋将父母的骨灰裹好，放在我手拿的坛钵中。我紧紧地抱在怀中，沉痛的心情就像我当年捧着二老的骨灰盒一样，霎时，泪水再也禁不住了，脸上的两行清泪哗哗流淌，不知是感慨自己渐渐变老，还是饱尝生活的悲欢离合太多……

小雨渐渐停了，树枝上的喜鹊叽叽喳喳叫起来。妻子安慰我说："你父母也放心了，儿子在清明节前为他们迁了坟墓，二老九泉之下一定会欣慰的。"

路上，此时清明扫墓的人络绎不绝。我想，清明节，传说是春秋时代，为纪念晋国的忠义之臣介子推而设立的；这是个凝聚亿万国人缅怀先辈，饮水思源情结的节日。生活在幸福当下的人们，更应该及时行孝心存感恩地生活。最大的祭祀，就是努力地工作和生活，珍惜每一天。

刊于 2018 年 4 月 4 日《亮报》

一棵金桂树的故事

早上,我走在楼前,一股桂花的馨香扑鼻,扭头一看,去年移栽的桂花树开了,椭圆形绿叶上长满了金黄色的细碎的花朵,茂密的枝丫上葱葱郁郁的,我心头一热,抚摸着胳膊粗的金桂树,它伴随我从老家到新居廿年的生活历程。

2002年我砌了新房,楼前设有庭院。那年秋天,一次在园林游逛,眼前大片的桂花让我想起了《红楼梦》中薛蟠的夫人夏金桂的"桂花夏家",一株一株的香气浓郁,令人神清气爽。我思忖,我家里也应该有桂花的香气。机缘巧合,好友举家乔迁扬州,他谈起家门口那棵金桂树的处置,得知我的想法后,欣然地说,送给我栽。

金桂树在好友家长了十几年,树干有两个大拇指大,三个树权的形状十分养眼,我将它栽在庭院里。次年秋天,一粒粒小米似的金黄色的花蕊缀满枝头,煞是养眼,发出一股沁人心脾的香气。晚上,有时我看书累了,便在桂花树下转悠。秋风带着微凉送来阵阵馥郁的花香,桂树的影子和我的身影被皎洁的月光映衬着朦胧迷离。凝望着枝繁叶茂的桂花,难怪古人写出"桂子月中落,天香云外飘"的诗来,愿这桂花香气也飘到远在异乡好友的身上,一起分享桂花的馨香。于是,我按捺不住内心的喜悦,将开花的喜讯电告扬州的好友,诉说着离别之情,是桂花增进了彼此的情感。那次电话通了近1个小时,讲得手机壳都发热了。

长在我家庭院的金桂树长势喜人，女儿非常喜欢它，时常浇水、施肥，桂花盛开的秋季，摘下，然后用水沥干，伴上红糖放在瓶中，然后做成桂花圆子。"一片冰轮皎洁，十分桂魄婆娑。"想起那时的家人团聚，围坐地金桂树下，吃着桂花圆子，那别有滋味的秋夜，为那时的中秋节日增添了欢乐。

2008年秋季，我忙于女儿的婚事，不知是疏于侍弄，还是气候干燥，也许桂花知道她的好友出阁，有些闷闷不乐吧。那年竟没有往年的长势芊绵，叶子看上去稀落，花蕊疏松，也没像往常一样开出灿烂的花来。

2013年国庆节，老家动迁，家中许多旧物什，或送亲友或卖废品。唯有这棵金桂树割舍不得，它蕴藏着好友的一片深情。我决定带着它。一番思虑后，我到花木市场买了直径超1米的荷花缸，将这一人高的金桂树从院内挖出来，移栽缸内。然后，配土、浇水，还找来拖拉机，费了九牛二虎之力，才移至新居。

金桂树长在荷花缸里，放在单元楼的门口，成了独特的风景。每天上班、下班路过，我都要看它一眼，那身葱绿，在我心里流连。那次给桂花施肥时，发现了树叶有些干枯，叶子开始长斑，呈灰褐色。询问网络才知道，由于浇水过多或通风不够，造成根部腐烂。我想起来了，搬入新居的这段日子，担心它受伤，浇水过度，尽管我赶紧买来农药治疗，金桂树的命是保下来了，可它却犹如术后的患者，身子虚脱，树叶稀少，在荷花缸中茕茕孑立。

去年，好友来我家做客，我在单元楼门口迎接他时，好友看到长在荷花缸里的金桂树，上前，用手摩挲树干，唏嘘了口气说道，时间过得真快啊，一晃树长大了，我们变老了。然后，转身蹙着眉毛对我说，你将桂花树移栽到土地，让它自由生长，明年肯定花开茂盛。

翌日，我就将桂花移栽到草坪上，还拍摄一张图片给他。果不其然，长在地面的桂花可以直接吸入泥土的水分，如鱼得水，一派生机勃勃。

这棵金桂树伴随我从老家到新居，廿年春夏秋冬，它见证了我和好友的情谊，早已成为我们生活中的朋友。我要好好呵护它，与它携手走向下一段人生。

刊于2021年10月13日《扬州晚报》"东关街"

运河边的灯

小时候，我家住运河岸边没有通电，自然没有电灯。只有等到天黑黢黢的，父亲才舍得点"油老鼠"灯照明。我坐在昏黄幽暗的"油老鼠"灯下做作业，歪着小脑袋闻着呛人的煤油味。须臾，室内乌烟弥漫，鼻孔熏得满是黑灰，眼睛发胀，我揉了揉困倦的眼皮。突然，吹来一阵风，火苗忽红忽暗，摇曳飘浮，人影在墙面影影绰绰。我胆怯地站着，心里忐忑不安。父亲赶紧划根火柴，和蔼地说："别怕，坐下来……"

当时，学校给教书的父亲发了一盏煤油罩灯，替学生批改作业。到了入学年龄，父亲便把那使人"蓬荜增辉"的煤油罩灯给我读书用，虽说比"油老鼠"灯光亮得多，这可是"望子成龙"的父亲每两晚必须抽空用一双筷子夹着一块棉布，在天黑前反复擦拭半个时辰的劳动成果。父亲歪着脑袋擦拭灯罩上黑灰，还给我讲"凿壁偷光"、吝啬鬼严监生与两根灯草的故事。他说，电是近代的产物，古代人没用过电。当时的我只能竖起小耳朵，懵懵懂懂地听着。

最难挨的当数夏日。日暮，父亲在室外搭起帐篷纳凉。我常躺在竹床上，听他讲故事。闷热的星空下，虫豸、蚊子嗡嗡的飞来飞去。倏地，蚊子叮了一口，脸上又疼又痒，我用手抚摸肿胀的疮疤，发现手指上沾染血斑，便哼哼唧唧地哭闹。父亲开始责怪母亲，彼时，母亲默不吭声，挪到我身边，将我搂入怀中，伸出双手拍打蚊虫,还时不时地给我拿蒲扇扇风,直到我进入梦乡。

农忙时节,学生要"支农"。记得一个黑灯瞎火的夜晚,秋风吹得我身上瑟瑟的,我和几个小伙伴拎"汽油灯"给晚上耕田的农民照明。听大人讲,"学大寨"有干部来检查,可那个平时挺"威风"的"汽油灯"猝然也不争气了,任凭怎么修,就是不亮,几个村干部碰了一鼻子灰。

1972年秋,我的家乡通电了!白晃晃的电灯在每家每户的房屋里亮起,"有电了!有电了……"人们奔走相告,喜笑颜开,家家放起鞭炮,村子里像过年过节一样热闹。虽说大家用的只是15瓦的白炽灯,但人们无不满足和感动。那年小叔结婚,大伯给他赶制了土台灯,灯罩外面用红纸裹了一层,并在上面剪出个"囍"字。开关一拉,整个喜庆的房间都映红了,新娘坐在灯旁是那么靓丽妩媚,像上了彩妆的画中人。

可由于电力事业刚刚起步,供电设备状况不佳,两线(相线、零线)靠地拖,三线(电线、电话线、广播线)一把绕,水泥电杆紧俏,水杉树成主打,常出现电伤人的事儿。而最闹心的却是突然停电。遇上停电,爸爸就又点起煤油灯。然而,煤油也得凭计划供应,往往不够用,遂只能用菜籽油"替补"。乡亲们揶揄道:"天一黑,电就没;人睡觉,电就到。"

那时去运河也没什么乐趣。一次,我和几个小伙伴到运河堤上捉知了。那天风大,知了没捉几只,几个无聊的小家伙便在河堤上由北向南追逐嬉戏,天渐渐地变得黑咕隆咚的,偶尔河里传来刺耳的汽笛轰鸣声。突然,一束强烈的探照灯光在河堤上闪射,不知谁说了句:"公安局抓人了!"由于河堤上没电,伸手不见五指,凭这逻辑不通的笑料话,几个不谙世事的小家伙吓得慌忙躲藏河坎,纷纷匍匐在地,低着头大气不敢出，足足憋了十分钟后，踉踉跄跄挂着一副副狼狈相，悻悻而归。

　　后来，婚后的我有了自主权，可点灯仍旧不自由。八十年代末期国家电能紧张，用电实行"峭峰填谷"，每到傍晚家家照明的时候，上面要限电，有时一觉睡醒，灯又亮了。原委是傍晚停电时，把电灯开关拉了下来，由于盼电心急，却又忘掉关电灯开关了。那时候，老百姓有顺口溜道："电费要把，煤油照打，一觉梦醒，电灯才亮……"

　　1998年，国家为了拉动内需，投入巨资进行城、农网改造。那时的运河岸边，田野阡陌，常看到穿着灰色工作服，戴着安全帽的电力工人在工地上施工，装卸、挖塘、立杆、打夯、放线……经过电力工人几年的艰苦奋斗，运河两岸，电网旧貌换新颜，取而代之的是一排排高大的电杆，一根根硕大的导线，一盏盏明亮的路灯……

　　进入新世纪，新电力、新能源、新服务惠及人民群众，这里绝大多数人家中的家用电器应有尽有，空调、电视成了日常生活必需品，冰柜吃的是新鲜食品，洗衣机也用上全自动，什么吊灯、壁灯、台灯一应俱全。2015年9月，我新房装修时，仅电器就购买了好几万元，还享用中央空调。在电力供应充裕的今天，人均年用电量达到900度，为当初的60倍，这样的幸福生活，在过去做梦也不敢想的事儿。

　　如今的大运河，已成为世界文化遗产，逶迤的大堤上，参天的古树摇曳着蓁蓁绿叶，飞鸟翔集的蓝天碧空如洗，潋滟的水波中浪花拍打着南来北往船舶。每当夜幕降临，当你驻足美不胜收的运河岸边，凭栏远眺，渔船上的渔火和岸边的灯将古老的运河照射着璀璨夺目，灯光像五彩缤纷的玉带，把运河两岸装扮得分外绚丽，分外妖娆，令人流连忘返。这诗情画意的背后，凝聚着高邮供电人的智慧和汗水。

　　身为供电职工,目睹了电力从无到有,从有到强,到特高压走出国门,无数个国家电网人践行"人民电力为人民"的服务宗旨,向着"碳达峰、碳中和"绿色能源的目标迈进。

　　　　刊于 2022 年 11 月 25 日《国家电网报》"亮生活"

那片土

有一片土，那是故乡的土。故乡的土滋养了我，那片土随着城镇化的建设步伐，正逐渐吞噬消失，特别是去年老屋拆迁后，我的思乡之情愈发热切……

我的故乡原叫高庙圩。孩提时，听老人讲，若干年前，一块高地上有一座神庙，被盐河、南澄子河和香沟河包围在中间，形成三角地形、三面环水。神庙东面有个距高邮南门管驿巷（今盂城驿）的十里尖小镇，这里住有四百多户人家，祖祖辈辈靠种田为生。

在我记忆中，故乡的黄泥土黄灿灿的，由于土质蓬松、黏性好，可制土坯、泥巴墙等，是当时农民建房的必要材料。爸爸是个穷教书匠，妈妈在大集体干工，一家三口人蜗居在一间的茅草屋内，生活拮据，家徒四壁。父亲老来得子，十分娇惯我，依稀记得我有七八岁了，还剪着蘑菇头、扎着小辫子，在父亲的搀扶下走进学堂。

当春暖花开，东风骀荡时，父亲便带我到绿茵茵的田野里放风筝，我拽着风筝线，呼吸着新鲜的空气，光着脚趾，随风奔跑在松软的麦田里，好不惬意。父亲还口授我清朝诗人高鼎的"草长莺飞二月天，拂堤杨柳醉春烟，儿童放学归来后，忙趁东风放纸鸢"的诗句。

家乡的东侧有条清澈的小河，小河两旁绿树成荫，树影婆娑，河中成群的小白鹅排成一列，欢快地嬉水，夏天来临，树上的知了鸣叫时，几个孩子欢快地下河游泳，小鱼时常舔我的身子，弄得我痒痒的。冬天，屋檐边的冰冻像珍珠一样闪着耀眼的银光，地面上的积雪及膝，给大地披上一件白色的外衣。我和几个小孩便兴奋地到时门口结冰的河面上玩耍，父亲说太危险不让玩，被发现后揪住耳朵回家，我小嘴噘得高高的，脸上泪渍未干。这时，父亲笑嘻嘻递一块糖哄我，我便破涕为笑了。

庄上有个"大先生"，四十多岁，鳏夫，住在我家隔壁。听长辈讲，戏称他"大先生"是由于他好吃懒做，懂点之乎者也。年轻时有个女人与他没过几年便离走了，许多人鄙视他。可他喜爱小孩，我常常听他讲《西游记》中的妖魔鬼怪。有一天，"大先生"的故事讲到一半，突然怫然不悦，话锋一转，说："日本鬼子比想吃唐僧肉的妖怪还要恶毒。"

"大先生"亲眼见过日本鬼子。他告诉我，1939年农历三月的一天早晨，阴霾满天，沥沥小雨将齐穗的麦苗氤氲起水珠。倏忽，二十多个日本鬼子扛着带刺刀的长枪，气汹汹地从高邮城来到高庙圩，他们从圩中的朱庄、赵家开始放火，一直烧到沿河口，然后烧到十里尖。当时，他们十几个人躲藏在麦田里，眼睁睁地看着村庄方圆十几里变成一片火海，火光冲天。当时他想冲上去，与鬼子拼命，被乡亲们拦住劝阻说："小鬼子杀人如麻，在邻村一次杀害17个人，你上去也是白送死。"

我懵懂地眨着小眼睛问他："房子烧掉了，乡亲们住在哪儿啊？"

"大先生"重重地叹了口气："那时候，有人住猪圈，有人将农船翻过身住船底下，还有人携老带小避难逃荒……"

后来我长大了，"大先生"被政府送到敬老院，几年后，无疾而终。世事本无常，我家也从逶迤的小村庄搬迁到圩堤的庄台上。那蓬松的黄土地，清澈的河水，纷飞的柳絮，也渐渐在记忆里漫漶起来。

时光荏苒，四十多年过去了。如今，故乡沧海变桑田，高庙圩改成高谢社区了，那穿村而过的 S237 省道、外环路、珠光路和武安路，车辆川流不息，拉近了与高邮城市的距离，成了连接城乡的纽带；那鳞次栉比的住宅小区以及三五家大型超市，俨然成为现代化的村镇……只是小河干涸了，我的村庄拆迁了，乡亲们住上商品房了，那片土地即将开发，这里的一切杳如黄鹤一去不复返了……

今年是中国人民抗日战争胜利 70 周年，届时，北京还将举行盛大的阅兵仪式。一天夜里我又梦见"大先生"谈日本鬼子，梦境中我侧身恍恍惚惚告诉他："现在中国强大了，铭记历史，牢记责任，就是为了警醒让悲剧不再重演，就是为了祖国更加繁荣富强。"

"亲不够的故乡土，念不完的家乡情……"我多想抔一把黄泥土，嗅一嗅黄土上的泥涩味，感怀生我养育我的土地，因为那是我的根，我魂牵梦萦的故乡！

刊于 2015 年 9 月 1 日《高邮日报》

负暄的日子

寒冬时节，手捧《负暄琐话》，读张中行老先生主要以随笔的形式记载的 20 世纪 30 年代北大的温暖旧事。嗅着淡淡的墨香，心中莫名升腾出缕缕暖流。

小时候，每到下雪后的数九寒天，雪过天晴，父亲搀着我走在积雪路上，踩出声如裂帛的"喀嚓喀嚓"声，我特别喜爱听踩雪声，便悄悄地多踩几脚。一会儿，来到村庄牛屋的空地上，这儿负暄的人多得很。老人们在小杌上晏坐，双脚翘在火炉上，当冬阳照射身上，他们眯着浑浊的双眼打盹，皱巴巴的脸上漾起笑靥，仿佛光照能抚慰经年的沧桑；壮年的男人们站在墙边，有的双手操在衣袖里，低头踱步晃悠，有的拿着烟管，抽着旱烟，不时吐出烟雾，太阳照得烟雾弥漫，会咳嗽一两声，还会擤下鼻涕，再吸两口；女人们忙着为新年打毛衣、纳鞋底，七嘴八舌地说道张家长李家短，谁女儿毛衣漂亮，谁老公棉袄破旧，或站或坐喋喋不休，眉飞色舞者。这时，村里的新娘带着颠儿颠儿的大黄狗，挺着圆溜溜的肚子，觍着脸走来，不知谁笑呵呵说句："给厅长（大肚子）晒晒太阳，也让她小伙也暖暖身子……"

顿时，人群中传来一阵爽朗的笑声。

仰望苍穹，太阳像一只巨大的红橘子悬挂空中，射出红彤彤的耀眼的光芒。我便学动画片中《西游记》孙悟空取经探路模样将手圈在脑门上，须臾间眼里发烫受不了，视线便转到屋檐。上面挂满了像刘海般的透明的冰凌，像未发出的利箭。这里人称"冻丁当子。"我心生好奇，忍不住嘣了嘣父亲掰下的那支冰凌。父亲笑着说，呆小伙，当心受凉。

父亲善良人缘好，又是村里唯一识文断字者，乡亲们见到父亲，喜滋滋地簇拥着亲切称呼高先生，主动让他迎着太阳，站在墙中间，叫父亲给他们讲《火烧赤壁》。父亲是三国迷，说起曹操、周瑜和孔明，如数家珍，众人喜笑颜开，津津乐道地听着。忽然，人群中有人戏言："高先生，华容道上，关羽为什么要放走曹操呢？"霎时，大伙儿目光聚焦在父亲脸上，父亲顿了顿，扬起眉头，又慢条斯理起来。

我不爱听父亲讲的那些波澜壮阔的历史故事，便在人群中穿梭。倏忽，看见二子、小龙、小马等小伙伴也这儿负暄，我快步上前，抓住大男孩二子的手，几个小淘气心有灵犀，迅速围拢成圈，二子眨眼低声地说："我们挤挤夹夹好暖和吧！""好的、好的"于是，三人一组双手抄在袖口中，大个在前，矮个在后，斜着肩膀，趾起足趾，眼睛盯住对方，大呼："挤挤夹夹好暖和、挤挤夹夹好暖和……"两组人员闻声发力、铆足劲，随着各自身体的站位不停地晃动，影子也跟着晃动。彼时，太阳隔着棉絮钻进我们的棉袄里，我感觉浑身温暖。接着，颈项冒热气，便解开衣襟，暨身贴近墙边，挨个儿挤在一起。土墙的泥屑被我们几个小淘气蹭得尘土飞扬，有时还落进嘴巴，我索性"呸"地吐出，全然不顾，喘息未定地又用肩膀使劲地向前挤。

"哼！我们听三国呢，哪个小伙再闹，撂到大河……"猝然一声，吓得我们后住嘴巴怔怔地站着再不敢吭声。小孩儿毕竟五分钟热度，怎耐住寂寞，片刻，我们又玩起了"斗鸡"。两人一组，通常左腿立地，右腿盘成三角形，右手放在膝盖上，左手抓紧右腿踝处，两人膝盖正面碰撞，斗于对方双腿落地为胜利。胜出的再和下一组拼搏斗鸡。幸好那时穿棉裤，也不觉得膝盖有痛感。临到我和小马斗，我比小马高半头，遂将膝盖连同大小腿，如泰山压顶般地使他失去平衡后，双腿落地败北。就在小马怅然若失时，二子闯上来，三下五除二就把我斗倒，四仰八叉躺在地上。小马哈哈大笑，小龙上前将我扶起，脸颊沁出汗珠的我拍拍身上的灰尘，休整一下准备再战。这时，二子转身笑嘻嘻地从口袋中掏出蚕豆给我们，吃着香脆的蚕豆，几个小淘气又乐呵呵地玩开了。

　　太阳越来越近，柔和的光线焜耀在乡亲们的脸颊上，太阳的光泽让劬劳的农民暂时忘却物质的匮乏，浑身暖和和的，神情餍足地谈天说地，他们唠家常，话桑麻，议年事……太阳的光辉也让平静的村庄热闹起来。

　　如今生活条件优渥，人们取暖的方式繁多，那种负暄的日子一去不复返。尽管儿时惬意的负暄终成追怀，可那热闹暖心的场景成了我心底的一抹亮色和最温馨的记忆。

刊于 2020 年 1 月 19 日《解放日报》

我的知了情结

晚上散步，倏然传来熟悉的蝉鸣声，我心头一热，侧耳聆听，"吱——咿——""吱——咿——"。这让待久城市的我，怀想起小时候暑假捉蝉的往事。

放暑假正值夏天，每当星空闪烁的时候，树木葳蕤的古老村庄上，树冠如盖，葱郁的树林成了知了演唱的舞台，一声、两声、三声，声声入耳，引人注目。它们蹲在树上，一会儿低声婉转，一会儿高亢激越，就连池塘的蛙鼓也被它们盖下去了，"呱呱"声断断续续的。它们仿佛事先约好了似的，一会儿又阒寂无声，片刻之后，又蝉鸣四起，如气势宏大的交响曲奏响了农村的夜晚。

那时农村还没通电，孩子放暑假，白天除了下河游泳消暑，晚上最快乐的时光就是捉蝉，几个小孩童便穿梭在月光下影影绰绰的树林里，走在稀松的泥土上，心里盘算着抓到肉嘟嘟的蝉的那一刻，犹如手中拿着棉花糖一样兴奋。长我们几岁的二子吃过蝉，他说烤着吃香得很，叫我们先将捕捉到的蝉，放在罐头瓶，次日聚集一起烤。"在一根竹竿尽头，用铁丝缠绕成圆圈并绑缚牢固，然后在圆圈上粘贴蜘蛛网，用蜘蛛网的黏性去粘蝉的羽翼，迫其瞬间就擒。"二子说着捉蝉的过程，双手活灵活现地比画着。

于是，几个小孩手持竹竿，在树林里猫腰，蹑手蹑脚地窜到树下，将竹竿上的蜘蛛网，紧挨着匍匐在树干上的蝉，蝉的翅膀被牢牢黏住，只能"扑哒扑哒"地被活捉，捉蝉最怕突然起风，蝉会被吓跑。可有时也遇上精明的蝉，在我靠近树根时，鸣叫声戛然而止，只能望"树"兴叹，才走几步远，又欢快地鸣叫了，暨身往返，它又开始装聋作哑了，让我哭笑不得。有时还遇上使坏的蝉，当我将竹竿往它躯体粘贴时，猝然"吱"一声溜走了，竟喷出几滴尿落在嘴中。我"呸"地吐出苦涩味，遂用手抹抹脸。顿时，一道捉蝉的孩童哈哈大笑。月色朦胧，他们当然看不清我潮红的脸膛罢了。

次日早上，那蜷缩着在罐头瓶里的几只蝉，时而蠕动，时而驻足，蔫头巴脑的，看似秋后的蚂蚱。就在我痴痴地看着的时候，不知怎么被身为教师对我管教严苛的父亲觉察了，他站到我面前，沉着脸说："赶紧放了，过不了两天，蝉就会死去。"父亲扭开瓶盖，放了蝉。顿时我流下委屈的眼泪。

父亲转身将我拉到身边，嘘了口气说，你知道蝉的前世今生吗？我眼里闪着泪花，不情愿地摇摇头，父亲替我拭去泪水，告诉我，别看这小小的生命，它历经苦难，每年6、7月份开始产卵，第二年孵出幼虫，再到泥土中潜伏几年，才能脱壳蜕变成知了，就在它满怀希望的生命中，一些人竟将它油煎了，成了盘中餐。父亲的一番话，戳中我的内心。

我把父亲的一番话告诉了二子，我们便不再捉蝉。此后，我对这小生命多了一份敬畏。一次同学聚会，席间有一道金黄的油煎蝉蛹，一股鲜香气味扑鼻，有人说下酒好菜，还有人怂恿我品尝。我却没有力气下箸。

"吱——咿——""吱——咿——"的知了声，我循声凝望，那林立的高楼，行色匆匆的人群，而我的老家早已拆迁，父亲已然离世，故乡永远回不去了，而暑假捉蝉的往事仍在心头萦绕。

刊于2021年8月11日《亮报》

第二章 永恒亲情

父亲的礼节课

年近九旬的许医生身板硬朗，精神矍铄，常替人免费把脉问诊。前段时间，我血压有些偏高，便抽空去测量。

一进门，见到白发苍苍的许老，他站起身笑眯眯地问我："请问您尊姓？贵庚？请坐、请坐……"一连串的礼数，让我这个后生心生敬意。

老人的彬彬有礼，激起我情感的涟漪，将我的记忆拉回到父亲身边。

小时候，我家住在农村的大庄台。农闲，乡亲们喜欢串门拉家常。物质匮乏时，吃饭可是头等大事。一天，我和家人刚吃完午饭，邻居来我家玩，张口便问道："吃过了吗？"父亲听了站着躬身说："有偏了。"当时我不懂"有偏了"什么意思，只是懵懂地眨眨眼睛，默默记在心里。长大后才知道，父亲是向邻居施礼，表示不好意思，偏待您了，没能邀请您共进午餐。

父亲出生民国初年，从小饱读诗书，长大教书育人，深谙礼节。从我记事起，他就给我讲孔子教育他儿子孔鲤学习《诗》和礼的故事，还引用至圣的话来开导我："不学《诗》，怎么能讲出有文采的话呢？不学礼，怎么能在社会上立身呢？"我似懂非懂地点点头。父亲咳了声说："你还小，先从'站有站相，坐有坐相'开始学礼数。"在日常生活中，父亲讲的这八个字说起来容易，做起来可不简单。一次三舅来我家做客，父亲忙着让座端茶，三舅笑着坐了下来，我也跟着坐下来，还跷着二郎腿。父亲见状，推了推眼镜，瞪着眼对我说："尊者坐，卑者立。三舅坐着，你就应该站着，坐下情有可原，可你还跷二郎腿，实在大不敬！"我的脸一下红到耳根，吓得慌忙站起身。"算了、算了，伢子还小呢？"尽管三舅打圆场，可父亲仍旧口气强硬，"不行、不行，从小听八十……"后来，跷二郎腿的习惯仍像"顽症"似的反复发作，但想到父亲从镜框边射出的冷峻目光，我便悄悄地将两腿放平行，双手放在膝盖上，正襟危坐起来。

父亲不仅严格要求我，还以身作则，将礼节运用到日常生活中。年近古稀的他退休赋闲在家，痴迷柳公权的《玄秘塔碑》，坚持习字几年不辍。乡兽医站的姚站长也酷爱柳体字，那天特意拜访父亲，两人见面寒暄后，他见到父亲临摹的《玄秘塔碑》书法，两眼放光，像拾到宝贝一样爱不释手，右手敲着桌子兴奋地说："高老师，好字，继承了柳体的骨力健劲，可以以假乱真了。"听罢，父亲收起笑靥，慌忙站起身，唯唯诺诺地说道："岂能、岂能，承蒙姚站长垂青，拙作，祈求赐教！"随后，他们又谈了习字的技巧和笔法，就在姚站长起身告辞，跨上自行车的瞬间，送客到村口的父亲又向他鞠了一躬，伫立在路边，目送他渐渐远去。父亲的谦谦君子形象，我看在眼里，记在心上。

父亲虽至耄老，可他十分注意自己的容貌和穿戴的礼节。每天将自己的眼镜擦亮，脸上胡须刮掉，稀疏花白的头发梳理整齐有形，佩戴一支钟山牌手表，常穿一件干净灰色的中山装，清瘦的身材看上去精神十足。别看他衣上还打着布丁，每次总将衣服的领口纽扣扣紧，即便到了夏天，他也不例外。母亲用揶揄的口气说，到底是教书先生，大热天身上汗湿湿的都这么斯文。父亲抹去脸上的汗水粲然一笑，说，再热，人可要穿戴整齐。随后，又得意扬扬地吟诵："君子正其衣冠，尊其瞻视，俨然人望而畏之，斯不亦威而不猛乎？"《论语·尧曰》中的句子。说到孔子，父亲似乎眼亮了些许，摇头晃脑地说："子曰：君子博学于文，约之以礼……"母亲也了解他的犟脾气，白了他一眼，也不再说话嗔怪他。

一次，父亲带我到庄邻家吃酒，当亲朋好友坐上八仙桌，我茫然不知道自己座位在哪儿，父亲轻声地对我耳边说："你就坐在西面，朝门方向最长，那是长者的座位。"彼时庄稼人的栖居屋为清一色的大门朝南。席间，父亲走下座位到长者的面前敬酒，谦逊地说："鄙人……"其实，中国人聚餐坐席有一条原则，叫"在朝序爵，在野序齿"。我年幼，父亲叫我坐西面，他是按礼节来的。那天吃完酒，我闹脾气，父亲起身对长者打拱，面露愧色地说："失陪、失陪，小孩要回家了……"

依稀记得我三年级开学，父亲将我带到马老师家中，师母告诉我们马老师有事，临时外出了。我红着脸拉着父亲的手要回家，父亲站在马老师门口，说，还是等一会儿吧。这一等就是一个时辰，他搂着我，就这样恭恭敬敬地站立着，还给我讲"程门立雪"的典故，告诉我站立表示尊重对方。后来，马老师回家见状，连忙把我们请到他家堂屋，执意留我俩吃饭，席间，看见红烧肉，我连忙伸出筷子，父亲向我瞪眼，瞬间，我缩回了筷子。马老师见状笑着夹了两块肉给我，说："高老师，你对哲嗣太严格了。"父亲笑了笑，回了句："嘿嘿，还哲嗣？犬子还没懂事呢。马老师，玉不琢，不成器啊。"一席话，说得桌上宾客乐呵呵的。

回家的路上，父亲和蔼地开导我说："或饮食，或起居，长者先，幼者后，你是晚辈，长辈不动筷子，你怎么能先伸手呢？牢记起居饮食应尊长在前，从今往后一定要注意！"我心里蓦然一凛，嘴里答应着，快步上前连忙抓着他那双温暖的大手。

放暑假是儿时最快乐的时光。一天我和广春在水里游泳，发现水中央墨绿色的菱叶密密麻麻地铺满了水面。于是，我俩便抢着摘"家菱"，没有我水性好的广春便落在我身后。突然，他顺手从河边操起破砖砸向我，霎时，我脑门鲜血直流，下意识地捂住伤口，这时，广春吓跑了，我只能悻悻地回家。晚上，他父亲特意来我家赔礼道歉，父亲淡然地笑了笑说，孩子只要没有什么大事就算了。临别时，他父亲从口袋中掏出两只又大又圆的鹅蛋，说送给我补补身体。父亲慌忙摆手，急切地说，小孩子没有谁对谁错，礼物坚决不收！谁知广春的父亲站在门前不走，口中还嗫嚅着，高老师，我……真不过意，家中就两只鹅蛋……父亲见他一副憨厚腼腆模样，遂转身从房间的罐中找到六只鸡蛋，趋步将鸡蛋往他手中硬塞。"这个你收下，不然，鹅蛋请你带走，我们是好邻居，别往心里去，有来无往非礼也嘛。"父亲语气坚决，板着面孔说道。

广春的父亲走后，我嘟着小嘴巴，怅然若失，觉得父亲太老实呆板了。倏忽，父亲纡徐地走到我身边，拍了我两下肩膀，微笑说，你现在还疼吗？只是轻伤，人，要严以律己，宽以待人。你也有责任，当时谦让一下不就没事了。父亲说着收起笑靥，他爸爸送我两只大鹅蛋，我送他六只鸡蛋也是应该的。再说《论语》中讲，礼之用，和为贵，礼的终极作用是构建人与人之间的和谐。我听了直着眼咬了咬嘴唇，嘘了口气，父亲谦和礼让为人师表的人格在心中油然而生。

那年秋季，庄邻杨老汉突然去世，父亲知道后，饭都没吃口，便带着我到他家吊唁。步入孝堂，父亲在其家人陪同下，恭恭敬敬地灵堂前双膝跪拜，拱手合一，神情肃穆，含泪念叨："老哥，您一路走好！"然后，教我跟着下跪。临别前，父亲掏出份子钱，对其儿子说："令尊走了，请节哀顺变！"

那时农村识文断字者少，父亲常常替人写信。他在信中常用"自谦而敬人"的词语，对于写给尊长的，信中常常出现"钧鉴""叩禀""时绥""顿首"等字眼，信写好后，他还念给其听，征求意见，适当修改直至写信人满意点头后，再誊写一遍，最后还要在信封上端端正正地写下"收信人地址""某某敬启"或"某某俯收"的字样。

"少年若天成，习惯成自然。"虽说父亲走了多年，可他教我的那些礼节却深深地影响了我，教育我时刻不敢狂妄自大，谦卑而自省地生活。如果说几十年下来，亲友谈起我在待人接物方面注重礼节，我得由衷地感谢我的先父。

刊于2018年2月《青春》

一粥一饭当思来不易

前几天,我们一家人聚餐快结束时,我见小外孙女碗里有剩饭,便端过来吃了,家人对此见怪不怪。我不浪费粮食是家里公认的。这得益于儿时母亲对我的言传身教。

50年前,我还是垂髫小儿,虽懵懂无知,可对母亲用餐时舔碗和捡米粒的记忆,却如那时念过的书,多年过去,仍清晰如昨。

那时,我家门口长着几棵梧桐树。每到夏季,树冠如盖,荫翳烈日。树下就成了一家人吃饭纳凉的好地方。一次,我肚子饿了,母亲给我盛了一碗粥,说是粥,其实还有大麦片和倭瓜。我坐在小板凳上,"呼噜呼噜"地喝完粥,便将碗放在小桌上。

母亲见我喝完了粥,从桌上捡起我漏下的米粒吃了,然后拿起碗,不紧不慢地舔着。舔到碗底处,她还把右手食指弯成一个半圆形,将在碗底刮到的像面糊一样的稀粥放入口中。我见状很诧异,觉得丢了面子,生怕被邻居瞧见这种不雅的吃法,渐渐地满脸通红。我嘟起嘴巴,开始说母亲:"你吃的样子难看死了,今后不要这样吃了!"

母亲见我不乐意,放下碗,笑呵呵地说:"伢子,你小呢,妈是从苦日子过来的,一粥一饭难来呢!你落在桌上的米粒和碗里没喝光的粥,我给你捡起来、舔干净,是好事啊,过日子可千万不能浪费一点粮食啊!"

也不怪母亲时常念叨，在那个年代，父亲是老师，收入微薄。家中一日三餐不是喝粥，就是吃掺有大麦片的杂粮饭。杂粮饭吃了让人觉得嗓子干涩、寡淡无味。可人是铁、饭是钢，一顿不吃饿得慌，我们也没有其他选择。

吃一顿白白的大米饭成了我孩提时的奢望。邻居二子家条件好，常常能吃上大米饭。一天中午，他捧着一碗大米饭来我家门口，边吃边显摆。见到雪白的大米饭，我目不转睛地盯着，不自觉地咽着口水。母亲似乎看出了我的心思，拍着我的头说："过两天农忙，我和男劳力一起干活拉犁，就可以分得一碗大米饭，到时候带回来给你吃。妈用香油炒给你吃！"母亲说这话时，脸上满是自豪。

我的愿望在一个秋高气爽的日子终于实现了。那天凌晨，母亲干了一天拉犁的活，分得了一碗大米饭。她当然不舍得吃，饿着肚子一路小跑回家。看到白白的大米饭，我兴奋地在母亲身边跳来跳去。母亲下锅炒饭时，我就一直在旁边守着。等饭端上来，我立刻以风卷残云之势将那碗金灿灿、香喷喷的香油炒饭吃下肚了，嘴上油晃晃的，心里那个美啊——这可真是我这辈子吃得最香的饕餮大餐。

"别噎着，桌上和碗里还有好几粒米呢！"母亲皱起眉头。她先将桌上散落的米粒捡起吃下去，又从我手中接过碗，将我没吃干净的米粒慢慢舔掉，然后才去洗碗。

"仓廪实而知礼节，衣食足而知荣辱。"直到年岁渐长，我才懂得，在那个缺衣少粮的年代，目不识丁的母亲虽说不出"谁知盘中餐，粒粒皆辛苦""成由俭来败由奢"，却在一粥一饭里传承着厉行节约、反对浪费的家风。

刊于 2018 年 8 月 28 日《国家电网报》"亮生活"

母亲

那年二月，春寒料峭。

母亲抹去脸上的汗珠，又一次弯下腰，把七八十斤的我驮在她的后背上，跟跟跄跄地走上蜿蜒的小路。不一会儿，她发出时疾时徐的喘气声，汗珠从头上流到脸颊上，流进脖颈里。每当我快从她身上滑下来时，母亲会弯曲膝盖，使劲将我向上一撑，然后弓着腰，继续向前走。

这情景至今记忆犹新。40年前，母亲在寒风中，用孱弱的身躯背着个大的我治疗腿伤。为节省5毛钱的车费，徒步25公里，背着我去医院。

母亲在我的这场车祸中，拼尽了力气。她得知十岁的儿子和同学上城洗澡的途中，遭遇狼犬的惊吓，被拖拉机撞伤的坏消息，痛哭流涕，一路狂奔事故现场。

"儿子是我的命根子，你们不把我伢子的腿看好了，我也不想活了……"她披头散发地瘫在地上，抽抽噎噎，神情恍惚地念叨不停。见肇事司机一副若无其事的样子，平时性格温驯的母亲，蓦然站起身，上前一把拽着他的衣襟，催其赶紧去医院。

母亲出生在一个富农家庭，理应日子很好过。但重男轻女的外公将只有6岁的母亲送给自己妹妹"压子"。就这样，母亲寄养在嬢嬢家，她没上一天学，每日在家中扫地、做饭、缝补。乖巧懂事的她10岁就学会了女红，针线、绣花样样都行。

几年后，孃孃有了自己的孩子，母亲像人质似的被"遣返"回到外公家。回到父母身边后，母亲过了几年好日子，可厄运又向她袭来。外公因成分问题被抄了家，一个富裕的家庭陡然间贫苦起来。受不了屈辱的外公撒手人寰，母亲也受到株连，遭到周围人的冷眼。为了生计，正值豆蔻年华的母亲去城里"帮人"（给有钱人家做杂事），过着寄人篱下的生活。

后来，母亲经人介绍认识了我的父亲。结婚12年后，35岁的母亲惊喜地发现自己有了身孕。怀着孩子的母亲仍像平常一样，每天与乡亲们一道做体力劳动，一直干到分娩那天。生我时，母亲竟然没去医院，她强忍着剧痛，咬破了舌头，疼了一夜产下我。父亲回忆说，生我那天母亲一声都没叫，坚强得令人害怕。

我7岁入学。生性好动的我在课堂上坐不安，往往只上一节课，便悄悄溜回家。一次，我逃课的事儿被母亲发现了，她揪着我的耳朵，不顾我的哭喊，将我拽进老师办公室。我记得路上母亲声色俱厉地说："伢子不读书，等于养的猪，惯儿不惯学……"之后，我便不敢再逃课了。

我头发天生有些鬈发，每天早上，最讨厌的就是母亲给我扎辫子。我嫌梳子尖扎着头皮疼，母亲总会安慰我说："快好了，快好了。"我不理解母亲为什么把我当女孩儿养，长大后才知道，给男孩子扎辫子是怕他"跑掉"（未成年夭折）。

物质匮乏时，最盼望吃肉。一次舅舅来我家做客，我放学刚进家门，就闻到香味扑鼻的红烧肉的味道，遂连忙伸手抓了几块肉塞进嘴里。一旁的舅舅和父亲没阻止我，只笑我贪吃，母亲却很生气，她说："一个半个要成人，你们惯伢子摆脸上，桑树条子从小拐！"我流下委屈的泪水，心里有点怨她。

舅舅走后，母亲把我叫到身边，右手抚上我的额头，缓缓地说：" 今天的肉，我一块没吃，锅里给你留着呢。不过，你要懂礼，人穷，志不能短。"母亲说完，长长地吁了口气。

那时秋收，学校要求每位学生支农，参与一些拎梨水、搬稻草、拾稻穗之类力所能及的劳动。开始时我不愿意干，觉得自己是读书人，不想碰那些苦累的农活。母亲知道后劝导我要勤劳动，并且身体力行，主动去干拉田这种男人干的活儿。一个夜晚，母亲在拉田的途中，不小心滑到沟里，一个趔趄扭伤了脚。第二天一大早，母亲又一瘸一拐地上工了。

1979 年 5 月，我被县体委抽调集训，备战扬州市中学生篮球比赛。从此，我便转入高邮县中学读书。

临行时，母亲为我收拾行李，当她把衣物放进箱子时，我看见她流泪了。

"妈，你别哭，我星期天就可以回来了。"我这一说，母亲哭得更伤心了。我长大后，才渐渐明白母亲的心思，儿行千里母担忧啊。

1981 年 5 月 7 日，母亲意外地离开了人世。突如其来的噩耗让我感觉天快塌了，失母之痛心如刀绞。在送别母亲的灵车上，我双手捧着母亲的遗像，想着母亲留下的教诲，啜泣不止。

后来，我常把母亲的故事讲给我的女儿听。如今，我也两鬓斑白，将母亲的故事记下来，感念母亲的养育之恩。

刊于 2019 年 5 月 15 日《亮报》"亮家园"头条

父亲的园丁纪念章

老屋拆迁清理橱柜时,一枚沾染灰尘椭圆形纪念章映入我的眼帘,它镀着金边,中间红红的底色,一棵绿树和树干两侧的数字 25 和拼音声母 YD 依然醒目,这是全国教育工作委员会赠予父亲的教龄 25 年荣誉纪念章。我面色凝重轻轻地擦拭灰尘,摩挲着这闪耀着父亲一生心血的纪念章。

在我的印象中,父亲身材清癯,花白的头发,衣着整洁。即便是夏天,酷暑闷热,他的袖口、领襟仍扣得严严的。母亲用揶揄的口吻说:"大热天,身上汗湿湿的,到底是教书先生,涵养好。"父亲抹去脸上的汗水,一笑,说:"再热,人也要穿戴整齐,何况我还我人师表。"母亲深谙他的倔脾气,只好由他。

父亲从教是从 1931 年开始。那年,20 岁的他遭遇了京杭大运河高邮段决堤,从县城逃离到高庙圩(今高邮市高邮镇高社社区),靠教私塾谋生。1949 年,父亲当上了民办教师。今春,我遇见村里年逾七秩的老乡长,德高望重的他感慨地说:"过去村里文盲多,你父亲在我们村里教了一辈子书,像我的父亲、我和儿子三代人都在他手上读书。《三字经》《弟子规》等用来启蒙;束发以后就开始教《孟子》《论语》等。至今我还能背不少。"老乡长饶有兴趣地告诉我父亲手执教鞭、激昂文字的样子,还有那手漂亮的粉笔字,他始终记得。

父亲老来得子,照说我该深受宠爱,可他对我的学习毫不留情。小时候,最怕他叫我练毛笔字。面对字帖,手攥着毛笔大半天,因枯燥乏味而走神,难免习字歪斜。他发现后,板着面孔训斥:"练字要一笔一画循序渐进地写,横要'蚕头燕尾',撇要有'尖',最后的一捺要有'脚'!写毛笔字和学习一样,不积跬步无以至千里嘛!"说着推了推眼镜。看到他从镜框射出的威严目光,我只好又认真地描摹起来。

那时候,我常觉得父亲不近人情。譬如,我向他要些零钱,他木然地说小孩不需要钱;偶尔看见糖担子,我哭着闹,他磨蹭着只买2分钱糖。还说吃东西浅尝辄止,要懂得节制和节省。然而,遇到上学的孩子交不全学费,他却掏出二三元垫付。在20世纪60年代的农村,小学一学期的学费也就四五元。家里总也存不上钱,母亲怪他,他歉意地笑笑说,恻隐之心,人皆有之。下次依然如故。

上小学时,我看见父亲和别人下棋,因插嘴被他教训得面红耳赤,"观棋不语真君子",从此我记在心中。到了初中,自觉棋艺渐长,就挑战起父亲来。我用当头炮加直横车恣意地攻杀,不小心出现漏洞,沉着应战的父亲用底炮抽掉大车,逆转局势,我就此败阵下来,垂头丧气。父亲安慰说,这棋如人生,要把握冲动的欲望。

父亲的耿直也是出了名的。他曾因不同意学生请假参加游行受到批斗,但他仍然坚持"学生该读书时要读书"。父亲成了"臭老九",气得肺病发作,瘦掉十几斤,这也没他屈服。

生活的坎坷让他养成不苟言笑的习惯。党的十一届三中全会召开后,父亲恢复了工作,还作为教师代表参加县人民代表大会。那天,他终于露出了久违的笑容,扬眉吐气地说:"祖国的春天来了,教育的春天来了。"

父亲一点一点地变老,唯一不变的是他的师者风范。一日,我去姨娘家吃酒，因衣衫单薄，只能去找邻居二子借裤子穿，还承诺，第二天晚上一定归还。可那晚下起了大雨，我犹豫不决，父亲知情后，连忙撑伞，陪着我将裤子还给人家。返家的路上，父亲给我讲尾生抱柱的故事，说做人一定要讲诚信。

1983年5月，年过古稀的老父亲在掌声中，站在了领奖台上，当胸前佩戴上全国教育工作委员会赠予他的教龄25年荣誉纪念章时，他眼眶濡湿了。这枚园丁荣誉纪念章对他来说，既是深情的慰藉，更是无上的荣耀！

时光飞逝，几十年过去了，我的家庭档案里虽没有父亲留下值得炫耀的财产，但这枚映照他一生的纪念章，以及他的人格魅力和谆谆教诲却永远留在我的心里，化作我人生道路上前行的准则。

刊于2018年11月17日《苏州日报》B01版

叔父的"唠叨"

老屋拆迁整理物什时,一张泛黄的旧相片引起我的注目,相片上的人头戴礼帽,身穿马褂,浓眉大眼,口正鼻挺,向我微笑着,这是生前叔父参加抗战时拍摄的。我面色凝重地端详着,然后小心翼翼地珍藏起来。眼前的旧相片,将我的记忆拉回到小时候。

在我的记忆中,19岁的叔父毅然决然地弃笔从戎,给新四军送情报。在血雨腥风的抗日战争年代,情报工作属单线联系,据说他的上级赵参谋就被日军戕害,所以抗战胜利后,叔父悄然无声地回到了乡里。

小时候,叔父常给我讲他送情报的故事。1945年8月15日,尽管日本帝国主义宣布无条件投降,但高邮仍在白色恐怖之中,日伪军拒不缴械,负隅顽抗。当时,驻扎高邮的日本侵略者在黄渡、十里尖等地设置了炮台,有重兵把守,要想通过鬼子的关卡传递情报绝非易事。他将情报藏匿破布鞋的夹层内,鬼子总习惯地摸摸他的上衣口袋,有时裤袋处也捏捏,还瞪眼上下打量,叔父沉着应付,每次都能将情报送到新四军赵参谋的手中,因此也多次受到他的揄扬。

那时物质极其匮乏,邻居家杀猪免不了先烧肉品尝,室内香喷喷的烟气从窗口弥漫,让我们几个孩童垂涎欲滴,在窗户观望,不时地翕动鼻翼细嗅。被叔父发觉后,责令我回家。路上,他摸着我的头说道:"那年他送情报到毗邻的兴化县,途经三垛镇,鬼子发现他阴阳怪气地问,看到新四军的没有?说了有黄桥烧饼吃。他冷静地摇摇头。"说着叔父叹了口气,当时真是又渴又饿,看到黄桥烧饼真想吃,可想到日军残害人民,这嗟来之食宁死也不吃。所以说,伢子要有骨气,人穷志不能短。

有一次,我去舅舅家吃酒,便向邻庄的小马借鞋子穿,我还在他妈妈面前承诺,第二天晚上归还。可当晚下了大雨,电闪雷鸣。我犹豫不决。叔父知情后,连忙撑伞来到我家,搀着我将鞋子还给了他妈。回家的路上,叔父瑟缩着身子,说,做人要诚信,那时为新四军送情报,不管天气多么恶劣,从来雷打不动。

那年秋收,乡亲们到粮站卖稻,特意请叔父记筹码,帮结账。当他手捏一沓钞票,仔细清点后,发现多了50元。60年代中期,稻子每斤只卖8分线,相当于1亩田的稻钱,面对这笔"巨款",他心怦怦地跳,思忖片刻,转身找到卖稻的曾爷。

族长曾爷听了摩挲着胡子,笑眯眯地把叔父拉到墙角,低声道:"好事,我们16家平分吧。"

叔父摇摇头郑重地说:"这事不能做,我们平分了,人家会计就得赔50元钱,会出大事的。"

"你真古板,会计晓得钱错在我们这儿?"曾爷说着瞪了叔父一眼。

"君子爱财,取之有道,这事不能做、不能做……"叔父边说边跑向粮站会计室。

1983年我参加工作。那天下班,我将一根十几米的电线悄悄带回家,绑扎在门口的两棵树上,日后好晾晒衣裳。叔父知情后,气愤地对我说:"你怎能拿单位东西呢,赶紧换下来!"叔父说他当年因使用新四军发的"抗币"(当时共产党使用的货币)被日军发现,五花大绑送进了监狱。在监狱里,叔父受尽了严刑逼供和拷打，但他坚决说钱是他讨饭时从路上拾获的。鬼子见硬逼不行，便用金钱诱惑，而他坚决不从，也不泄露地下党组织成员。后来，由当地伪保长出面担保，才将奄奄一息的他救出。你手不能夹在公家的门缝里，要洁身自好……"我听了皱着眉毛，嘴上答应着，可心里仍抱怨他"唠叨"。

后来，父亲去世了，叔父在我孤独无助的时候，没有抛弃我，用安慰的口吻说："没有了父亲，更要自立，男伢子要面对现实，多吃苦头，要勤劳、勤俭。"一次，在他家吃酒，叔父睁大微醺的眼睛对我说，春子（我的小名），你还小，在单位工作要努力，要勤俭持家，特别要好好把握自己，人生道路长呢……那天晚上，叔侄两人絮语了几个小时。可我至今都清晰地记得他板着苍老的脸庞，说"特别要好好把握自己"时的一字一顿，攥紧拳头敲得桌面咚咚响，眼睛盯视我的情景。

那次交谈后没多久，叔父便因病离开了人世。这么多年来，我脑海里常闪现叔父的"唠叨"形象，甚至想起他让我艰苦朴素，视名利如浮云的教诲来。这在我的工作生涯中起了至关重要的作用。

六年前，一做电商的朋友，想通过我女婿搞房地产的关系，做电力工程，并承诺："如果生意成功了，给我一笔好处费。"我当时就答复他："人家单位是公开招标，给你洽谈可以，不过我不要好处费。"

后来，电商如愿以偿，收益颇丰。一天，他来到我的办公室，叫我出面，请某老总和领导吃饭，并兑现好处费，我当场就拒绝了，并严肃地告诉他："朋友聚聚没问题，原则性的错误不能犯，好处费更不能收！"那位朋友苦笑着对我说："现在什么年代了，你还是老思想。"

两年后，那些收了好处费的人，因另案涉及纷纷被纪委查处，不仅退出了赃款，有的还受到党纪政纪处分。

遥想 30 年前，我拿单位一根十几米的电线，叔父都认为"手夹在公家的门缝里，不能洁身自好……"当初我还抱怨他"唠叨"，经历这场风雨，我唏嘘不已，是叔父的品行端方在潜移默化地影响着我；如果没有当年叔父红色家风的滋养，我就会和那些收好处费的人一样习焉不察，一失足成千古恨，落得身败名裂的下场。

新居落成后，我在女儿女婿和孙辈的面前，将那张泛黄的旧相片小心翼翼地捧着，一本正经地讲起叔父当年教导我的故事，让他们懂得如何走好人生路。

该文获得 2019 年扬州市纪委征文竞赛三等奖

我的舅父

小时候,我和母亲到舅父家省亲。她搀着我指着小路前方的两间土坯茅草屋说,那是舅的家。步入十几平方米的堂屋,物什陈旧简陋。一块木板搁在砖块垒成的老柜上,桌子的周边竖立着两张破板凳,锅灶挨着东墙,两个铁锅只有一个半锅盖……中午吃饭时,我见到身材颀长,消瘦黧黑,头发蓬乱,衣着褴褛的舅父,在长辈们一片拥戴声中,舅父把鸡髀往我碗里搛……

听妈妈讲,舅父生在新中国成立前的富农家庭,家境宽裕。无忧无虑的童年生活,使他刚开萌时就接受儒家文化的熏陶。如《三字经》《百家姓》《千字文》等舅父都烂熟于心。天资聪颖的他15岁就能会下象棋,一次与村里干部博弈,竟被初生牛犊不怕虎的舅父连续赢了几盘。后来,外公抱怨地说,小伙不懂事,让人家脸面往哪搁啊。

据说,舅父读到《孟子》时,家中因成分不好抄了家。舅父不得不辍学,正值青春年少的他因成分遭贫下中农白眼,因成分在村里四处碰壁,也是因为成分,刚结婚不久的舅妈也被气疯了。

从此,舅父在人生的罅隙里生存,生产队的重、苦、难的活计,皆有舅父来。一个天寒地冻的早晨,生产队船上的水泵,不知被谁故意推下水。队长气冲冲地叫他去打捞,舅父委屈地点点头,他脱下衣服,穿着短裤爬到河水泡了一个小时,冻得嘴唇发紫，两腿直哆嗦，才将沉在河里水泵移到岸上。

1960年里下河闹饥荒，当时已有两个孩子的舅父不得不拣最重的活儿，主动请缨三阳河的大型工程。对于晚上每人分的一碗大米饭，舅父舍不得吃，将米饭带回家，用萝卜、野菜、麦麸等重新调制，供妻儿老小度日糊口。

后来，生活的打击、命途的多舛让舅父常常借酒消愁，舅父的酒量大得惊人，年轻时从酒店买回二两五曲酒，他边跑边喝还没回家，酒瓶就见了底。记得我结婚时，一把年纪的舅父替我陪了好几桌客人，依旧谈笑风生。

我十岁生日时，舅父在众亲戚面前，将我紧紧抱在怀里，喜笑颜开地说，我姊妹六个只有两个外甥，我最喜欢小外甥了。天有不测风云，十七岁那年，我母亲意外离世，在我孤独无助的时候，舅父没有抛弃我，用安慰的口吻说："没有了母亲，更要自立，男伢子要面对现实，多吃苦头，要勤劳、勤俭……"

后来，我成家了，舅父经常到我家做客。每次陪他喝酒时，他喜欢滔滔不绝地谈自己的人生际遇，说到动情处，他眨眨眼睛，苦笑，长长地吁口气，端起酒杯一饮而尽，手指头习惯地弹下烟蒂。彼时，我往他杯中斟满酒，劝他多吃点菜，然后低头不语，继续听他絮絮叨叨。倏忽，舅父睁大微醺的眼睛对我说，春子，你小呢，工作要努力，勤俭持家，好好把握自己人生道路长呢……

依稀记得我1995年建房的时候，舅父主动来指导帮忙，白天他与瓦木工做杂事，晚上还要替我打更看场子。那些日子，舅父清癯的脸颊总洋溢笑靥，他对邻居说，外甥砌新房，当舅的能不高兴吗？

我的舅父含辛茹苦将四个子女拉扯大，帮他们风风光光的结婚，晚年的他还闲不住，为小儿子放养了好多鸡鸭，解决家中日常花销。一生奔波劳碌，吃尽千辛万苦的舅父，本该颐养天年，安度晚年，令人万万没有想到的是，十年前留宿在连襟家，就再也没有醒来……

岁月悠悠，时光磨耗了我的青春，苍老了我的容颜，而舅父在我成长道路上的谆谆教诲，在我脑海里一直挥之不去。因为，我能有今天，多亏舅父让我懂得了生活目的和男人的担当。

2020 年 9 月 13 日《扬州晚报》"忆故人"头条

看望岳母

拆迁搬入新居后,已近三个月没有拜望我那 88 岁高龄的岳母了。那天,带着久违的愧疚,冒着凛冽的朔风,我与妻子购买了岳母喜欢吃的香蕉、鳊鱼、排骨、红枣等食品,准备去探望岳母。

到了岳母家门口,木门紧锁。在门口觅食的两三只老母鸡扑腾翅膀溜开了,枯黄的树叶散落一地。我不禁打了个寒噤,萌生出可怕的念头:岳母万一有什么不测?虽说她老人家眼不昏,耳不背,神志清晰,生活自己料理,可毕竟长年独居,况且是"人过 88,不知瘸和瞎"的人生暮年了。

就在我茫然时,隔壁的王姨见我们粲然一笑地说:"你们夫妻又来看丈母娘啦?"妻子急切地问:"妈妈到哪里去了?""老太最近常感冒,早上到合作医疗社挂水去了……"听到"感冒"二字,我悬着的心终于放了下来。

从王姨的话中得知,岳母近来身体不是太好,常念叨我们家拆迁了,要吃苦遭罪……我苦笑说,政府对我们非常好,有安置房屋。我想,一个耄耋老人竟然担忧已结婚成家多年的孩子,唉,真是可怜天下父母心!

正说着,一辆电瓶三轮车迎面驶来,是大舅子带岳母挂水回家了。我一愣,这是我的岳母吗?眼前的岳母白发苍苍,满脸沟壑,浑身颤颤巍巍,言语唯唯诺诺,就像秋后被霜打蔫的茄子,与3月前的岳母判若两人。我连忙上前搀扶她的手,叫了声:"妈妈!"岳母用拳头顶着腰杆,气咻咻地回了句:"乖乖,最近身体不大好。"说着连咳嗽了两声。

"岁数大了,病痛是正常的,不过,老太平时一顿还能吃一碗饭呢。"身后的大舅子接过话茬。

我和妻子将岳母小心翼翼地扶座椅子上,坐定后的岳母叹了口气,妻子将剥皮的香蕉放在她皲裂的手上,她吃了两口,瞧见这些喜欢的食品,似乎精神振作多了,濡湿的眼睛噙着泪花说:"乖乖,把你们钱花了,我有得吃呢,三个儿子又不停地服侍我,日子过得好呢!你们夫妻过到老,钱要细细用,小慧(我的小女儿)还没成家呢……"站在旁边妻子忙用手纸拭去岳母脸上的泪珠,示意我陪同老太,转身拿着扫帚拖把往岳母卧室去了。

我知道岳母喜欢我陪她聊聊天,"话痨"的我当然不放过这次机会。我掰着手指故意问她年龄,叫她注意休息、保持快乐,谈她经历三年困难时期,生活颠踬而堕入贫困,把6个孩子拉扯成人过到88真的不容易;谈她勤劳、能干,年轻时常常冬季春碓,春季罱泥,干过许多男人的活计;谈她淳朴、善良,与世无争与人宽容,左邻右舍和和睦睦,比岳父多过了20多年,阎王不收你……听着、听着,岳母沟壑纵深的脸上露出了笑靥。

妻子将岳母卧室拾掇好,我们依依惜别了岳母。我想,目不识丁的岳母永远不知道"执子之手,与之偕老""成由勤俭败由奢"等至理名言,却说出了"夫妻过到老,钱要细细用"的生活真谛的大白话,我很有感触。

"夫妻过到老,钱要细细用"……一路上,"米岁"老人的话语始终在我耳际回响,令我久久难忘。

二爷

这里的风俗,毛脚女婿上门见到长辈,一般随岳父那边人称呼。几十年下来,我也习惯称叔岳父为二爷了。

20世纪80年代中期,经人介绍,我结识了他的侄女。一次我见到在田野劳作的二爷,草帽下椭圆的脸蛋,扁担压在敦实的肩上,口中打着劳动号子向我微笑,见到我放下担子,彼此寒暄了一阵,我便匆匆告辞了。

而让我真正认识二爷的,是在这桩婚事几乎"黄"的时候,他却站了出来,单独岳父谈心:"女儿谈恋爱,应该尊重伢子的意见,再说《婚姻法》反对包办婚姻。虽说小伙子家庭条件差,我看他面善仁义……"这一说,岳父便不吭声,仍愁眉苦脸的,在唉声叹气,觉得女儿应该嫁给条件优越的人家。二爷仿佛看出他的心思,咳了声,上前抓住岳父的手,郑重地说:"哥,我劝你还是看开些,邻村不是有父母包办婚姻,女儿投河自尽的嘛?哥!儿孙自有儿孙福,你就成全这门亲事吧!"

20世纪六七十年代,农村经济薄弱,上海的孃孃和姑父来老家省亲,他主动承担其生活起居,哪怕自己受委屈,也为娘家人长面子,抽空陪他们逛高邮城,向乡邻举债买米,尽量不让他们吃干涩难咽的大麦片子。"每次上海人回娘家,都是二爷花费多。"后来岳父曾对我讲过。平时,他不忘给他们送上家乡的大米、咸肉、鸡蛋等土特产。

二爷头脑灵活，别人田里种水稻，二爷却种起又苦又累的棉花。他用拖拉机将田里的表土深耕细作，挑来猪圈的有机肥，埋藏棉花岭上，搭棚、培土、育苗、浇水、施肥……每道程序都洒下他辛勤的汗水。那段日子，他的脸皮黝黑了，体重减轻了，可棉花长高了。到收获的秋季，二爷的腰包变鼓了，乡里乡亲的都投来羡慕的眼神。

春节过后，他将家中破旧的三间平房改建成楼房，还给儿子风风光光地结了婚。乡亲们都说："王玉清不简单呢，三个伢子，家庭搞这么好！"

晚年的二爷仍然闲不住，尽管腿脚不灵便，弓腰驼背，还骑着三轮车，到处收废旧，用来补贴家用。途中，渴了，捧水渠的水；饿了，吃自带的干粮；打雷，就在亭台、门檐下避雨。一年四季，他的三轮车辙印遍布街衢阡陌，夕阳西下，红霞染在他皱纹纵深的脸上。那满车的货物，是生活对于勤劳和勇敢人的馈赠，也是他微笑和自信的理由。

今年6月的一天，突然收到二爷住院的消息，我脑子嗡嗡的，匆忙赶到苏北医院看望，只见他颤颤巍巍地坐在轮椅上，脸色苍白，眼神蒙眬，言语嗫嚅。我心里一凛，怔怔看着，平时硬朗如柴的二爷怎么变成这样？真是"世间好物不坚牢，玻璃易碎彩云散"！身旁的小女儿含泪悄悄对我讲，医院确诊胃癌晚期，并叮嘱我不能告诉他。顿时，我的心像堵着东西感觉难受，只能强忍着悲伤，俯身对病入膏肓的二爷说些善意的谎言。谁知，二爷平和地说，就是胃不舒服，没大碍。中午，我给他订了一份鸽子汤，碗里香气袅袅，乳白色的汤汁如奶水般的诱人，可他被病魔折磨得竟然一口也喝不下！霎时，我泪水溢出眼眶。

二爷病危时，我和妻子探视几次，祈求他能转危为安，可病魔还是无情地剥夺了他的生命。噩耗传来，举家吊唁。我对着棺椁三叩首，一宿没睡。清晨，我在车上插了白花，缓缓送别。

刊于2020年9月17日省公司网站

送别

"过节了,我要回家。"岳母眼里噙着泪花,枯黄的老手抓着我的胳膊,口中念叨着。

听到这话,我的心里不是滋味:岳母在我家不是住得好好的嘛,怎么哭着要回家?妻子悄悄地对着我耳根嘀咕说:"妈妈觉得自己有三个儿子,如果在女婿家过节,怕人家笑话。"

我连忙叫岳母坐下来。她刚坐稳,便絮絮叨叨地说开了:"乖乖,住这里好些天了,麻烦你们了……"她一边说着,一边用手拭去脸上的泪珠。这双饱经沧桑的手曾经养大了三儿三女,但如今却无法自食其力了,平时拿东西都是颤巍巍的,我心里不由得感慨,岳母真的老了。

自从岳父离世后,倔强的岳母独自居住,生活自理。我和妻子常去看望她,两间一厢的屋子收拾得干干净净,物什摆放得井井有条。可近来,她的身体每况愈下,时常咳嗽感冒,这使她常常郁郁寡欢。于是,姑母提议,岳母应该和儿孙们住在一起,三个儿子每家待四个月。这样,老人的晚年可享些清福和欢乐。

今年夏天,我特意将岳母接到我家来住,还叮嘱妻子在家伺候她。白天母女俩聊家常串邻居;晚上,妻子帮她洗澡,我陪她泡脚看戏剧,日子过得舒心惬意。岳母偏爱吃烀山芋,我除了时常带些鱼肉果蔬等给她补身子外,山芋成了每天的必购。那天下雨,家里的山芋忘记放冰箱有些腐烂了,我便冒雨赶到超市买新的。望着岳母大口地吃着黄澄澄的山芋，我和妻子满足地笑了。

其实，儿子、女儿不都一样吗？现在什么年代了。岳母在我家不是养得脸色红润，常常笑颜吗？我和妻子好说歹说，她仍执意要走。

"我不回家不像话呀……"岳母接过妻子的手纸，浑浊的泪水挂在脸颊。她将心中的伤感化作泪水，但仍然没有走出世俗束缚的阴影。

嘟、嘟、嘟……我女婿的车到了院子外，是来送她回家的。若是以往，想必岳母不会再哭了，可今天，任凭我们怎么劝解，她总是啜泣不止。突然，她哆嗦地站起身，颤动的右手执着拐杖，哽咽着喃喃地说："我……不晓得……还能来不能来了？"

我顿悟，岳母担心与我们分别后，何时还能重逢。是啊，人老了，一切就显得力不从心了，她的今天不正是我的明天吗？想到这，我的泪水也流了出来。

"爸，你哭什么？"女婿不解地问我。"你啊，还不知道外婆的心境。人年纪越大，越害怕和亲人分别。咱们作为晚辈要及时地孝顺长辈才是啊。"我郑重地说。

随后，我和妻子搀扶着岳母走出去。我宽慰她说："妈，你都89岁了，现在儿孙满堂，一切看开点，心要放宽。"妻子抹着眼泪说："妈，过两三天我们就去看你了……"这条不足百米的平坦小路好似崎岖山路，走了好长、好长……

刊于2015年10月14日《亮报》

送女入学记

女儿高考完,我的心里一直烦忧,不知道她能否考取继续读书。直到 8 月 26 日收到江苏省无锡城市职业学院的录取通知书后,总算尘埃落定。

到了临近入学的这几日,我竟有些莫名的失落与惆怅,其实更多的是担心与牵挂。9 月 9 日当天,我们一家 3 人冒着淅沥小雨从高邮汽车站乘车出发,不一会儿,车驶上高速公路,凝望车窗外,路边比以前多了许多高大建筑物,沿途的树木在雨的轻抚下,让那一抹羞涩的淡绿格外鲜嫩,川流不息的车辆把双向八车道的高速公路"填"得满满的……我感叹祖国的发展真是日新月异。

思绪随着疾驰的车辆驶向高耸入云的江阴大桥,我坐在前面的位置上看到车子雨刮器不停地舞动,前方在地面上,铜钱大的雨珠落激起无数水泡。约莫两个小时,无锡中央车站到了,刚下车,只听车站的车鸣声、外面的急雨声和站内喧嚣声不绝于耳。"报名无锡城市技术学院者请跟我走。"只见一位身披红绶带,扎着小辫子、眼睛一眨一闪的志愿者在用普通话叫嚷。

"好了,好了,人家学校服务多周到啊"!我内人兴奋地说着。在志愿者的引领下,我们上了一辆开往该院的大巴,大城市的楼盘鳞次栉比目不暇接,此时雨稍微小些了。大约 40 分钟后,我们终于到达无锡城市技术学院。

"欢迎祖国各地的莘莘学子!"看到校门的硕大横幅,我有一种亲切感。车刚停稳,便看见成群结队的志愿者打着五颜六色的雨伞簇拥在车旁。"叔叔,请跟我来……"一位戴着眼镜身穿T恤的小伙子边说边向我们替上雨伞,然后连忙伸出来帮忙拎行李。内人顺利背起包裹。他微笑地对我们说:"没事、没事,还是我来吧。"我们4人并排走在细雨中,"眼镜"手指着前面矗立的致学楼侃侃而谈起来:城市学院是由无锡市人民政府投资5.5亿元人民币建设的新校区,占地面积515亩,一期建筑面积14万平方米,融江南建筑风格与人文生态景观为一体……我抬头望见宛若天然的人工湖上镶嵌着像古典园林式的亭台假山和水榭,潋滟湖面上满池莹莹碧绿的荷叶,楚楚动人的朵朵荷花,在绵绵细雨的映衬下更显清韵温婉,素洁娇嫩。见我兴致正浓,"眼镜"接着说:"我们学校'远看像校园,近看像花园'……"谈话中我颔首地点点头。漫步雨中,我们来到学校一侧的走廊中,来这里办理入学的人熙来攘往,挨肩擦背。人群中"眼镜"对着办理入学手续的女生说:"你给人家填写资料,快安排志愿者领他们缴费入学。""好的,好的,现在就办。"女生爽朗地回答道。"您好,请坐,请填写表格……"看着志愿者有条不紊地操作,使我原先的顾虑重重在文明礼貌和秩序井然中烟消云散。尔后又有志愿者热情周到地帮我们一起领回了女儿的日常生活用品。

在学校匆匆吃过午饭,便到了我们与女儿分别时刻,须臾间发现我爱人潸然泪下,啜泣嘀咕着女儿生活中的"小节"。临行前我掏出一封信交给女儿,嘱托她等我们回高邮再拿出来看。我其实也是效仿当年刘备东吴招亲,诸葛亮曾送"锦囊妙计",最终让吴国"赔了夫人又折兵"。我则给女儿送上"修身、学习、生活、交友、爱情、社会实践"等6方面的砥砺寄语。我揣忖:女儿虽说没能考上名校,但三百六十行,行行出状元。希望她能站在人生新的征程上，崇德向善，勤奋学习，低调做人，而今迈步从头越！

返程途中，我坐在车上耷拉着脑袋若有所思，脑海中忽然闪现出那些聪慧伶俐，豆蔻年华周身洋溢着至真至善的大学生来。从他们身上，我仿佛看到了祖国的希望和未来。

刊于 2012 年 9 月 28 日《扬州日报》

春联中的家训

春节将近,当我在书房贴上"崇德尚贤,抱朴守真"的春联时,脑海里浮现出父亲教我写春联,传家训的故事。

儿时的春节前,身为教师的父亲不仅替乡亲们写春联,还教我学着写。他戴上老花镜,站在八仙桌前,让我拿毛笔在砚池蘸满墨汁。我握着毛笔,似有千斤重,小手不停地颤抖。父亲见状,索性大手裹着小手,挥毫写下"忠智礼义传家宝,友善诚信处世风",落笔后笑呵呵地说:"这14个字写起来容易,做起来难能可贵啊!"我懵懂地眨着小眼睛,默默记在心里。

那时物资贫乏,遇到吃酒席可要兴奋几天。一次,席间看见红烧肉,香喷喷的味道钻进鼻孔,馋得我连忙伸出筷子。父亲向我瞪眼,我蓦然缩回了筷子。回家路上,他摸着我的脑袋说:"或饮食,或坐走,长者先,幼者后。你是晚辈,牢记饮食起居应尊长在前,今后一定要懂礼节,春联教你写的难道忘了?"我心里一紧,嘴里答应着,连忙抓着他温暖的大手。

父亲老来得子,十分娇惯我,可他"惯儿不惯学"。我上中学时,他要求我背诵《岳阳楼记》,我涨红了脸,只念出一句"庆历四年春,滕子京……",就卡了壳,怔怔地磨牙搓手,就是想不起来后面的句子。父亲沉着脸,手敲着桌子说:"少壮不努力,老大徒悲伤,学习和练毛笔字一样,必须持之以恒,温故知新。"为此事竟然好几天没理睬我。望子成龙的他,念兹在兹地让我书写"家风家训家积福,国学国魂国回春"的春联,勉励我牢记家风,刻苦学好传统文化。

后来,父亲年纪大了,患上腰椎病,不能再为乡亲们写春联了,便让我来写,内容由他敲定。接过乡亲们送来的红纸,父亲皱眉沉思,弯着腰,用右手的食指在左手的掌心比画,口中念念有词,张家儿子参军,赵大伯家经商,杨爷爷家种地……他让我分别写下"从戎爱国家,报国筑长城""礼貌待客生意兴,童叟无欺心常乐""勤劳致富,科技生财",一边看一边颔首微笑。有时我一走神,写歪了,他立即收起笑容,当场呵斥我,乡亲们常笑着解围。

1983年,我参加工作,与"电"结缘。一天收工后,我将一根废旧角铁悄悄用在家里猪圈的梁上,被父亲发觉后,他板着脸训斥我:"你怎能拿单位东西呢,赶紧换下来!"说着又气喘吁吁跑上来,仍使劲地踢角铁,眼镜都掉在了地上。吓得旁观的瓦匠直嘀咕,你父亲真是正经人,人老脾气暴躁呢。

那年春节,年近耄耋的父亲顾不上腰椎疼痛,咳嗽着叫我铺好红纸,左手撑腰,右手挥毫,郑重地写下"名利淡如水,事业重如山"的春联,还加上"宁静致远"的横批,叫我贴在自己的房门上。

不久后,父亲便离开了人世。几十年过去了,父亲教我写的春联传下的家训,助我跨过了人生的一道又一道的坎,怀着淡泊的心态平凡地活着。

刊于2021年2月10日《扬州晚报》"东关街"头条

难忘补丁衣

前天中午,外孙女小萌叫我吃饭,进屋时右手突然指着我的脚丫处,惊讶地说:"爷爷,你袜子上有个洞!""这有什么事啊?"正在半卧着看书的我若无其事地回答。"哈、哈、哈,丑死了!"小孙女笑呵呵说着,歪着脑袋瞧着蚕豆大的洞口,噘着小嘴,一副鄙夷的神态。

我问她,你知道什么叫"补丁"吗?她嘟着小嘴巴,摇摇头。我眉头一皱,其实真不能怪七岁的孩子,现在生活条件大幅提升,从她记事起,人们早已告别了补丁衣裳。我坐起身子,思忖着摘下眼镜,思绪拉回到童年……

身在三年经济困难后期、又处于贫穷落后农村的我,从小就奢望能穿上新衣裳。那时候,庄上孩子的衣裳都是邻里之间借着穿,只要能蔽体保暖,彼此从不在乎什么新旧。从我记事起,家里生活拮据,似乎就从未有过新衣裳穿。一天晚上,我和几个孩童玩耍,不慎将裤子的大腿处撕裂开鸡蛋大的洞口,忧心忡忡地连忙跑回家,被母亲发现后,叫我脱下裤子,让我先坐在床上。她点燃煤油灯,找来针线笸箩,坐在杌凳上,用左手的食指在嘴唇边蘸点唾液,右手捻着丝线穿入针孔后,挑选一块颜色相近的碎布一针一针地在洞口绞合,时不时地用针头在头发上蹭几下。昏暗的灯光下,针线用完了,她从线板上再穿针引线,补好后用牙齿咬断线头,叹了口气心疼地说,原来两个补丁，现在三个补丁，补丁多了就难看了，下回不能调皮了。我懂事地点点头。

一年腊月，大雪纷飞，北风凛冽。母亲为了让我过年能体面地穿上新衣裳，带着村里下发的布证，去集镇卖点米，换几尺布料回来。她踏着齐膝深的积雪，肩扛一袋米，走在蜿蜒的小路上，不小心摔了跟头，口袋中的米散落雪地，慌忙中的母亲一把一把地捞米。她顾不上腿疼，一路蹒跚地赶到集镇，可袋中的米和雪混成一块儿，潮湿的米一斤也没卖出，母亲急得直流泪。春节那天，我眼巴巴地望着有钱人家的小孩穿着花花绿绿的新衣裳，心中怅惘，像只受伤的小刺猬蜷缩在墙角。母亲看出了我的心思，抚摸我的小脑袋和蔼地说，明年给你添件新的……我微笑着点点头。然后，母亲搀着我，穿着补丁衣裳去给长辈们拜年。

那时，农村有的人家生了几个小孩，社会上还流行"新老大，旧老二，缝缝补补给老三"的习俗。男女老少都穿带补丁的，生活不济的人还穿补丁摞补丁的褴褛衣裳，有的身上还飘散着棉絮，让人看着寒碜。可淳朴的民风，谁也没有半点鄙视对方的意思，人与人相处倒是和睦。过年时，大人们则想方设法为孩子买，自己难得添购一件新衣，即使有新衣也要压压"箱子"舍不得穿，往往还要在新衣裳上的上衣肩膀上、裤子的膝盖等处特意缝上方方正正的大补丁，这样更耐磨顶用。依稀记得我母亲有一条新裤子穿了七八年呢。

十岁那年，我终于穿上新衣裳了！三舅以2元钱"人情钱"和父亲合资，总共花了10.8元钱找裁缝定做了一件"灯芯绒"的咖啡色彩的新棉袄。生日那天，我清晰地记得，当我穿上里外崭新的棉袄，用手摸两下，质地温厚，棉绒暖和，系好纽扣，整个人容光焕发，禁不住快步地往人密集的地方转了好几圈，那种惬意畅快，恍若今天出国旅游一般。

　　补丁衣伴随我走过了懵懂的童年时光，是补丁衣为我们遮风挡雨，避寒驱暑，养活了我们那代人。尽管补丁衣早已消失，再说现在生活条件优裕了，人们的穿着也在追求品位，可勤俭朴素的节俭风尚仍然不能丢弃。

第三章

自在之旅

探访韩文公祠

"匹夫而为百世师,一言而为天下法。""文起八代之衰,而道济天下之溺;忠犯人主之怒,而勇夺三军之帅。"这些脍炙人口的诗文出自北宋文学家苏轼的《潮州韩文公庙碑》。碑文高度赞扬了韩愈的品德、文章和政绩。深秋时节,我有幸探访了位于潮州的韩文公祠。

韩文公祠是我国现存最早纪念唐代文学家韩愈的祠宇。坐落在韩江东岸、笔架山西麓的韩文公祠古朴庄重,清幽宁静,树木成林,楼台亭阁众多。从景区右门进入,有百米牌廊,呈现海内外专家学者的题词几百幅,吸引了众多游客围观。人们时而移步观瞻,时而拍摄题词,时而驻足欣赏。

沿着台阶向上走,就到祠堂了,门楣上由周培源书写的"百代文宗"金色大字匾额端庄醒目,两侧圆石柱上刻有一副楹联:"辟佛累千言,雪冷蓝关,从此儒风开海峤;到官才八月,潮平鳄渚,于今香火遍瀛洲。"这副楹联表达了后人对韩愈的颂扬和尊崇。我默诵着,内心满是景仰之情。祠堂中央,矗立着韩愈的塑像,两旁有侍从塑像伫立。韩愈与潮州的渊源是我探访的重点。千余年前的潮州可谓蛮荒之地,瘴气四起,且多有鳄鱼出没。仗义执言的韩愈因上《谏迎佛骨表》得罪了皇帝,被贬至潮州任刺史。到任后,他没有一蹶不振,而是勤政廉政。他十分关心百姓疾苦,赎放奴婢与家人团圆。他修堤凿渠,发展农桑。针对恶溪（今称"韩江"）时有鳄鱼伤人，他想办法只用了不足一个月的时间就驱赶了鳄鱼，还特作《祭鳄鱼文》。

典雅古朴的祠堂内，前来探访的人络绎不绝。祠堂四周的墙壁上有碑刻近40幅，字体各异，内容丰富。正堂南墙下为苏轼的《潮州韩文公庙碑》，我默念碑文，陷入沉思：大文豪苏轼因"乌台诗案"被贬至黄州，后与朋友们月夜泛舟赤壁而创作了《赤壁赋》。作品反映了作者由月夜泛舟的舒畅，到怀古伤今的悲咽，再到精神解脱的达观，情韵深致、理意透辟，在中国文学史上有着很高的地位，并对之后的赋、散文、诗歌创作产生了重大影响。苏轼看淡了人生的坎坷和命运的不公，认为"也无风雨也无晴"，他一定能体会韩愈被贬潮州时的心境。

从祠堂出来，便是纪念韩愈的橡木园。据说当年韩愈在潮州亲手种植的橡木早已枯死，后人从他的家乡河南寻来种子移栽于此。已是深秋，橡木有些许落叶，可橡木林仍然一片葱茏。徜徉其中，遥想韩愈当年为了让更多的潮州人读书，生活勤俭节约，还拿出自己的俸禄用于开办学堂。由此，潮州这片蛮荒之地也多了琅琅读书声。

穿过石雕长廊，便踏进了韩愈勤政廉政展览馆。馆内详细介绍了韩愈修身从政的经历，还设置了"韩愈精神的传承"专题展，讲述了韩愈在潮州勤政为民的故事。这里也是全国廉政文化教育基地。我思忖，韩愈身上兼具为民、务实、清廉的精神品格，是"修身、齐家、治国、平天下"的儒家文人典范。这位兢兢业业、一心为民的好官，世代潮州人当然不会忘记他。当地人将这里的山水赋姓为韩，由此才有了韩江、韩山的称谓，诚如赵朴初所言："不虚南谪八千里，赢得江山都姓韩。"

韩愈之于潮州，或许可用余秋雨《文化苦旅》中的一段文字为注脚："我发现自己特别想去的地方，总是古代文人留下脚印最深的所在，说明我心底的山水并不完全是自然山水，而是一种'人文山水'。每到一个地方，总是被一种沉重的历史气压笼罩，从而产生感动和喟叹。"

夕阳西下，我缓缓行至熙熙攘攘的广济桥，回眸韩文公祠，凝望波光粼粼的韩江水，心绪难平。

刊于2023年12月22日《国家电网报》

有一种生活叫周庄

那个周末,我来周庄度假,住在一家民宿。刚踏进院门,热心的店主忙帮我拿行李,安排房间,叫我先歇一会儿。我步入清静典雅的房间,陈列的木制大床、沐浴间、网络电视、冰柜,还有小书橱,让我有回家的感觉。

吃过晚饭,天空飘起了细雨,店主说周庄夜晚景色迷人,还特意送我一把雨伞。出门左拐,沿着井字形街道向前走,游人如织,璀璨的灯光将两岸的古道街坊装扮得流光溢彩。驻足观赏的,用相机、手机拍照的,手持万三蹄的,喝阿婆茶的……神态各异,热闹喧嚣。漫步南北市河交汇处,便是名闻遐迩的双桥。好奇的游客争相目睹双桥的芳容,凝望一座由石拱桥和一座由石梁桥组成的双桥,那一横一竖的桥面,一方一圆的桥洞,惹得游人纷纷拍照留念。我也情不自禁地拿手机拍了几张。我思忖,这应该要感谢不是周庄人的画家陈逸飞,那幅《故乡的回忆》的油画使周庄声名大振,当年他被周庄的小桥流水人家的水乡风情感动,激发他浓郁的乡愁,成就了"中国第一水乡"的美誉。

我斜视这几张以双桥为背景照片中,竟没在意拍到一女子给她小孩留影的画面。我莞尔一笑,"你在桥上看风景,看风景的人在楼上看你"。也许有人会在那一刻将我拍照的瞬间同样拍了照,我也就成别人眼中的风景,人与人就这样相互影响。此时烟雨蒙蒙，如雾似烟，徜徉于古朴的街道上，绿树掩映，流水潺潺，桨声欸乃，好不惬意，我喟叹周庄人在四面环水的滋润下，临水而栖，傍水而商，因水而兴，过着精致浪漫、富足小康的人间天堂生活。——这种生活叫周庄。

到周庄，不能不去沈厅。作为国宝单位中的传奇人物沈万三。民间传说他不仅头脑活络，善于经营，还拥有生钱的聚宝盆。当年他在周庄开辟了水路运输，把内地的丝绸、瓷器和手工业制品运往海外，又将海外的珠宝、象牙和药材运到内地，成了江南第一首富。由于树大招风，他引起了当朝皇帝朱元璋的注目，遂命令其向朝廷集资，然后又以建造南京中华门的名义，用聚宝盆填之，作为奠基。在竣工宴会上，朱元璋再三赐酒，不胜酒力的他说出"犒赏三军"的话，皇帝龙颜大怒，将其发配至不毛之地云南一带。始建于乾隆时期坐北朝南的沈厅，以七进五门楼的规格，将厅内分为三部，按照"前厅后堂"的布局，有议事、待客和起居的作用，穿过清末状元张謇书写"松茂堂"，那些梁柱上的雕刻，屏风上的图案，我走马观花地浏览，倒是眼前栩栩如生的五幅浮雕，引起了我的兴致，每幅浮雕详细讲述了朱元璋刁难沈万三的故事。我不禁为霸道皇权而愤懑，也为其悲惨命运扼腕叹息。

离开沈厅，河边码头上，当年沈万三通过水路经商的河道，两岸形态各异的小楼，为明清建筑，青砖黛瓦，飞檐翘角，古朴幽远，这里茶楼、酒肆、宾馆一应俱全。潋滟河面上，烟雨朦胧，不远驶来一只乌篷船，在绣着"中国第一水乡"船上，船娘摇着桨，泛起金色的涟漪，哗啦啦的水声伴着吴侬软语的小调，舒展的身姿穿梭在摇曳的杨柳中，小船和流水组成的画面犹如翻飞的水袖灵动飘逸，又渐渐地，浓缩成一幅淡淡的水墨画……恍惚间，我被这美景陶醉了，竟忘了身在何处，今夕何夕，这就是梦里江南吧。

回到民宿,洗了把热水澡,躺在床上,吃着店主送的"万三蹄",一时竟不能入睡。我便将周庄游玩的风景照,在朋友圈发了九格图,欣然写下"有一种生活叫周庄"。

刊于 2021 年 10 月 8 日《高邮日报》

骊山探幽

"七月七日长生殿，夜半无人私语时。在天愿作比翼鸟，在地愿为连理枝。"白乐天在《长恨歌》中讲述了唐玄宗和杨贵妃，发生在长生殿中缠绵悱恻的爱情故事。此殿在华清池，为骊山的著名景点。深秋时节，我有幸踏上了这块心驰神往的圣地。

走进骊山，就如同走进了一座千年历史博物馆，历史底蕴深厚悠久，自然风光绚丽多姿。周、秦、汉、唐以来一直是皇家园林，离宫别墅众多，山势逶迤，植被茂盛。我们穿过唐朝黄土保护城墙，从古石板铺垫的甬道上一路前行，郭沫若先生提写的"华清池"红字在秋阳照耀下分外夺目，如织的游人纷纷排队在石碑前合影留念。

眼前忽然开朗，一汪泉水映入眼帘，看波光潋滟，听泉水叮咚，嗅空气清心，真使人如入仙境，原来是"骊山温泉"。导游说，骊山温泉长年保持 43 度的水温，泉水含有人体所需的锌、镁、铁、铜、铬等有益的微量元素。我俯身看见清澈的温泉潺潺流淌，热气氤氲，深秋的泉水竟是热腾腾的，这与骊山独特的地理位置分不开的。

华清池的正门矗立着用汉白玉雕刻的杨玉环巨幅雕像。形似就浴的杨贵妃一袭长裙，面如凝脂，袒胸露乳，体态丰盈地立于巨大的水池中。当年"三千宠爱集一身"的贵妃，却因安史之乱，命丧马嵬坡。我伫立像前，默诵"明眸皓齿今何在，血污游魂归不得"的诗句，为这位能歌舞通音律的美女而扼腕叹息，也为几千年来封建社会妇女的人权而愤懑。

这里古建筑众多，走进的负有盛名莲花汤，建于唐天宝六年（747）的殿堂，飞檐斗角，青石砌就，地下有直径约3米的圆形温泉古源，从此汩汩地流往长约18米、宽约6米的两层堂池，堂口形似莲花，池中早已干涸，露出斑驳的古石，池底隐现水渍，史料记载为唐玄宗沐浴汤殿。而导游戏说是李隆基和杨贵妃共浴爱河的地方，这让历史在这里充满了迷人色彩，我听了不禁莞尔。

从万寿殿径自向前，路边柳叶氂氂，芳草萋萋。池塘里水波潋滟，鱼儿喋喋，微风吹皱了一池秋水。于是，池塘后边长生殿的那双幽幽的眸子被剪开，展露妩媚的芳容。

踏上2005年重建的长生殿，高三层，采用中国古建筑重檐庑殿斗拱形式，雕栏玉砌，配上现代的镏金处理，既古色古香，又富丽堂皇，玉阶彤庭，绣闼雕甍，古代文化和现代文明交相辉映，殿内陈列着华清宫大量出土文物和遗址资料，展示了华清池5000厚重的历史文化。而真正吸引游客的是《长恨歌》的表演，演员强大的阵容，精美的服饰，璀璨的舞台灯光，天才音乐皇帝李隆基和舞蹈皇后杨玉环用爱情演绎出"此恨绵绵无绝期"的长歌博得了观众的阵阵掌声；压轴戏大唐盛世，魅力四射，光芒照耀整个世界，彰显着"九天阊阖开宫殿，万国衣冠拜冕旒"的中华骄傲。

看完表演，沿着蜿蜒的山道，经过昭阳门，来到"兵谏亭"。别小瞧这不大的苏式水泥亭子，才4米高，宽不过2米多，可历史意义却非同凡响。1936年12月12日，爱国将领张学良和杨虎城劝谏蒋介石改变"攘外必先安内"的国策，要求停止内战，一致抗日，"西安事变"爆发。枪响之后，蒋介石从骊山的办公地点跳窗后,仓皇逃遁。

在兵谏亭右前方的巨石上刻有"正气浩然""民族复兴纪念石"和国民主席陈诚等要员题词。举头凝视,在"蒋介石藏身处"石刻上极目,这里山势险要,巉岩壁立,高耸云天。看见"禁止攀登"的告示,有些胆怯,不敢弄险攀岩。我思忖,尽管陈诚等要员溜须拍马,但可以想象当时老蒋为了保命,不得不手脚并用,攀爬而上,藏匿又是多么的狼狈!

仰望山顶,云雾缭绕的烽火台让我陷入深思,从周幽王烽火戏诸侯到张、杨爱国将领发动兵谏,历经秦皇汉武,唐宗宋祖,前事不忘,后事之师。

刊于2017年12月27日《江苏电力报》

吟唱《垓下歌》的悲情英雄

　　车至宿迁市宿城区黄河路，叫梧桐巷的地方。街上商贾云集，市井气息浓郁。在附近停车场泊车后，走向心仪已久的项王故地景区。

　　迎面瞟见古城墙高耸入云，锦旗猎猎，气势磅礴。城门刻有"项王故里"金色篆书，门前巨大的石雕上项羽威风凛凛地骑着乌骓马，挥戟策马奔腾，那种"力拔山兮气盖世"的英雄气盖扑面而来，给人以威严不可侵犯之感。

　　入城门，粉墙黛瓦的楼阁亭台古意盎然，偌大的广场上人头攒动。忽闻一阵唢呐锣鼓齐鸣，瞥见红地毯上，虞姬凤冠霞帔，项羽搀扶着虞姬神采飞扬。原来，春节期间这里进行了项羽招亲的民俗表演。遥想虞姬当年，这位重情重义的女子，在楚汉之争中跟随项羽出生入死，在其遭遇四面楚歌时，为不给丈夫增加负担，竟拔剑自刎，此何等的贞烈？

　　穿过石拱桥，正前方青砖小瓦飞檐翘角为"项王故里"牌坊，据说由末代黄帝溥仪弟弟溥杰题字。两侧挂着"霸业亡嬴秦壮古树雄风百丈，王名彪本纪留人间俎豆千秋"的楹联，我驻足默诵着高度概括了项羽一生的功绩的楹联，有些酸楚。项羽不足四年就推翻秦朝，最终却被自己的麾下刘邦打败，殒命垓下，而司马迁的《史记》是按照人物对历史进程的影响力而分为本纪、世家和列传的。第七卷《项羽本纪》列《高祖本纪》之前。在太史公的笔下，身高八尺余，力能扛鼎，才气过人双瞳孔的项籍，字羽。下相人。英勇威猛，无人能挡，且有着仁爱之心，关心百姓疾苦，推翻秦朝，号称西楚霸王。司马迁也一针见血指出了项羽刚愎自用威猛鲁莽的性格缺陷，并对其宁死不屈慷慨赴死的英雄气节，表达惋惜和悲悯。

故里院落走廊上陈列着历代文人墨客的诗词，吸引许多游客瞻仰，从不同层面对西楚霸王波澜壮阔一生的褒奖和叹惜。其中最吸引我的当属李清照的《夏日绝句》："生当作人杰，死亦为鬼雄。至今思项羽，不肯过江东。"

院落中央矗立着青色紫铜铸就的霸王鼎，此鼎为三足，足上和鼎沿采用汉鼎风格的饕餮纹，高2.6米，直径1.9米，重约8吨，背面刻有铭文，站在霸王鼎前，历史的沧桑感扑面而来……不远处墙边蜡梅盛开，暗香浮动，给人以清幽之感。

踏进面宽五开间，进深四间，三面柱廊庑殿建筑的英风阁，在草圣林散之先生提写的"英雄盖世"阁中央，尊置着3.1米高的汉白玉项羽雕像，象征着他31年的传奇人生。雕像中项羽头戴霸王盔，身披银色铠甲，手挥着戟，威风凛凛，不可一世。想起这位万夫不当之勇的戎马生涯，曾经随项梁率江东八千子弟渡江而西，一代霸王走上历史舞台。曾经破釜沉舟，巨鹿之战以少胜多。曾经十八诸侯分封，由于利益分配不均，引起多方不满，使天下纷争埋隐患。曾经彭城大战大胜汉军，双方约定以鸿沟界分天下。曾经百战百胜，未曾败绩……

鸿门宴上，项羽的一时仁慈，不听谋士范曾的话，放走刘邦，酿成大祸，垓下悲歌，令人扼腕叹息。当韩信用十面埋伏取胜。夜间，汉军四面唱起楚歌以瓦解楚军军心。此时的项羽不禁慷慨悲歌："力拔山兮气盖世，时不利兮骓不逝。骓不逝兮可奈何，虞兮虞兮奈若何。"虞姬以歌和之，霸王别姬的生死离别令人动容。

　　夜色中，项羽率八百骑突围而出，到乌江时仅剩下 28 骑。骁勇善战的项羽又将 28 人分为三组，杀敌数百。当乌江亭长劝其东山再起，而项羽自觉无颜见江东父老，于是，他，宝马赠亭长，头颅送故友，自刎于乌江，让昔日好友吕马童拿着人头去邀功请赏。

　　我唏嘘起来，他叱咤风云的人生却永远定格在 31 岁，真是哀其不幸。如果，他像大丈夫一样能屈能伸；如果，他在鸿门宴上，让堂弟项庄刺死刘邦；如果，他重视集团力量，不武断独行；如果，他肯过江东，东山再起。也许，历史可以改写。可是，项羽是位顶天立地的汉子，他不肯过江东，也许是不想让百姓遭受战争带来的伤害，早点结束楚汉之争，也许是他听到四面楚歌，天意难违……想到这些，我对这位悲情英雄又多了一份敬仰。

　　缓步迈出英风阁，踏进项王故里第三庭院，这里植被繁茂，松柏、梧桐，以及四时花卉，此时蜡梅花正艳。传说那株被喻为"天下第一槐"槐树，为项羽亲植，风风雨雨二千多年，它高大、粗壮、苍老，披着青苔，虬枝盘错，蓬勃挺秀。哎，物是人非，令人发思古之幽情。

　　一圈走下来，时值正午，阳光暄煦，我踯躅梧桐巷口，凝望着不远处石雕上项羽威风凛凛地骑着乌骓马，感怀这位名垂青史的悲情英雄，给后人留下无尽的遐思！

刊于 2024 年 3 月 12 日《河南日报》

武汉散记

说到江城武汉，人们脑海中会闪出黄鹤楼。在"桑间椹熟麦齐腰"的时节，我和家人在那里旅游了几日。

行走在绵亘蜿蜒，形似伏蛇，古迹众多，植被茂盛的蛇山上，嗅着清心的空气，踏着逶迤的古石道，那萋萋的芳草，氤氲淡淡的花香，清风徐来，心倏忽开朗了，巍峨壮观的黄鹤楼就矗立在山巅，我不由得加快了脚步。

楼下的广场上游人如织。穿石坡，踏甬道，舒同先生提写的"黄鹤楼"在艳阳照耀下熠熠生辉。我们从正门进楼，一楼陈列着黄鹤楼兴衰成败的木雕展览，眼前栩栩如生的木刻讲述了其饱经沧桑的历史。黄鹤楼曾多次毁于战火，最后一座古黄鹤楼建于清代光绪十年（1884），后又被烧毁。游览的黄鹤楼是武汉市政府 1985 年 6 月重建的外五层内九层的现代建筑。导游告诉我，黄鹤楼始建于三国时期，公元 223 年，为吴国孙权所建。但据民间传说道，一日，蛇山有一辛氏酒家，店主辛氏营救了一位老道，并让老道在店里白吃白喝了一年，老道远游前，为表达谢意，送他一只能歌善舞的黄鹤，黄鹤为酒店带来了生气和财源。十年后，老道收回黄鹤，驾鹤西去，辛氏在山上建黄鹤楼纪念。听着这近乎荒诞的传说，我不由得唏嘘，历史有时候真的叫人迷惑不解！难怪易中天说，历史是由正史，野史和民间传说构成的。

跟随导游从二楼古红木展览登上三楼，楼中好几十幅玻璃橱窗镶嵌在墙壁上是历史上文人墨客登楼题的诗词。我认真地浏览，并不时地用手机拍摄，有南朝的、唐宋的、明清的；从介绍上看有鲍照、孟浩然、崔颢、李白、苏轼、岳飞、陆游、张居正、王世贞、林则徐、等留下诗词上千首。流传最广的当数崔颢的《黄鹤楼》："昔人已乘黄鹤去，此地空余黄鹤楼，黄鹤一去不复返，白云千载空悠悠。"使得该楼声名大振。而李白的"黄鹤楼中吹玉笛，江城五月落梅花"则为武汉成为"最美江城"奠定了基调。

穿过四楼陈列的唐、宋、元、清不同风格的黄鹤楼模型，我们终于登上楼顶端五层。蹀躞楼廊，天空湛蓝，云蒸霞蔚，飞鸟翔集。驻足"极目楚天舒"的匾额下，俯瞰眺望，黄鹤楼依山傍水，长江大桥雄伟壮观，不尽长江滚滚来……置身于这"天下绝景"中，使人心旷神怡，名利得失，宠辱皆忘，心灵似乎与自然美景互渗互融，这是何等的幸事？

从黄鹤楼出来，我们来到武汉盛名小吃街——户部巷。信步在明代形成的古香古色的"汉味小吃第一巷"中。巷子牌坊众多，商贾林立，店铺青砖黛瓦，街道古石铺设，两三处小桥流水，怡然舒心；武汉名点，应有尽有，饱尝美食之余徜徉街头，人仿佛穿越到明清小说中，欣赏现代风情的"清明上河图"。

翌日，我们拜谒了辛亥革命纪念馆——武昌红楼，在孙中山先生的石雕前，我面色凝重恭恭敬敬地鞠了一躬。红墙红瓦的红楼在绿草绿树的映衬下显得庄严肃穆，宋庆龄题词的"辛亥革命武昌起义纪念馆"格外醒目。这里是警示教育基地，虽不收游客的门票，但门口看守严苛，我们掏出身份证登记，两个小青年还在我身上用仪器测量后，方才进入馆内。眼前一部反映武昌首义的宣传片引起我的兴致，片中详细记录了武昌首义，全国景从，直至1912年1月1日，中华民国南京临时政府的成立，孙中山先生就任临时大总统,颁布《中华民国临时约法》的经过。片中的血雨腥风,艰苦卓绝看了让人有些热血沸腾,因为辛亥革命推翻了两千多年的封建统治,建立中国历史上第一个共和政府,这是何等的壮举啊!

此时此刻,我脸颊发烫,缓步走着扫视馆内。当年鄂军都督府旧址,起义的总指挥蒋翊武,参谋长孙武,总理刘公和湖北军都督黎元洪曾在此办公、联络和开会的场所。来此参观的游人像瞻仰烈士陵园一样庄严。

"不见相知人,惟见古时丘。路边两高坟,伯牙与庄周。"当年陶渊明曾在古琴台上赋诗。时光荏苒,当我们走进这片古色古香,琴音缭绕的古琴文化圣地,感受伯牙与钟子期在这里"高山流水遇知音"的典故,始建设于1500年前的古琴台,掩映在浓密滴翠的树荫之中,斗拱飞檐的正殿堂有6幅图片,讲述他俩"从高山流水,巧遇知音到明月清风,义结金兰,最后破琴绝弦,以谢知音"的感人故事。我看得心潮澎湃。出正殿,穿回廊曲径,过亭台楼阁,在音乐大师伯牙抚琴的石像旁,突兀的怪石中长着一颗古朴葱郁有大箩筐粗的"知音树",两棵粗粝的树干似人的双臂交叉盘绕着,形象化地见证了他俩知己知彼,忠贞不渝的友情。"相识满天下,知音有几人?"从古人知音典故中,想来当今一些见利忘义朝秦暮楚之流,听了他们的故事会有怎样的感触?清代小说家冯梦龙依据历史记载,又在民间传说的基础上创作了《俞伯牙摔琴谢知音》,列为《警世通言》的第一篇。

武汉初夏的夜晚是迷人的,八国联军侵华后在港口的建筑群,现在成了商业区;港口边纳凉散步的人如潮水,汇集在江边。漫步徘徊汉口港,江风习习,涛声阵阵,天上的星光和港口的路灯摇曳生辉。恍惚间,我竟不知身在何处,思绪似乎穿越时空,回到百年前……

其实武汉的美景何止于此？接下来的日子，我们还游玩了地势险峻的晴川阁，烟波浩渺的东湖，以及湖北省首刹归元寺，商务中心汉正街……

返程那天，我踯躅汉口火车站，在广漠的人海中，我停下脚步，蓦然回首，叹惜道：我不知何时还能重来！

刊于2016年5月30日电力作家协会网站

运河上的浮玉

在"二月春风似剪刀"的时节,我慕名踏上了京杭大运河畔镇国寺这方净土。

穿过普渡桥,在天王殿前矗立着乳白色的10多米高的观世音巨雕,观音手拈莲花,慈眉善目地立于莲花宝座上,在阳光照射下熠熠生辉。巨雕上有石碑,记载了当地政府于2005年6月建造成功的经过。来此烧香的人摩肩接踵,善男信女们在此求神问卜,他们手持香火一步一叩首,可能是各怀心愿,有人仰望苍穹,有人俯首伏地,还有人双手合掌,翕动嘴唇念着阿弥陀佛。我想,香客们无不外乎祈福禄功名,求财运亨通之类,方才人人面色凝重,个个动作虔诚。

从天王殿下向北走,视野变得开阔了,镇国寺的院落中,设立了东边钟楼,西边鼓楼,是僧人从早到晚的工作场所。他们在此茹素吃斋,讲经说佛,弘扬佛法,普度众生。散缀的罗汉松、红松以及五针松长势青葱,感觉幽静森严。在东西两侧的罗汉堂里,陈设着800位各具形态的高僧,栩栩如生的勒刻看上去有些威严,我被眼前这些了断烦恼超出三界轮回,应受人天供养的尊者所深深地折服。

拾级而上,走过甬道,进入大雄宝殿,这里与其他寺庙的大雄宝殿陈设差不多。早年去过扬州大明寺、镇江金山寺和杭州灵隐寺,曾听导游讲解过,大雄宝殿是佛寺供奉佛祖的大殿。殿内游客摩肩接踵,以敬香叩首者居多。此时我目不暇接地浏览四周,猛然，一副22个字的楹联让我内心震撼，不得不伫立，上联是：法传千古普度众生证菩提。下联是：教演三千广摄万类登觉路。原来佛法是教育世人拥有觉悟的智慧，早日脱离欲望苦海，开悟觉醒的快乐人生啊！望着这字字千钧的楹联，我对佛教又多了一份敬仰！

　　带着翻滚的思绪走出宝殿门，有着"南方大雁塔"美誉的唐镇国寺塔尽收眼底，塔为7层4面，青砖砌成，古朴端庄。塔顶青铜铸造的葫芦刻有"国泰民安，风调雨顺"的字样，典雅壮观。这座为唐僖宗的弟弟举直禅师而建造，用来珍藏舍利和经卷的古塔，虽历经战火，但仍保持"唐骨明表"，就像一位饱经风霜的老人在诉说大运河的沧桑历史。1956年，大运河拓宽，敬爱的周恩来总理亲笔批示："让道保塔"。这座千年古塔得已保存。如今，高邮市政府又拨款"修旧如旧"，供世人瞻仰。总理若地下有知，定会欣慰的。

　　缓步告别这方净土，乘船往返。此时料峭的风渐大了，吹乱了我的发际，驻足船舷，向西北凝望，乳白色观世音巨雕和饱经沧桑的唐塔像两块巨大的浮玉镶嵌在运河中央，前者像一位温润慈善的女子，后者则像一位历经风雨的老者，一老一少在日日夜夜地守护着运河两岸人民的安宁。这给古老的运河蒙上一层曼妙的面纱，也给镇国寺这方净土增添了别样的神秘感。

　　倏忽，我发现裤腿上的灰层，便用手掸干净。我想，今后自己心灵的灰层也必须掸干净，佛法不是教育我们要觉悟，一切苦难都欲望所致吗？著名作家林清玄说得好，人生不良习气不外乎"贪、瞋、痴"，要以"戒"来中和"贪"，以"定"来中和"瞋"，以"慧"来中和"痴"。这样，我们就不被红尘中的种种"名利"遮望眼，才能顿悟浮生，从而懂得知足，学会放下，做到得之坦然，失之淡然，让生活更有意义。

刊于2015年4月3日《高邮日报》

瞻拜隋炀帝陵

孟春末的周日，浮生偷得半日闲，从扬州北郊的瘦西湖西路上，驱车莫约十分钟的车程，右前方高高矗立的牌坊上，"隋炀帝陵"四个隶书大字赫然醒目。

从帝陵旁门进入雷塘，1400年前隋唐时期的风景胜地荡然无存，也不见史书讲的"罗绮之地"的繁华盛景。眼前的雷塘，实为一泓清水，春阳照耀着潋滟的水面，波光粼粼，抽芽的杨柳倒映在水中似墨绿色的山水画。移步换景，几只游船在微风的吹拂下浪花荡漾，水面上的鸟儿不时地飞旋……我吸两口清心的空气，顿感神清气爽。

站在大理石铺就的三拱桥中央，视野开阔了，前方的祭台上芳草萋萋，周遭用古砖叠砌，从不改变历史遗迹出发，作为人们祭祀的场所。微风吹来，睹物思人，回溯隋朝第二位皇帝杨广，在位仅14年，为何在历史上留下"荒淫暴虐"的骂名？

短命皇帝的历史明摆在那儿，大概不会假，如果将他说成无恶不作，丧尽天良，甚至片面地用"荒淫暴虐"来盖棺定论，恐怕还真冤枉了他。据《旧唐志》记载："炀帝好学，喜聚异书。"其诗文在中国文学、诗歌史上占有重要地位，代表作有《春江花月夜》《野望》等。他多次"如慕行人，分使绝域"，派遣使者远至波斯等地；20岁就封为大元帅，率领几十万军南下，很快扫平陈朝，统一中华。

杨广的文治武功十分了得，翻开《科举史话》第一章"科举制度创立"说:"炀帝置明经、进士二科,以试策取士。"在中国的科举史揭开了新的一页,科举制度从此开始了。科举制度能延续一千三百多年,其强大的生命力不言而喻。它让无数的读书人通过考试进入仕途,好处就在于"公平",是人类文明史上的巨大进步。不敢说科举制度是最完美的制度,但肯定是中国历史上最公平的选举制度。这是隋炀帝为后人做的大好事。

明媚的春光照在斑驳的古砖上,也照在我瞻拜的身影上。踏神道,跨城垣,前方便是隋炀帝墓冢。土丘的墓冢上长满树木,周边青松环抱,正南方石碑上刻着嘉庆十二年浙江巡抚阮元,亲自立碑的"隋炀帝陵"。墓冢形制独特,气势雄伟,典型的隋建筑风格,亦如千古一帝的气宇非凡,运筹帷幄。我趋步上前,神情肃穆地伫立在隋炀帝碑前,恭恭敬敬地鞠了一躬,暨身步履缓慢地绕墓冢一圈。遥想当年,隋炀帝雄心勃勃,三巡突厥,三伐辽东,开疆扩土,修筑长城。他开凿大运河,不仅加强了南北沟通,也开创了扬州"富甲天下"的繁荣。

隋炀帝在位的 14 年,和扬州的羁绊源远绵长,他带藏书数万,三次临幸扬州,使"城池转而广,商市转而盛,别宫离苑遍布,贾客藩宾纷至"。这位雄才大略的皇帝,最后还因被判的部下缢死在扬州!哀其不幸耶?

我左顾右盼,踽踽独行,作为省级文保单位,这里却冷冷清清,晴朗的天气却看不见游客,远没有其他景点热闹喧嚣,令人钟情。不禁唏嘘起来,静静躺着的隋炀帝,生前绝对不知道哺育世代人民的大运河,已成为举世瞩目的世界文化遗产,而大运河也是扬州的母亲河,是扬州另一张引以为豪的城市名片。

试问,三皇五帝数到今,历史上无用的皇帝多了去了,周幽王、刘阿斗、李后主、宋徽宗……有几人能像隋炀帝?

刊于 2021 年 7 月 16 日《高邮日报》

庐山游记

庐山像一颗熠熠生辉的明珠，镶嵌在风景秀丽的九江大地上。关于庐山可追溯到新石器时代就有人类在此活动生存，最早记载西汉史学家司马迁的《史记·河渠书》中，太史公曰：余南登庐山，观禹疏九江。

深秋时节，我们随《高邮日报》走四方旅行社组团踏上了这片让我心驰神往的山脉。眼前的庐山，山峦叠嶂，峰岭连绵，瀑布飞耀，俊云妙雾，奇花异草，树木茂密，美不胜收。吸一口空气，清心舒坦。我感叹，在这天然氧吧中，我终于卸下市井的疲倦和如织的心事，好好享受大自然的馈赠了。

庐山不愧有"千古文化名山"的雅称。光是庐山南麓的国家级森林公园的悬崖峭壁上，就高高耸立着庐山第一奇观五老峰，直刺云端。步入绿草如茵的园中，明朝风流才子唐伯虎的《庐山三峡桥图》赏心悦目。傍道而行，由茶圣陆羽提笔命名的"天下第六泉"引起我的兴致。我快步上前，抔了一棒潺潺的泉水，冲洗脸颊，提神清凉。不远处，古朴沧桑的观音桥傲立山坳，导游说，走上观音桥，就能相好运。我思忖，人生活得健健康康，平平安安的就是最大的好运和福报。

1924年，蒋介石和宋美龄曾在观音桥边修行宫，当作避暑胜地。透过险峻地势的中正行宫，路边许多幅民国政要的照片，右侧两颗茂盛的"夫妻树"、斑驳的警卫楼以及那锈蚀的拴犬桩，我们依稀可以看到当年声势浩大又戒备森严的影子，如今早已物是人非了。

走出森林公园，右拐弯的路前方，耸立着十米高的东晋陶渊明巨大石雕。陶公手捻胡须，颔首微笑，仪态飘逸，目视山林。他曾隐居庐山，"田园诗祖"旷达淡泊的人生，那享有盛名的五言诗词言犹在耳。

翌日，我们乘庐山观光车，绕过396道弯至山街上，街两边有许多异域风情的别墅，街上游客众多，山风吹拂，空气愈加清心，感觉比山下愈加凉爽。

一行人穿过波光潋滟的芦林湖，在导游的带领下，我们来到庐山革命遗址——芦林一号毛泽东同志旧居。这里亭台楼阁错落有致，苍松翠柏苍劲参天，鲜花异草芳菲葱茏，吸引众多游客，由著名书法家启功书写的"庐山博物馆"五个金色大字格外醒目，馆中陈列着庐山的历史地域文化，历朝历代的帝王将相名人雅士游玩庐山所留下踪迹的图展，大约三千多人，司马迁、王羲之、李白、白居易、苏轼、朱熹、朱元璋、刘基、徐霞客、李四光、陈三立……以诗文辞赋居多，书画作品少许。缓步馆中，拍照的、默看的、私语的构成了馆内丰富多彩的图画。往右侧走，是当年毛主席在这里办公、休息的地方，简朴的房间，有办公桌、沙发、卧床和书籍。1961年中央工作会议和1970中共九届二中全会在此召开，我走出博物馆，眺望不远处的庐山会议旧址，回忆起那段灰暗的时光，脑海浮现出耿直的彭老总……

吃过晚饭，我们来到被称为世界湿地公园的牯岭镇上。徜徉街头，商铺林立，游人如织，巨大的广场上，山民跳着广场舞，广播传来流行歌；车鸣声、吆喝声、嘈杂声声入耳，一个美丽、富庶山上小镇尽收眼底。仰望苍穹，天上的星星和参差的灯光交相辉映，宛若郭沫若笔下的《天上的街市》……

下榻在"美国学堂"中，躺在床上竟毫无睡意，甲午战争失败后，八国联军将庐山作为避暑山庄，修建异国风情的别墅，来休养生息，从业经商。像庐山上比比皆是的建筑群，只是晚清政府签署《南京条约》后丧权辱国的一个缩影。

第三天我们迎着晨曦，沿着迤逦不断的青山往"仙人洞"方向走，陡峭的山坡，蜿蜒的小路，让我们时而拾级攀登，时而俯瞰甬道。途中峰谷连绵，奇石颇多，飞来石似老鹰坠翅，三角石一块三角……路旁松柏葳蕤，苍翠郁葱，花草姿彩纷纭，竹木绿荫匝地……黄龙洞瀑布飞流直下，险峰岩峭壁山险壑深，望江亭江水涛声阵阵……大自然的鬼斧神工，风光旖旎，让我叹为观止。

"前面就是仙人洞了！"循声望见山岩上石刻的"仙人洞"，跨入洞口，步入有些暗淡的洞内，抬头仰望，这是自然形成的石洞，其形似人手，又称之"佛手岩"，洞高七八米，深度十四五米，殿内有八仙之一的吕纯阳（洞宾）石雕像，传说他在此得道成仙。雕像上方汩汩泉水从沿石而降，颇有仙气。《后汉书》记载千年不竭的"一滴泉"在此得到印证。在洞的东侧有"太上老君"殿，一炷馨香袅袅，两位女道人侍立，相传老聃曾传道于此，那五千言的《道德经》传颂人间。驻足洞中，草木芊芊莽莽，泉水泠泠淙淙，云霞缥缥缈缈，空气清心，山风徐徐，人来人往，仿佛置身于人间仙境，我陶醉其中，流连忘返……

我伫立在山脚下，仰望着"匡庐奇秀甲天下山"的历史文化名山，唏嘘不已，几日的旅游将庐山的美景定格在脑海里。倏地，想起张小砚的话，要么旅行，要么读书，身体和灵魂必须有一个在路上。

刊于 2015 年 12 月 11 日《高邮日报》

云南见闻

今年5月7日,我有幸随高邮市汪迷部落一行19人赴昆明,寻访著名作家汪曾祺先生足迹。在春城的日子里,亲身感受了昆明、大理、丽江的八街九陌和青山绿水,当地文联的作家们对汪先生的思念和敬仰。

——作者题记

一

太阳渐斜,飞机在昆明的上空盘旋,关于昆明的佳话在脑海里翻腾。

林徽因曾说,昆明永远那么美,不论是晴天还是雨天。杨朔感叹,一脚踏进昆明,心都醉了。汪曾祺描写昆明的雨是明亮的、丰满的,使人动情的……一行人从昆明机场出来,一幅巨大的图文并茂的广告吸引了我:"七彩云南欢迎您!"顿时心里暖暖的,旅途的劳顿仿佛被驱赶了。精神焕发的我跳上大巴车,临车窗眺望,新时代的昆明,天空湛蓝,空气清新。近处高楼林立,远处重峦叠嶂,街道两侧株株紫蓝色的蓝花楹,树干丰满,花色鲜艳,明亮娇艳,紫得欲滴,像风情万种的女子吸人眼球,惹人喜爱,是昆明的四季如春、天高云淡的气候造就了这种人间尤物。我第一次瞧见这么美丽的植被,赶紧拿手机拍了下来。

赶到大理的洱海，已是翌日中午。

驻足洱海边，天空清风云淡，阳光照在波光潋滟的海面上，晶莹剔透，闪动晶亮，似一幅流动的油画。巨大的五层豪华游轮停泊在码头边，右侧"大理：一生不能不到的地方"镶金的隶书格外醒目。此时海风吹拂我的发际，难怪当年郭沫若写下"风花雪月古城开，洱海苍山次第排"的诗句。眼前的洱海碧波万顷，无边无垠，水天一色，美不胜收，徜徉洱海，海风轻轻地吹，海浪轻轻地摇，使人心旷神怡，名利得失，宠辱皆忘，心灵似乎与自然美景互渗互融，夫复何求？

来到南诏风情岛，岛屿上古树参天，怪石嶙峋，草木葳蕤，体现白族元素建筑到处可见，信步古道，两侧奇花异草争艳，山涧泉水潺潺，空气新鲜怡人，我猛吸一口，顿感肺洗濯一番。游完本主广场，蹀躞海滩，澄澈的蓝天飘着朵朵白云，漾漾水波拍打着礁石，望着无边无际的大海，思忖忽必烈的铜像矗立8位本主中，当年，他兵分三路发动对大理国的征伐，大理国由此灭亡。是白族人包容和气度让这位蒙人皇帝供后人瞻仰。当年那个"冲冠一怒为红颜"的吴三桂和陈圆圆在云南的爱情故事，让人留下伤感和叹息。也许，古今多少事，都付笑谈中……

到大理，不能不去大理古城，古朴典雅的城墙仿佛在诉说着古城的沧桑，门正中"大理"两字苍劲浑厚，高大的门楼上四角建角楼体现了明清风格，踏入城内，青砖白墙的白族建筑，沿着古石铺就的街道，盆景鲜花耀眼，山泉流淌涓涓，浪漫风情的景致，吸引许多游客休闲观光，店铺琳琅满目，各种地方特色小吃目不暇接，人间烟火气氤氲，扑鼻的香气随之而来，带着馥郁而温暖的质感，疲惫的身心在那一刻有了着落。

二

登玉龙雪山是丽江之行的主要行程。

之前就耳闻雪山天气寒冷，登山之前，人们穿好棉衣，大巴载着19人到山脚下。导游劝说他们戴上氧气瓶，其时有人不由自主地吸着氧气，似有果腹之感。我胸有成竹地端坐着，6年前赴藏采访的经历让我知道氧气瓶只能寻求心理安慰。

车沿着蜿蜒的山路盘旋而上，3800米的海拔，气温渐渐变低，雪山的索道口，人头攒动，排队的人们一边等着缆车，一边吸着氧气，神情严峻者，窃窃私语者，瞭望远方者等构成了登山的队伍，为观看4506米的雪山盛景而进发！

坐上索道，从缆车的玻璃窗俯身，莽莽群山，片片青绿，忽然山岚突起，际会风云，大自然鬼斧神工，扑朔迷离。此时缆车向上行进，银装素裹，白茫茫一片。蓦然"咣当"一声，我们下了缆车。

沿着洒满雪花的台阶，拾级而上，观景台人声鼎沸，凛冽的寒风吹得我打了寒噤，置身于白茫茫的世界里，那茫茫冰川和千沟万壑，那阴沉的天空让玉龙雪山充满神奇迷离。传说一对男女为神圣的爱情以身殉情，化作雪山；也有传说称，玉龙雪山和哈巴雪山是孪生兄弟，在金沙江挖金度日，某日北方魔王抢占金沙江，他们与其搏斗，啊拉佴儿武功不济，砍断了头，云龙姐姐破坏了十三把宝刀，赶走了恶魔，化着十三座雪峰，宛若一条巨龙在天空飞舞，称着"玉龙"，成就了今天的奇景。不管是以身殉情，还是为保护山峰，总之历史充满了迷人色彩，我听了不禁莞尔。

此时，有人在观看，有人在吸氧，有人在拍照，有人向4680

米攀登！大家争相目睹这人间奇景，拜访纳西人的神山。我想，圣洁的茫茫雪山，这恢宏壮丽的美，让人充满对大自然的敬畏，在自然面前，人是多么的渺小，人世间所有的得失不值一提，很多旅人被大自然的美景治愈，找回生活的自信。

告别玉龙雪山，来到蓝月谷，这里空气清新，植被茂盛，芳草萋萋，苍翠郁葱，特别谷底的蓝色泉水像屋顶太阳能发电的硅片一样闪耀着蓝光，清澈见底，鱼儿嬉戏，鸟儿啁啾，山风吹来，浑身清爽……我被这"人间仙境"濡染了，仿佛脸上、身上湛蓝湛蓝的，竟陶醉其中，流连忘返。

丽江古城的夜晚是迷人的，古色古香的街道上曲径通幽。这里与别处不同的是，林立的商铺散发着浓郁的文化气息，悠扬的萨克斯缠意绵绵，动听的管弦乐弄管调弦，一米阳光的文艺青年的演唱如醉如痴，让人不知不觉地融入歌曲中，想起曾经的自己，走过的那些青春岁月。这里酒吧、茶吧、迪吧俱全，尽管已近子夜，但街上的年轻人三五成群地在散步，尽显古城的繁华和富庶。仰望苍穹，天上的星星和参差的灯光交相辉映，漫步徘徊，江风习习，香气袭袭，溪水汩汩。天上的星光和街道的路灯摇曳生辉，让人朦胧迷离。

三

早年读过汪曾祺的散文《我在西南联大的日子》。这次赴云南的主要目的"寻访汪曾祺足迹"，因此，西南联大成了我们寻访的必经之地。

走进西南联大，映入眼帘"国立西南联合大学"8个白色繁体楷书大字的匾额横亘在现代建筑墙上，字体方正，笔触刚毅。在战火纷飞的岁月，为了抗日救国，以国立北京大学、国立清华大学和私立南开大学在长沙组建，后迁云南，改称"国立西南联合大学"。目前的校门是按照1∶1.5仿制。

从校门进入，矗立着梅贻琦、蒋梦麟、张伯苓的半身塑像，面对三位教育泰斗、民族脊梁，我恭恭敬敬地分别向他们鞠了一躬，并品读起他们的名言，脸颊竟然有些发烫，那"刚毅坚卓"的校训证明他们心系国难，励精办学，让联大成为一座精神丰碑的例证。

往左拐，几间棕红室的用铁皮仿制的教室，据说当年由梁思成和林徽因共同设计的，而国家的高等学府竟是"茅草屋""土坯墙"！我面色凝重起来，室内陈设着一张张简易书桌和一排排形似"火腿"的椅子，一批教育界的大师在这传道授业解惑，一群青云之志的青年男女在这求知读书，教室条件简陋，若遇天下雨，屋顶被雨点乒乒乓乓的打响。尽管艰难困苦，却只用了8年时间，就成功地孕育了2位诺贝尔物理学奖得主，5位国家科技最高奖得主，8位"两弹一星"功勋章得主，170多位院士……这是教育史上的奇迹！

在西南联大的东角处，安放着闻一多先生的墓冢。沿着碎石头路向前走，一片青松翠柏中，便是西南联大为国捐躯的834名烈士纪念碑。我驻足沉思，他们弃笔从戎，参加世界反法西战争，血染沙场，献出自己宝贵的生命，他们永远活在人民心中。

西南联大博物馆陈列的一件件实物，一帧帧图片，一幅幅展览，都在讲述着西南联大那些站在讲台上的大师和讲台下未来的大师的人生经历，看了让人热血沸腾。我在文学院一串名单中找到汪曾祺先生的名字，回想先生在联大读书的七年里，和沈从文、朱自清学国文，寄居强民巷5号，坚持到昆明图书馆阅读，在生活拮据的情况下，结识挚友朱德熙，追求伴侣施松卿……难怪先生感叹："这是一座战时的、临时性的大学，但却是一个天才，影响深远，可以彪炳世界大学之林，与牛津、剑桥、哈佛、耶鲁平列而无愧色的，窳陋而辉煌，奇迹一样的，空前绝后的大学！"

四

昆明市五华区文联得知我们的来意，非常重视，特意将汪迷部落文学社"寻访汪曾祺足迹"座谈会放在联家小学。

早上8点刚过，我们来到一家四合院的古建筑中，两层木质结构，地面铺着古砖。会堂布置庄严而热烈，会标写着"寻访足迹，遇见美好"——汪迷文学社"寻访汪曾祺足迹"云南行。联家小学的少先队员们用和善和虔诚的目光迎着我们的到来，他们站立着向我们行注目礼；五华区文联的负责同志也早早赶来，和我们客气地寒暄着。被戴上红领巾的我被安排前排就座，心里不免坐立难安。身为高邮的汪迷，人家是敬仰汪曾祺先生，才疏学浅的我是沾了汪先生的荣光啊！

学校的红领巾给我们讲述了该校曾经是范石生将军的故居。我心里一惊，当年范石生将军为朱德同毛泽东在井冈山会师，他释放南昌起义军，舍身保护朱德元帅，为中国革命立下卓越功勋。"这所学校一直被红色火种熏陶着，难怪这些孩子们这么懂礼貌的……"我唏嘘感叹。

五华区文联副主席、作协主席郑千山告诉我，当年汪曾祺先生工作过的中国建设中学正是此地，所以把活动放在联家小学具有纪念意义，是汪先生和联家小学的渊源促成了今天的活动。我微笑地点点头。

联家小学校长汤洁作了热情洋溢的欢迎词。她动情地说，先生的成长记忆，先生对光阴的钟情，先生对世间万物的钟爱，先生的温情将嵌入学校的文化印记,激励全体联小人为学为党育人,为国育才,书写美好的联小故事……

在少先队员用稚嫩的童声朗诵先生的经典散文《昆明的雨》,表演话剧《为中华崛起而读书》后,云南87岁著名作家张昆华回忆和汪先生的相处的岁月往事,他还向我们赠送了自己纪念汪先生的文章和照片。五华区文联副主席吴然展示了先生最后一次回昆明赠的书籍和字画,我们几个汪迷纷纷上前,像欣赏宝贝一样地凝视先生的真迹,感慨不已。我想,这正是先生"人间送小温暖"的生动体现,正是先生的坚持和勤奋,创作了无数的佳作精品,为人们送去慰藉,为读者无价的精神财富。

想到这些,我眼眶竟有些湿润。

中午,我和五华区文联的作家们品尝着汪先生当年在昆明吃得美食,那热气腾腾的汽锅鸡,那口感丰富的牛舌(先生诗中称"撩青"),喝着汪先生喜爱醇香浓郁玫瑰老卤酒,真真切切地感受了先生笔下的人间烟火。

五

有人说,翠湖是昆明的眼睛。这话不假,仅"翠"字,就叫人心里绿意盎然,活色生香,当年云南著名学者陈荣昌给翠湖题写"十里春风青豆角,一湾秋水白茭芽"的对联,都是围绕"翠"字做文章。

从西门进入翠湖公园,两边柳树绿油油的,在微风的吹拂下,摇曳生姿;沿途亭台水榭众多,一汪清澈透明的湖水,碧波粼粼,水浮萍碧绿而明静,挤挤挨挨。到了定西桥,进入仿古建筑的茶花园,各种茶花盆景目不暇接。游客众多,看见有人在休憩,有人在划船,还有人在拍照。不知不觉走进荷园,大片大片的荷花长在湖面上，一股淡淡的清香扑鼻而来，有的花瓣没有展开，像一位羞答答的处子，有的露出一两个花瓣，鲜艳夺目。荷园的荷花，翠绿的墨绿的颜色不一，亭亭如盖，青翠欲滴。我在翠湖漫步，整个翠湖不大，感觉和家乡瘦西湖差不多，但是却是翠生生的，怎一个"绿"字了得！

当年汪先生几乎每天要到翠湖，他到翠湖图书馆看书、喝茶。38年后，先生写下《翠湖心影》，他说时间过得很快，很想念翠湖。我在翠湖若有所思地边走边看，遥想当年，汪先生和施松卿在翠湖漫步，畅谈理想和人生，和挚友朱德熙从翠湖到文林街，就着花生米、猪头肉喝酒的印记，已经无影无踪。可我倒觉得翠湖并不陌生，心生莫名的亲切感，一点都不觉得累，转了一大圈。这源于汪先生的缘故，这就像外地汪迷到高邮游览大淖河一样，当年先生在《大淖记事》中的景物也荡然无存。然而，来先生故乡的人都要看一看，走一走，寻访先生的足迹，这也许叫"爱屋及乌"吧。

5月12日清晨，天刚蒙蒙亮，我们一行19人提着行李，乘大巴车前往昆明机场。刚出宾馆门，天空飘着雨。雨不大，滴在脸颊上，我伸手放在口中，这雨，淡淡的，湿湿的，叫我心生惬意。仰望天空，也许是汪先生化作雨滴在欢送我们！我不由得笑起来，口中默念，先生，和我们一道回去吧，喝一碗家乡的咸菜慈姑汤……

登山记

一个周末，我来到无锡马山半岛徒步和登山。

同事赵会计是位资深的徒步迷爱好者，他和我同庚，看上去比我年轻。一次闲聊，我得知他是我们当地徒步运动协会会员，这些年经常利用假日去周边城市徒步。他和我说了诸多关于徒步的好处，"跑步之后，你会觉得一身轻松"。我便请他择日带我一起去徒步。

那天天气晴好，阳光和煦，我们一行 40 人在马山半岛从胜子岭集合，在会长强哥的带领下，沿冠嶂古道登马山。

强哥穿套红色速干衣，背着小挎包，迈着矫健步伐，手里挥舞着"高邮市徒步协会"的旗帜，在崎岖的山路上如履平地。他要照顾到所有人，时而向前瞧瞧，时而环顾四周。我和赵会计并肩而行。刚走不到一刻钟，我便气喘吁吁，头上渗出汗珠。赵会计从包中拿出一瓶矿泉水递给我，说："你慢些走，三冠嶂峰就在前面，不太远。"我仰头喝了两口，一阵凉爽充盈心田，于是继续迈步向前。

我们经过真武行宫，不一会儿到了三冠嶂峰，视野也开阔起来，郁郁葱葱的竹林在微风吹拂下发生沙沙声，顿生凉意。不远处，山石嶙峋，奇形怪状，山岚摇曳多姿。大家休憩片刻，我坐在一块石头上歇脚，拿手纸擦汗，四下看去，有人攀谈，有人喝水，有人倚靠着山石仰望苍穹……

没过多久，大家跟着强哥继续走。十几分钟后，我们就登上了二冠嶂峰，此时海拔只有232米。而我的双腿像灌了铅似的，特别是左腿肌肉酸胀，使不上劲，甚至有些颤抖。仰望高高的头冠嶂峰，再看看陡峭的山道，我心里直打退堂鼓。此时强烈的太阳光刺得我昏昏沉沉的，步伐也慢了许多。赵会计叫我休息片刻。就在我踌躇之际，一白发苍苍的老者和我擦肩而过，微笑着对我说："你刚跑，坚持一下，马上就到头冠嶂峰了。"

我觍然点点头，思忖人家白发苍苍，应该年岁比我长，还如此矫健，我决不能退缩。想到这里，我深深吸了一口气，咬紧牙关，也不知哪里来的力气，快跑了几步，跟上赵会计，一起向头冠嶂峰大步行进。

我和赵会计紧跟着强哥到达峰顶。"头冠嶂峰到了，我们徒步登上马山最高峰263米……"强哥朗声呼喊。又一次挥舞着旗帜。其他人也相继到达，脸上都洋溢着笑容。

我来到山顶的观景台。这里空气新鲜怡人，一阵凉风吹来，我感到五脏六腑被洗濯一番，疲惫感也被抛到九霄云外。俯瞰太湖，水天一色，我竟分辨不出哪是湖上的水，哪是天上的云层。眺望不远的灵山，层峦叠嶂，草木葱茏，地灵形胜天成，佛门幽静处，让我心生敬畏。

十多年前，我曾到无锡的太湖和灵山大佛游玩。这次徒步冠嶂古道，本意是健身，却在另外一个角度欣赏了太湖和灵山，果然风景远近高低各不同。这意外的收获让我不虚此行。

刊于2023年9月22日《国家电网报》

书屋偶遇

到一座城市旅游，其实是钟情于某个地方。去年秋天，我有机会来到省城老门东的南京先锋书店分店骏惠书屋。

书屋坐落在老门东的西侧，明城墙的北侧，典型的马头墙三进式的徽派古建筑。据说是意大利海归马海依设计的。书屋里橘子天窗、红木梁椽、古木铺地、镂空雕花，古色古香，配上柔和的灯光，几株淡雅的盆景，方正格子的书柜里摆着许多藏书。此情此景，让读书人的心，顿时温润安静起来。

书屋里时有三三两两的人出入，阅读、购买者皆有。我登上二楼，众多藏书吸引我驻足、凝视，想到自己在哲学方面的知识贫乏，便从书架上抽出两本黄颜色封面的书——胡适先生的《中国哲学史大纲》上下册，暨身信步向楼梯口走去。

忽然，我看见一个头发凌乱、大疤眼、衣着朴素的青年男子坐在沙发上，全神贯注地阅读，腿边的旧黄帆布包中露出板刀、刮刀、斜口刀等刀具让我心里一紧，我皱起眉毛，心生疑惑，到书屋带刀干吗？遂下意识地咳了一声，男子抬起头，见我戴着眼镜，长得高高大大的，误以为我是书店的领导，慌忙放下书，站起身，唯唯诺诺地说："我是抽空来阅读的，一会儿到浴室替人修脚呢。"

他的回答大出我所料，在今天，一个修脚工竟能抽空阅读，滋养心灵，真不容易。遂正视打量，他应还没到而立之年，中等身材，憨厚的脸庞，清亮的眼睛上有一条醒目的疤痕。

青年男子似乎觉察到我正注视着他眼睛上的大疤痕，腼腆地解释道，他其实不是坏人，是来南京打工的，初中毕业后在一家乡镇厂打工，遇到火灾，脸上就留下了伤疤。

我点点头，心中恻然，觉得他有些不幸。

见我扫视他刚放下的史铁生的《病隙碎笔》，他饶有兴趣告诉我，史铁生一直是他的榜样，和史铁生相比，自己幸运多了，脸上只是局部烧伤。史铁生双腿瘫痪后又患肾病还坚持读书写作，这位作家完成了许多正常人都做不到的事。他在乡镇厂下岗后通过拜师学艺转行，现在只要有业余时间，都来书屋阅读。

我刚"哦"出口，他又滔滔不绝地说开了，现在差不多每周阅读一本书，读书是一种精神的跋涉，是当下最廉价的高贵，一个人的心灵若能得到书籍的浸润，定会养出浩然之气。"吾身亦有涯，而知也无涯……"

我愣住了。想想自己平时在喧嚣的社会生活中，沉湎于应酬，有时象征性地看看手机上的新闻和网络段子，没能像他一样潜心阅读，失去了一种定力，虚度光阴，让家中的上千册书束之高阁。

想到这些，我脸上有些泛红，继而发烫。

我有些尴尬，便关切地问道："你现在生活得好吗？"

青年男子眨着清亮的大疤眼，乐呵呵地说："蛮好的，俺靠打工养家，平时生活很节俭，虽说常年辗转，到了夏天，浴室淡季，晚上还要再打一份工，去酒店当服务生。可初心不忘，坚持阅读，在网上已写出近百万字了。"

我唏嘘不已。一个外地的城市打工仔差不多一周阅读一本书，写出上百万字，这让这个比他虚长二十多岁，又安居乐业，以作家自诩之人自愧弗如。

我赶紧掏出手机,和他加了微信,得知他姓孔,安徽寿县的。

如今,我在创作中孤独苦闷时,脑海里就常常闪现一个头发凌乱、大疤眼、穿着朴素、认真阅读的青年男子。从他身上,我增添了前行向上的力量。

刊于 2018 年 5 月 16 日《国家电网报》

带给灾区的希望之光

——谨以此文献给参与汶川大地震抗灾的国家电网人

前年深秋,好友老王陪同我和妻子游玩了西安古城墙后,尽地主之谊邀我们小酌。老王身材魁梧,脸庞黝黑,浓眉大眼,说话嗓门大,貌似三国里的"猛张飞",实为当地电力公司的"笔杆子"。这几年创作颇丰,是我值得敬仰的作者之一。

两杯酒下肚,话茬渐多,老王黝黑的脸逐渐变成枣红色。倏忽,他扬起脖子,眨眨眼,郑重地说起 2008 年 5 月汶川大地震他们参加抗震救灾送光明的故事。

那场惨不忍睹的灾难不仅造成巨大的人员伤亡,也给四川电网以重创,因灾害停电高达 405 万户。震后第三天 5 月 15 日,老王主动请缨,和驾驶员小李驰援 800 多公里,从西安赶往成都支援。

到达成都的晚上,满大街都是帐篷,当晚又发生了余震。闷热的天气和蚊虫的肆虐,让他在帐篷里一夜未眠。两天后老王又拖着疲惫的身子,随小李等 10 人到重灾区都江堰市救灾援助。

出了成都,透过车窗,大片房屋倒塌和废墟瓦砾的场景让老王近距离感受到了灾害的无情。他忐忑不安地坐在车上,看见救护车来回穿梭。由于余震不断,很多主干道都实行交通管制,为争取时间,他们只好抄农村小道,有时遇上危险的泥石流,只能穿越水库涵洞,而涵洞有的震裂,漏水泷泷地滴在车顶上,让人焦躁恐惧。有时车进入黑黢黢的隧道，偶尔有车灯闪亮，偶尔有颠簸震荡，偶尔还听到怪声，如同魑魅魍魉的鬼门关，令人毛骨悚然。

"当时也没有办法，豁出去了，只能往前冲！"老王说着皱了眉毛，吁了口气。

费尽周折才到达指定地点。18 日正式进入正式抢修程序，由于供电主网设在深山老林里，他们负责每天接送抢修人员，每次都将车开到道路尽头，目的是让其少走路，争取时间尽快供电。由于当时 213 国道受到损坏，剩余的 10 公里路程抢修人员要上 5 个多小时，还要面临山体滑坡和余震的风险。

一次，车行驶在狭窄的道上，突然坠地的巨石将路面砸成两段。车子的后轮几乎贴近悬崖的边沿，小李咬咬牙，瞪着眼手握方向盘，踌躇不前。老王跳下车，弓着腰，伸展脖子目测，挥动右臂，大声疾呼："向右、向左、倒车……"他深知一旦有丝毫闪失，车上的十几名抢修人员就会命悬一线。

"震后那几日环境恶劣，加上饮用水不足，又睡不好觉，患上了感冒，咳得嗓子直冒烟，整个人发茶……"老王用地道的西安话对我说。

我微笑着点点头。老王挺了挺胸，开心地告诉我："那时虽说人消瘦了，可想到灾区群众的生活辛酸，抢修人员挥汗如雨奋战的场景，身上又有使不完的力气。经过电网抢修人员十多天艰苦卓绝的奋战，拯救生命的灯放光了，迅速矗立的板房通电了……国家电网人给灾民带来了生活的希望，点燃了希望之光，把'国家电网'这个名字诠释得更加鲜明深刻！"老王说着啜了口酒，脸上洋溢着自豪感。

的确，天灾无情，人间有爱。

我记得，江苏电力公司也先后派出 12 支救援队开赴灾区，完成了江苏省援建对口绵竹市2.8万套安置小区的全部配电设施建设任务。其实，汶川大地震牵动每个国人的心，从企业到机关，从单位到个人，人们捐款捐助，乐善好施，为重建赈灾贡献力量……

见我若有所思，老王欣然地说，前年他去了汶川，灾后建设让汶川变得山清水秀，风光旖旎，一座如诗如画的羌族新城已蓬勃崛起。

临别前，老王嘱咐我有时间和妻子去汶川看看，看看这座历经苦难后重生的城市，定会触景生情，唏嘘不已……

刊于2018年5月11日江苏省电力公司网站

第四章 雪泥鸿爪

特殊的勋章

　　清晨，太阳初生，微风吹拂。一位平头，短发，敦实的中年男子正健步如飞地奔跑，有人驻足观望，认为他锻炼身体。其实，他不只是锻炼身体，而是通过跑步实现减肥，达到献出"血小板"的生理指标。坚持了7年早晨跑步的他，正是17年无偿献血的高邮市甘垛供电所职工任秀章。

　　2012年底，任秀章从《扬州关注》了解到，当地有白血病人急需血小板，他一夜没有睡好，寻思着献出血小板的事。第二天一早，他赶到扬州血站准备献血，医生却要求他做血细胞化验，结果出来了，医生告诉他血小板量计数还达不到150万以上，可能是身体偏胖的原因，目前还不具备献血小板的条件。

　　任秀章皱起眉头，摸摸微微凸起的肚子，暗下决心：今后以疏食为主，彻底告别烟酒，同时每天坚持跑一万步以上。

　　"说来容易，做起来艰辛。记得刚跑步时，才跑不到10分钟，就气喘吁吁，汗流满面，腿像灌了铅似的迈不开。但是想到那些躺在病床上的白血病患者，被病魔折磨着，我只能咬紧牙关，继续向前冲……"任秀章感慨地说。

　　功夫不负有心人。2013年4月16日，经过4个多月锻炼的任秀章，顺利通过了扬州血站的各项指标检查，符合献血小板的要求。当天，他第一次献血小板，躺在座位上，血液快速在采血管里流动着，流入采血机。采血机器运转着，机器分离出血小板后，自动回血，将血液重新输入体内。

采集结束后，任秀章站起身走到医生前，轻声问道："医生，我的血小板能用吧?"他仍然惦记自己的血能不能管用。"能用，而且立马就能用，刚刚采集的血会马上输入临床的一位患者。"医生笑嘻嘻地答道。

任秀章放下抽血的臂膀，有力地伸展了几下，他感觉浑身有劲了，虽然献血者和受血者严格遵守"互不见面"原则，谁也不知道对方是谁，但慈善的任秀章知道自己的血，救了别人，这就足够了。

任秀章的父亲为人忠厚，在村里常做修桥铺路、救济村民的善事，这在他心里播下了助人为乐的种子。

2002年9月，当高邮血站的白色采血车停在甘垛卫生院门口时，任秀章第一次撸起袖子完成了200毫升献血。

直到2006年秋季的一天，年过古稀的母亲从邻居的闲谈中才得知儿子献血的事情，顿时气不打一处来："你父亲去世早，大哥也不在了，你就是家里的顶梁柱！这献血伤身体怎么办啊！"母亲说着泪流满面。

"妈，我献血好几年了，身体一点问题都没有，您就别担心了！"任秀章边说边拍着胸脯保证。

为了不让母亲担心，任秀章更加卖力地干活，他想家人知道他的身体没有问题。

此后，为了不让家人担心，每次献血，他都尽量隐瞒。

2008年5月12日，汶川发生大地震。任秀章从电视中看到救援场景，再也坐不住了。5月14日一大早，他就来到血站献血。

从那以后，任秀章便根据献血间隔期的要求，将每年的5月14日及半年后的12月14日作为固定献血的日子，并根据医生的建议，不定期加献血次数。

任秀章常教育子女要存善念，做善事，当好人。

然而，儿子一直对献血犹豫不决。任秀章知道后，怀揣一摞子无偿献血证，冒着凛冽的寒风，特意赶到扬州的儿子家里，语重心长地说儿子说："你犯糊涂了，我献血十几年身体不是好好的吗？再说，健康人献出的血液可帮助失血者补充需要的血液及相应的成分。无偿献血是高尚的行为。"说着，从包中掏出将一摞子无偿献血证放在桌上，瞪着眼珠子，手敲得桌子咚咚响。

儿子见爸爸生气了，便微笑地站起身，拍拍他的肩膀说："爸，您放心，以后我也去献血。"任秀章笑了："好小子，你不愧是我儿子。"

任秀章连续17年无偿献血，累计48次，献血量达16200毫升，相当于成年人体内血量的3倍。他先后荣获全国无偿献血奉献奖铜奖、银奖、金奖。

17年，在历史的长河中也许并不长，可对于任秀章的人生来说，却用6120天在坚守！他坚守着心存善念的初心，牢记着奉献社会的使命，将好人的故事一直演下去。

刊于2018年9月4日《国家电网报》

"好人"难有"好梦"

"就算人间有风情万种,我依然情有独钟……"这是 20 世纪 90 年代末期曾经唱遍大江南北的歌曲《好人好梦》的歌词。但是在高邮市甘垛镇三河村小渔村,却流传着"好人"难有"好梦"的故事。

故事主人公沐爱国是高邮市供电公司甘垛供电所台区经理,曾在 2012 年被评为第四届"高邮好人"。

电力不足　夜不能寐

沐爱国分管的区域在人称最偏僻的"北大荒",以前是一片芦苇荡区,在这里安家的都是靠打鱼为生的渔民。1989 年,他接管这片区域时,电还是从毗邻的周罗村引入的,只能供照明用电。

妻子万代红得知后沉着脸抱怨说:"你也不考虑周全,在那个穷地方管电有什么意思?"沐爱国憨厚地笑着说:"所里人手少,事情总归有人做,我少睡点觉,就不信管不好电!"从那以后,小渔村多了一个身穿工装,背着工具包,走村串户的高个小伙子。

通电初期,渔民不懂电,私拉乱接盛行,灯泡到处拖,插座随处放,甚至个别人将电拖到船上。沐爱国看在眼里,急在心里。渔民白天打鱼不在家,他便利用晚上时间,宣传安全用电知识。"小渔村近三十年没有发生电伤人的事情,沐师傅功不可没。"村支书汤长根说。

也的确如汤长根所说，沐爱国对待安全常"黑脸"。一个雨夜，村里漏电总保护器合闸不成，接到电话，沐爱国连忙披上雨衣，跨上摩托车，经过一户户地排查，发现赵强家的表计下游线路破皮，便劝其更换，可对方耍起脾气，执意不肯，认为沐爱国多管闲事。

此时好多渔民也围上来看热闹，沐师傅严肃地说："你必须更换电线，否则影响大家用电。"赵强自知理亏，换了线。当渔村重现光明时，已近子夜。

电力充裕　梦中惊醒

转眼到了2016年，小渔村新上了两台容量200千伏安的配电变压器，电力充裕了，"小渔村"沸腾了，在外谋生的渔民纷纷返乡，先后养起收益颇丰的鳜鱼。渔民刘朝荚便是其中之一。以前他家中25亩塘口养殖鲢鱼，靠人工打水自然养殖，年底只赚2万元，电力充裕后，新增16台增氧机，24小时开机，饲养了4万尾。去年底，塘口的收益达18万元。

电力充裕了，沐爱国的工作便多了一项巡塘内容。从小渔村的村口走到塘口需要步行50分钟，道路弯曲，沟渠纵横，晴天灰蒙蒙，雨天路泥泞。今年7月8日11时夜，渔民刘朝俊70亩"四大家鱼"成鱼（即将上市的鱼），塘口突然失电，9台增氧机成哑巴，深更半夜的，老刘心急如焚，就在沐爱国建立的"供电服务群"喊话。岂料，不到一分钟，就得到沐爱国"马上就来"的回复。

睡梦中的沐爱国从床上一骨碌坐起，连忙给结对电工刘建中打了电话，让老刘撑船来到村口，自己骑着摩托车消失在夜幕中。

沐爱国只用了10分钟就开到村口，雨仍在淅沥地下，他从后备厢拿出雨衣，架好车，和刘建中上了老刘的小船，二十分钟后，来到塘口，沐爱国叫刘建中打着手电，从表计开始检查，他发现一台增氧机灼热，果断地切除电源，然后一次性送电成功。听到 8 台增氧机发出"哗啦、哗啦"的激水声，老刘从身上掏出两包烟塞给沐爱国，他连连摆手，拒绝了。

渔村富强　好人好梦

8 月 20 日，扬州电视台王牌栏目——"今日生活"记者特意到小渔村采访，汤长根用粗大的嗓音对记者说："现在，村里有了资金，新建了水泥路，安装了 43 张路灯，多亏党的富民政策。但不得不说的是电力帮了大忙，过去村子只有 100 千伏安的配变，现在 4 台 900 千伏安，电力送到每个塘口，有了充足的电力，渔民返乡，从过去传统的'四大家鱼'过渡到现在鳜鱼，渔民的收入提高了很多。"

9 月 4 日，沐爱国和结对电工刘建中在芦苇荡沿着 10 千伏官横线巡视，他们一会儿抬头仰望，一会儿用笔记录，一前一后来到塘口，将电杆上藤蔓植物清除。完毕，划着小船检查了配电箱的漏电保护器，时间不知不觉过去 1 个多小时，汗水从他们脸颊沁出。背着工具包，穿着工装的沐爱国看到塘口增氧机水花四溅，水中鱼儿跳跃，他抹了皱纹里溢满汗水的脸，自信满满地对刘建中说："再过不到两个月，就可以放心地休息，每年从 10 月份开始，陆续出成鱼，到次年 4 月才开始放养，这段时间，他每晚可以放心地睡个好觉，做个好梦了。"

"就算人间有风情万种，我依然情有独钟……"沐爱国哼起《好人好梦》的歌曲来。

刊于 2018 年 11 月 15 日江苏省电力公司网站

教坛六十载　园丁情悠悠

活了80年,教书60载,退休不退岗,无怨无悔,心系西渚孩童。在宜兴市西渚镇,有人会问,退休老师吴可询像辛勤的园丁一样,一生痴心不改,栽培祖国的花朵,图啥回报?

古色古香旧式陈列的书房里,一条长桌、一张书橱和几张小板凳是吴老的全部家当。个头不高、头发稀少的他虽靠助听器才能和笔者交流,可精神矍铄,说话思路清晰。"这里不仅我的精神家园,也是孩子放暑假、寒假学习的书法的地方,到时候这里的古砚,毛笔和一沓宣纸就派上用场了。"吴老笑着将他临摹的颜体字放在案几上。

1956年,17岁的吴老师当年还是一个初出茅庐的小伙子,刚念完初中后,报名参加教育局开办的教师培训班,积极响应支教政策,自愿从城市来到40公里外的西渚镇吴孟小学做支教老师。那时交通条件差,每天东方刚露"鱼肚白",他就起床了,先坐30公里的轮船到张渚镇轮船码头,得花两小个多小时。然后,再步行10公里到西渚镇吴孟小学,每天40公里,他风里来雨里去,一走就是30年。

那时师资力量十分薄弱,说是吴孟小学,其实借用村里王家祠堂,整个小学也只有2名教师。比他大20多岁的金老师任校长。他自己每天上六节课,跟班走,从一年级带到五年级。农村生活条件差,一块多钱的书本费对很多农村家庭来说,根本负担不起，更别说学杂费、伙食费，为了让孩子读书学习，学校干脆不开食堂了，每顿按照 2 毛钱折算，吃五顿，抵上一元钱，基本解决其书本费用，家长们特别感激他们。现在想想，那是在无偿教书。"那时，人年轻，身上有使不完的劲，即便我们吃苦，还有些孩子不愿意上学呐。"吴老说着嘘了口气。

一年春季，吴老师发现，一位叫李振云的小朋友，天资聪颖，可他上学"三日打鱼，两日晒网"。后来了解，父亲患有严重的支气管炎，母亲是外地人，家里没有经济来源，便想中途辍学，吴老师来到他家，与其父亲做思想工作，父亲也有理由，家里连锅都揭不开了，还花钱上学。再说，小孩回来可以帮忙干活。

吴老师皱了皱眉毛，当即表态，只要孩子来学校念书，学费的事，他来想办法，父亲喜出望外，连声感激。重新回到学校的小振云刻苦努力，最终考取了宜兴市最好的市中。后因家庭经济拮据，选择了不收学费的无锡洛社师范学校，毕业后选择教师一职。2014 年教师节，身为无锡市梁溪区副区长的他手捧鲜花，拜望吴老师时，师生似故友重逢，感慨万千。

1999 年 5 月，吴可询离开他钟爱的三尺讲台，执教 43 年，桃李满天下的他光荣退休。可他退休不退教学，老有所为，乐于奉献，在家里办起了义务学堂，每年的寒暑假，村里的孩子们放假回家，父母忙着上班无暇顾及，乡亲们自愿把孩子送到了吴老师家里，小小的书房子坐了 30 多个孩子。课堂上，国学、书法，吴老师的书房里书声琅琅，诗情画意。"人之初、性本善……""学好中国字，做好中国人，写字要用心，横平竖直、堂堂正正……"

为让孩子安心学习，吴老师还叫老伴替孩子们做饭，这个不收钱的食堂让孩子们吃了 14 年；14 年，从这里走出近千名孩子……在西渚镇溪西村，提及吴老师，好多村民都竖起大拇指，说："吴老师有一颗善良的心，孩子放在他家，学习国学、书法，我们放心满意！"

去年，在南京大学念书的陈潇特意拜访吴老师，回忆他10岁时，吴老师辅导他毛笔字的情景。当年他妈妈送一篮土鸡蛋给老师补补身子，他婉言谢绝，也从不收一分钱。陈潇眼里闪着泪花对恩师说。

教坛六十载　园丁情悠悠。2018年9月，吴可询老师获得教育部颁发的"乡村学校从教30年"的荣誉证书，2015年10月，被宜兴市评为"优秀家庭辅导站"。

毕竟到了耄耋之年，笔者让吴老注意身体，可他自信满满地说："我的耳朵怕是不灵了，只要我眼睛还能看见，我就一直教下去！"

该文获省公司电暖流故事会宜兴征文三等奖

舞台的脊梁

——宜兴市太华新四军和苏南抗日根据地
纪念馆设备灯光师谈梁的故事

走进宜兴市太华新四军和苏南抗日根据地纪念馆,仿佛走向了一个立体的大舞台,从多维视角呈现了当年新四军创建苏南革命根据地的战斗历程,那一张张图片、一件件实物、一具具模型在绚丽灯光的照射下显得格外真切动人。这其中,凝聚着灯光师谈梁老师的心血。

谈老师中等的个头,一头短发显得平常,刚到不惑之年的他一点不像40岁,额头那绺白发特别抢眼,可能常常加班加点,眼角处皱纹明显增多。可笑起来让人感觉憨厚、朴实。

说起谈梁,纪念馆的办公室主任董事明华最有话语权,她面露喜悦甚至有些激动地说,谈老师这个人不简单,对待工作简直就是拼命,他是纪念馆的顶梁柱,如果个个像他,还要我这个主任干啥?他身上的故事多着呢。

2018年年初,太华镇创立新四军和苏南抗日根据地纪念馆,组织上决定把谈梁老师调入太华成校,兼职新四军纪念馆设施设备的维护工作。可他却吃了亏,谈老师原是教中学英语的,只因天资聪慧,对电脑有兴趣爱好,会维修电器设备。如果从太华中学调入成校及纪念馆工作,每月要少300元边远农村教师的补贴。然而,出乎她意料的是,谈老师竟然爽快地答应了。

2018年4月，纪念馆开始了紧张的筹备开馆阶段，从上海聘请的技术专家必须在双息日，甚至在晚上才能进行安装、调试。谈老师总是第一个到，最后一个走，全程陪同着技术专家，从不说声累。那段日子，许多智能配电设备相继就位，他全程参与其中，一面虚心地向上海专家学习，一面摸索智能配备性能，不到两个月，他瘦掉十几斤。

去年7月1日，太华新四军和苏南抗日根据地纪念馆开馆，太华镇政府打算以"七一"党的生日为契机，在开展纪念馆中的"重温入党誓词"活动。谈老师知道，必须确保馆内智能设备和灯光全覆盖，做到万无一失。为了万无一失，他没少吃苦，结合专家的意见，对馆内大小设备进行反复研究，集中调试。6月30日，天气闷热，馆内线路试跳不成功，他与上海的专家用微信进行沟通、分析，同时对馆内的智能投影和多媒体设备认真调试。配电箱的一角，细心的他头也不抬，一会儿按电钮，一会儿用万用表检测，工装的后背上淌出道道盐渍，他全然不顾。不知不觉到凌晨3点多钟了，此时，当所有的灯光音响调试合格，一次性送电成功，谈梁疲惫的脸上露出欣慰的笑容。

作为太华镇新时代文明实践管理的标志性活动基地，每逢双休日，游客瞻仰、成人再教育、创业培训、职业提升的重要时段，同时对电的要求极高。这样一日，谈老师自然没有了双休日。去年国庆节，馆内游客激增，谈老师不得不放弃陪同母亲去贵州哥哥家走访的计划，只是向在贵州的哥哥歉意地打了招呼。

说到家庭，谈梁咧开嘴唇憨憨地笑道，平时工作太忙，还要兼职成人培训，顾不上家庭。去年冬季的星期天，本来调休答应9岁的儿子去游乐场的，中途接到电话，纪念馆培训的电脑系统突然失灵，他连忙放下儿子，又驱车赶来修复。在与告别儿子的瞬间，看见儿子沉着脸，茫然地看着他，他背过脸，泪水淌了出来……

坐在谈梁办公桌后面的培训师老於告诉笔者："当下，像谈老师这样不计报酬默默奉献的人太少了，一人兼数职，培训老师、计算机程序、馆内灯光师等。整天忙得不可开交，家庭顾不上，这样的人应该多报道报道。"老於说着嘘了口气。

当笔者问谈梁，你这样付出，感到委屈吗？他仍然咧开嘴唇憨憨地笑道，作为一名人民老师，为社会做有益的事情，值得。

今年4月9日，省妇联组织专家学者参观纪念馆给予很高的评价，认为弘扬红色文化，传播正能量，不愧是新时代文明实践基地。

"电力援建能手"诞生记

2018年9月12日,泰州供电公司经济技术研究所的周宪应邀再次进藏,对达孜、林周县的新一轮农网改造升级工程,开展工程法人验收工作。

周宪顾不上休息,第二天便赶赴林周县。他踏上熟悉的山岗,眼前的杆塔宛如一条长龙横亘在蜿蜒的山峦中,在秋阳的照射下银光烁烁。他凝望着,走上前用手摩挲杆身,像抚摸自己的孩子一样,思绪万千。

2017年2月13日是个平常的日子,对于周宪来说,却是终生难忘的一天。刚过而立之年的他告别家人来到拉萨,负责达孜、林周县的农网改造升级工程。整个项目1.5亿元,出任工程的项目经理。

这个项目经理可不好当。周宪清晰地记得,刚来西藏时,当天就流了鼻血;好一段时间内,每天早晨起床后发现,鼻子里有血块;平常,走路稍快些就喘得厉害;每晚睡一两个小时都会惊醒一次,且大汗淋漓。为了尽快适应高原反应,他选择不吸氧气,即便看到氧气罐,也不能吸上一二口。白天,他还要拖着疲惫的身子出现在施工现场,制定线路走向、忙于物资管理,包括工程的验收、审计等。不到一个月,皮肤白皙的他变得黝黑了,体重偏胖的他变得清瘦了,崭新的工装也起皱褶了,两腮都长满胡子了……

2017年7月的一天早晨,天刚刚蒙蒙亮,周宪早早起床,和施工人员乘车往达孜县的400伏工地,检查施工质量。车刚到山腰,突然下起暴雨,转眼飞沙走石肆虐。坐在车上的周宪思忖,恶劣天气随时会出现泥石流和塌方等意外。情况紧急,他命令驾驶停车,车刚停在路边,只听前方"轰隆"一声响,一块巨石从山顶砸下来。"好险,周经理,不是你及时提醒,我们几个人就没命了!"驾驶员惊魂未定地对周宪说。

那天,周宪和林周县供电公司运检部主任拉巴等5人赶赴唐古乡10千伏工程送电验收,接近地势险峻的唐古乡4公里路程,车在泥泞的山路上穿夹谷、过水库,一路颠簸险象环生。工程车像头老牛一样走了3个小时。中午快到唐古乡时,忽然发现3个藏民,用木杆子搭接10千伏电源。周宪连忙按下车窗玻璃,伸出头,猛喝道:"不能靠近,高压电危险!"可藏民听不懂他的汉语,继续野蛮操作。周宪从车上跳下来,让拉巴用藏语进行劝阻。事态得到控制后,他让其他人先验收工程,又和拉巴找当地的村民主任白玛家措,周宪向他宣传《电力法》和电力安全知识,由拉巴翻译。周宪以善良和责任挽救了3个藏民的生命。白玛家措感激之余,当场给他献了洁白的哈达,端上热腾腾的酥油茶。

一周后,在哈达和林周县的配电作业台架和一些杆塔上,多了由周宪设计的藏、汉双语组成的"高压危险、禁止攀登"的警示牌,不仅对藏民起到震慑作用,也宣传了安全用电。

一天傍晚,周宪正用手提电脑中的EXCEL制表搜索线路器材时,他的手机突然响起,父亲告诉他奶奶突发"脑溢血"住院的坏消息。想到自己作为长孙,又是奶奶一手带大的,在她病危时都不能尽孝,眼泪止不住地流,恨不能马上回到奶奶身边。可想到新一轮农网改造对拉萨经济的发展,想到藏民盼电的迫切眼神，想到自己身上的责任，他一抹泪水，在电话里平静地对父亲说："对不起，我这里事务繁忙，请您先服侍奶奶。"然后，又对照表格，认真检索起来。

此后，周宪更加忙碌了，他全身心地为达孜、林周县的新一轮农网改造出力流汗。在为两县的用电客户用心服务——智昭产业园奶牛繁育中心的电压稳定了，达孜县章多乡10千伏最后一台配电设备绘制结束了，林周县卡孜小学的用电故障排除了……他一年到头除了春节回家几天，平时都在这两个县不停地奔波。这期间他的心脏出现了二尖瓣反流，肺部通气也有障碍，体重同时下降了10公斤。

"梅花香自苦寒来。"周宪的无私奉献赢得了达孜、林周供电公司和施工方的高度赞誉。今年2月1日，拉萨市林周县发改委还授予他"电力援建能手"的荣誉称号。

"感谢组织给我援藏的机会，在这儿锻炼了意志，提升了能力，懂得了珍惜和感恩，收获了一笔宝贵的人生财富。"采访结束前，黝黑的脸上架着近视眼镜，清瘦的身躯却显精神的周宪自豪地说。

刊于2018年省电力公司第四期《电暖流》"故事会"

抄表那些事儿

1983年参加工作的我从事抄表工作,那时实行人工抄表,每月末几天为抄表期,必须风雨无阻的走村串户,及时抄好表计数交给核算人员。回溯我抄表那些事儿,别有一番滋味在心头。

那时,农村大多泥土路,遇到下雨天,路面滑溜,时有泥淖,出行困难。月末的那几日,我便关注天气状况,留意广播里的天气预报。有时夜晚,还要出门看天上的星光,估计天气阴晴。可当时的天气预报也不如现在精准。记得一个骄阳似火的夏日,我骑着自行车赶往邻村抄表,突然,一阵乌云翻滚,几声闷雷轰响,尽管我使劲脚踩车踏板,加快车速,可还是下起了滂沱大雨。慌忙中,架好车,放在路边,取下夹在后坐垫的表卡,将表卡揣在怀中,豆大的雨点打得我眼睛睁不开,我咬紧牙关眨着眼睛,右手攥着表卡贴在胸脯,左手甩摆大步奔跑。

农家大叔见到我,热情地招呼我进屋,他给我打来一盆水清洗,叫我歇会。大叔说,夏天,雷阵雨,一会儿就不下了。我望着门外大雨如注,惦记着没有抄好的表卡,坐立不安。

雨过天晴,我告别了大叔。道路泥泞,自行车没办法骑了,只能用肩膀扛着,刚走不到200米,鞋帮上沾满泥巴,像套上镣铐一样步履蹒跚。而太阳像个大火球,火辣辣地照射大地,空气中弥漫的热浪使我额头沁出汗珠,口中喘着粗气,停下来歇会,在路边找一枯树枝,刮开鞋上的泥巴,扛着车又艰难跋涉。

后来，若天气预报播报抄表日下雨，我前两天就悄悄将表抄好，抄表日期故意往后写，这样一来，我雨天在家逍遥自在，窃喜没人知道。可聪明反被聪明误，那次因提前几天抄表，导致台区线损激增，被领导扣了奖金。我暗暗思忖，如果白天下雨，则选择晚上抄表。

然而，晚上抄表却给我造成难以名状的烦恼。

彼时居民表计一般装在其堂屋中柱上，必须进屋才能抄到表数字。夏季黑黢黢的晚上，我打着手电，来到农家敲门，一个刚洗完澡的妇女给我开门，我快步进屋，走上柱前，抬头，打开表箱，记下数字，合上表卡，正准备转身离去时，倏忽，她微笑着问："我家用多少电啊！"我一瞧表卡，平和地说："21度（千瓦时）。""我老公不在家，电用得少！""噢、噢……"我还没"噢"完整，一位酒味酽酽的男子突然走进家，面色潮红，目光如炬地大声斥责她："什么？我不在家？"我一听可能是老公在外喝酒刚回家，一时误会了，连忙解释道："我是电工，抄表的。"男子听说电工抄电表，虽一时语塞，但满脸怨气。我有些尴尬，只能悻悻离去。

不知怎么回事，这事竟传到单位里。会上，领导严肃交代，今后晚上抄表，必须是住户的男人开门，我们才能进门，哪怕电表抄不成，不能再惹是非。我由此为同事带来茶余饭后的笑料。

到了20世纪末，农网改造"户户通电工程"，将用户的表计迁移室外。令我欣喜的是抄表不用再进屋内，不会因为晚上抄表添烦恼。然而，农村的表计一般安装在农家屋后的檐墙上，我为了抄表，曾经走过杂草丛生的逼仄小巷，曾经绕过臭气熏天的露天茅房，曾经遇见旮旯里蹿出一条犬来……

进入21世纪的2005年，用了好几十年的表卡，终于退出了历史舞台，抄表再也不用手工笔录，取而代之的是像手机一样的抄表器，只要在抄表器上输入户主的户号和抄表数，就能即时算出该户的电量。然后，通过营销系统准确无误地核算出来。

到了 2012 年，电气化的实现，科技的进步，意想不到的是抄表不用现场抄录了，这让我和同行们感到意外和欢欣。抄表由电脑中的电力用户用电信息采集系统完成，实时准确计算用户电量，对台区的线损等情况全方位监控，极大地提高了工作效率。

如今，当我打开电脑，轻松点击系统就能一目了然地看到客户的用电量。现代化的抄表手段使我心生惬意，虽说人工抄表如"黄鹤"一去不复返，可抄表那些事儿，却在我心头挥之不去，而身在新时代的人们应珍惜今天现代化给工作带来的便捷。

这边的风景依然美

与圈内文友去江都黄金大道已是初冬时节，错失了在西风萧瑟的深秋，观看路两边银杏树飘下一枚枚像黄金一样树叶的美景的良机。一行人走在没有"黄金"铺垫的大道上，依然谈笑风生。这时，有人跑到绿树成荫的丘陵观光，有人在听荷塘潺潺流水声，有人在曲径通幽的长廊上拍照，还有人在错落有致的亭台楼阁上交流……站在我身旁的一位文友笑呵呵说，没有欣赏到黄金大道，这边的风景依然美！我想，文友有一颗充盈美丽的心。

前几天，我散步回家，碰到隔壁捕鱼的老张，只见他一路风风火火地骑着自行车，车上挂着鱼篓子，笑逐颜开地唱着《小苹果》。我以为他今天定是逮到大鱼了，谁知他下车刚站稳后，掀开鱼篓，微笑地摊开手，原来竟没捕到一条鱼。我不禁讶然，老张付出一天的时间却一无所获，为什么还一路欢歌？正在我愁眉不解之时，老张拍拍我肩膀说："老高，今天鱼不进网是它的事，我却'网'住了一天的快乐！"我感慨地点点头，对于老张来说，原来最好的那条鱼便是快乐。我想，老张的内心充盈着乐观。

上周六，在微信朋友圈内看到一段 18 分钟的视频，说的是湖南邵阳市新宁小女孩陈海萱照顾疯妈傻爸的事迹。一个只有 9 岁的小女孩没有被坎坷命运所吓倒，毅然决然地承担着家庭重担，像妈妈一样地精心照料疯妈妈，每天给妈妈喂药，两三天给妈妈洗头，平时在家洗衣做饭，空闲时与傻爸爸上山砍竹子，从不言一声累。这朵美丽的倔强花最大的心愿就是希望妈妈的病能尽快好起来,给她做饭吃!"最怕别人叫她是疯子的女儿,自己再苦再累也无怨无悔!"小海萱哭泣着说着,竟将我也感动得流泪了,她小小年纪就遭受如此境遇,依然顽强地生活。我想,她的内心充盈着坚强。

心态决定状态。当你内心充盈着美丽,不管看到什么景色都是美丽的;当你内心充盈着乐观,不管碰到什么境遇都是快乐的;当你内心充盈着坚强,不管遭受什么苦难都是坚强的……那是因为你——依然保持着心中最美的风景。

诚然,许多的事成败得失我们无法预料,每个人总会遇到这样或那样挫折和磨难,有人坦然自若,积极面对;有人纠结不休,埋怨命运,也有少数人变得一蹶不振,甚至于丧失生活的勇气。其实,当上帝为你关上一扇窗,必定为你开上一扇门。当窗户旁边的风景消失,只要你勇敢地抬头眺望,在门的那边一定会有你如愿以偿的风景。

刊于 2016 年 1 月 15 日《高邮日报》

那年，我在电杆上吃月饼

1983年9月，我参与了乡里最后一个通电的村——勤王村的架线施工。当时，我还是个初出茅庐的电力人。

那天是中秋节，通往村部的10千伏线路和配电房完成送电。夕阳西下，村民看见配电房里射出的灯光很好奇，纷纷跑过来看热闹。按照计划，位于配电房南侧的七桥组还要过几天即赶在国庆节前送电。施工结束后，我和同事们正收拾工具准备回家过节，村支书走过来，给我们每人发了一支烟，恳切地对我们队长说："乡亲们盼电心切啊，家中的电表和电灯都装好了，电工师傅能帮帮忙吗？争取今天给我们送上电，让大家亮亮堂堂地过节。"

队长沉默片刻，看了眼村民们殷切的眼神，便点点头道："好！你给我多叫些村民来，帮忙拽电杆。"

说干就干，我和同事先将放在田埂边的8米电杆用粗绳系成"人"字形（那时立10米以下电杆，全靠人工拉杆，不像现在用吊车），队长吹起哨子、打着手势，神情严肃地指挥立杆。村支书带领村民用双手拉着绳索，高呼着号子。我和另一名同事紧盯电杆在空中的走位，不时拉绳调整方位，站在杆根位置的同事则迅速将电杆挪到杆塘前的马槽处。杆子立好后，大家连忙校正、填土、夯实。

天慢慢暗了下来，当我们立好最后一基电杆时，月亮已经爬上树梢。月影扶疏，给大地披上一层银光。队长将大家分成两组，一组5人。一组放线、紧线；一组为农户接电。

月上中天，温柔皎洁。负责杆上作业的我噌噌噌登上一基直线杆，将三根裸导线分别用绳索拎在角铁上，等终端杆的师傅紧好线后，再用铝丝将导线与瓷瓶绝缘子绑扎好。月光映着我的身影，杆下的稻田里秋虫啾唧，微风吹来，顿生凉意，肚子也开始咕咕叫。等待间隙，我望了眼圆圆的月亮，思念起家人，忍不住扭头望向家的方向。

"喂，小伙子，杆上那个小伙子！"正望月惆怅的我突然听到杆下传来呼声，便低头一看，是位头扎方巾，挎着篮子的大娘，正站在杆根下双手圈着放在嘴边，抬头唤我。"小伙子，肚子饿了吧，快把你的吊绳放下来，我这篮子里有月饼。快点吃，吃饱了才有劲干活呢！"听到大娘的话，我心头一热。这是位从未谋面的大娘，一辈子也没见过电灯，为感谢我们特意送来了月饼。这小小的月饼，藏着大娘的善意和对光明的向往。

我把大娘的篮子吊上来，顾不上斯文，大口大口地吃了起来，连碎屑也小心翼翼地用手托着吃干净。之后，我继续干活，完成了直线杆的扎线任务。

那天我和同事们忙到很晚，皎洁的明月始终陪伴着我们。随着队长喊出的"送电"声，家家户户堂屋里亮起了明亮的灯光，地上的灯火和天上的月亮交相辉映，村民们高兴地放起鞭炮，整个村子沸腾了。

村支书激动地喊："感谢电工师傅，今年中秋节咱们勤王村通电啦！"话音未落，周遭响起了雷鸣般的掌声。

时光似白驹过隙。如今我已两鬓斑白，人生虽没有什么值得炫耀的事，可想起那年中秋节在电杆上吃月饼，心里始终有一种自豪感。这是一份属于"光明使者"的自豪。

刊于 2020 年 9 月 24 日《江苏电力报》"文化生活"

怀念老李

十年前区划调整,老李调入供电所任防区电工,现在叫台区经理。年近半百的他颀长的身材,枣红的脸庞,笑起来眉宇间满是憨厚。

别看他不善言辞,所管辖的防区各项指标领先,像电费回收、通道清理这类在旁人视为棘手的任务,他却轻车熟路。其实,他各项指标领先的背后有许多艰辛的故事。

客户赵某家门口长着三棵意杨树,影响了电力线路安全,他三番五次地上门,晓之以理动之以情,对方仍旧不乐意,或者开"天价"。眼看雷雨季节即将来临,他看在眼里,急在心里。有天晚上,赵某家孙子周岁生日,家中的空调突然不制冷了,老李知道后,背着工具包,跨上电动车,消失在夜色中。半个小时后,当赵某家的空调呼呼地传出冷气,看见汗水湿透衣衫的老李,赵某抓住他的手感激地说:"李师傅,你给我面子,帮大忙了。树,明天就锯掉。"

老李古道热肠。那年冬季,退休职工老乔患上眼疾,遇上女儿生病,让原本经济拮据的家庭举步维艰。老李把两张百元大钞放进了捐款箱。一次,他请几个同事小酌,见我喝高了,特意嘱托没饮酒的老于专程送我回家,还叫我路上注意安全。机缘巧合,领导分配和他一起值班。那时的值班还没像现在实行外包,值班24小时,所有的抢修、报修和客户勘查、新装均为当值人的责任。

记得一个骄阳似火夏日，我和老李一起去安装一户动力表计箱。到了现场，和他卸下工具，架好竹梯，还没做什么事，身上就汗涔涔的。"你是秀才，我来操作，你负责监护吧。"老李说着扶下安全帽，戴上纱手套，抄起扳手，使劲地铆螺钉。在装好电表后，他又在墙面上用电钻打几个孔，在我和他放好电表箱位置的时候，看见汗珠从他的安全帽檐渗出，流到颈脖，后背上出现几道盐渍……

平时，他从不倚老卖老，上班坚持打卡，带头执行劳动纪律。前年三月，即将退休的他还坚持参加全市的台区经理培训，课堂上，聚精会神地听讲，课后写学习笔记。

今年春节刚过，听说他突然去世，我怔住了，脑袋嗡嗡的：他身体好好的，退休还不到两年，怎么走得这么突然？缓步灵堂，我和几个同事一起向躺在棺椁里的老李三鞠躬。默哀毕，转过身轻声地向哭泣的家人说了句："请节哀顺变。"泪水便流了出来。

老李在世时，张家电灯不亮了，王家水泵不转了，一喊就到，都是无偿服务。这几天左邻右舍都来吊唁，含泪向他告别。几年前，他家中的麦子晒在场头，眼看乌云翻翻的，他却为邻居收麦子……老于说着，重重地嘘了口气，抹了抹发红的眼睛，语调哽咽。

老李，与你共事近十载，从你身上，我学到许多做人做事的道理。你走后的日子，我时常想到你，转眼已到清明时节，寥寥几句心语，作为对你的追思和缅怀。

刊于 2019 年 4 月 4 日江苏电力公司网站

我的世界里，少了一个你

去年暮春的一个上午，我在办公室码字，突然手机显示陈宝根来电，我兴奋地说："喂，陈所长您好！上城啦？"还没等我寒暄结束，对方传来哭腔："叔叔，我是道奇，我爸昨天夜里走了！"我听了"啊"的一声，蓦然怔住了，头脑一片空白，神情黯然起来。

感觉梦呓一般，一个月前女儿结婚，那天他穿套深灰的西服，脖子扎条纹丝领带，肩膀背着皮包，走路昂着头，和嫂子一起来的。他颀长的身材，清瘦的脸庞，梳得整齐的发型，俨然老帅哥。怎么说走就走了呢？这完全没有道理啊！

中午酒店的餐桌上，他谈笑风生。餐毕，我和他攀谈起来，关切地询问他的血糖数值，他说近来控制得可以，略高一点。我听了非常欣慰。倏然，他从包里取出礼品给我，是大小不一的猴年纪念币，金光闪闪的银圆，觉得贵重，笑着想推辞。谁知他乐呵呵地说，给你女儿添喜的，我们老了留着没用。再说，我们兄弟什么关系啊？

我一时语塞，思忖我哪能和他称兄道弟呢，便双手接下礼物，转身到书房里，拿了两盒茶叶。怕他拒绝，故意高声说："陈所啊，您教我的，有来无往非礼也。"他笑着慢条斯理地说："好、好。"

二十八年前，我在他麾下。那时，作为高邮市八桥镇（今属卸甲镇）土生土长农民的儿子，没有上过中学的他凭着拼搏和努力，当首任站长，创造了许多卓尔不凡，包括成为扬州市首个"用电标准化乡镇"和"十佳电力管理站站长""八桥镇优秀共产党员"，之后又创建八桥电力宾馆。一时间，他成了当地新闻人物。电视台、报社记者纷至沓来，他总是谦和地对他们说："你们要多报道基层电工，我不需要……"

"把握生命里的每一分钟，全力以赴我们心中的梦，不经历风雨怎么见彩虹，没有人能随随便便成功……"李宗盛的《真心英雄》唱出了每个怀揣梦想，努力拼搏的人的心声。陈宝根就是这样的怀揣梦想，努力拼搏的人。为了改变八桥镇落后的用电状况，针对农村电力线路供电半径长，陈宝根向供电局争取项目，结合农网改造，投入中堡、张余、金港等基础薄弱村共计 800 万元，用于电力线路改造，提高供电可靠率。施工中，他和电工们打成一片，架线出现矛盾了，找他；线路规划，找他；施工质量，仍然找他……那段日子，他的皮肤黝黑了，人也消瘦了，可换来了百姓的赞扬和锦旗。

八桥镇距离高邮城区近 30 公里，特别是一些偏远的村庄，他经常走村入户，了解人民群众对电力的需要，主动开了一家方便百姓生活的保明电器商店。这商店的价格比当地供销社便宜，商品质量却优于其他电器店。用他的话说，我们不能昧着良心赚百姓的血汗钱。

对于线损这种内部指标，陈宝根率先在扬州市开创了用计算机 DOS 系统管理线损，这在 20 世纪可谓开创了现代化的管理的先河。为了这个先河，没跨中学门的他可以说："劳其筋骨，饿其体肤，空乏其身……"他先从 26 个英语字母学起，然后看书、反复实验，把自己关在单位的玻璃门里，常常深夜不归，饿了，吃方便面；困了，在椅子上打个盹。他自己笑着说，我是共产党人，要学布尔什维克，为人民造福。这线损大，造成电价高，老百姓负担不起啊！

经过陈宝根不懈的努力，八桥电力管理站的线损比上年下降近10个点，在扬州同行保持领先水平。

不断加强内部管理，开源节流，给电力管理站带来可观的经济效益，陈宝根不是将企业的钱用于个人享乐或添置办公用品上，而做大做强电力管理站这块金字招牌。他动起了心思，着手建造一家电力宾馆，用于承办高邮供电局、特别是农电上的一些重大活动。

说干就干，电力宾馆破土动工了。陈宝根一手抓电力站的管理，一手抓电力宾馆建设，一时，一些做水泥、钢材生意的人纷纷上门，有的送红包，有的请吃饭，他总是婉言拒绝。他对同事说："吃人家的嘴软，拿人家的手短，一个要做到心如止水，不为名利所困……"这让前来找关系的生意人，碰了一鼻子灰。

经过半年艰苦努力，电力宾馆建成了，有人说他捞好处，暗中诋毁。三个月后，高邮供电局派专业会计人员进行审计、查账，经过近一个月的调查、核对、摸排，终于得出"宾馆建设材料、工资、费用较低"的结论。

当时，有人在陈宝根面前说，这些写人民来信的家伙，太没有良心了，而陈宝根淡然一笑："我应该感谢写人民来信的人，没有他，供电局也许还没有这样的结论，真金不怕火炼，为人不做亏心事，半夜敲门不吃惊嘛！"

那时刚刚而立的我难免思乡，他主动找我谈话，男儿志在四方，必须以事业为重。一年后，我被公司分配到新岗位，产生畏难情绪，他鼓励我说，树挪死，人挪活，人要在不同岗位上多磨炼。

依稀记得分别时，他特意为我送行，喝了酒的我们还步行至汽车站台,就在我跨上车的时候,他突然从身上掏出 1 千元给我,我伸手婉拒,激动地说:"陈站长,不要……""拿着吧,你到新地方,和人家处事需要钱用呢!"说着,他伸出右手,用力地握了几下,然后,不停地向我挥手。霎时,站在公共汽车上的我眼泪流下来了……此后,彼此的往来多了起来,他进城了,我便请他做客,晚上睡在一张床上,有时聊到深夜,这种交往持续至今。

2002 年农电体制改革,陈站长变成陈所长,身份变了,工作作风没有变,年近半百的他响应公司到异地任职的召唤,栉风沐雨,朝乾夕惕,不到一年,他领导的供电所,各项指标名列前茅,受到公司和地方政府的揄扬。

往事像放电影一样在脑海里闪现,头脑嗡嗡的,匆匆忙忙吃了半碗饭,驱车向八桥方向赶,路上由于心神不宁,险些碰上一辆农用三卡。

家中早已哭声一片,泪眼婆娑的嫂子抓住我的手,她悲伤过度,有些语无伦次。倒是道奇大致说出父亲突然医治无效的原委。不禁唏嘘,人真太脆弱,从入院到去世只有 4 天。谁也不知道明天和意外哪个先来。

缓步灵堂,我向躺在棺椁里的陈所长三鞠躬,一时双腿在发颤。我心里又自责起来,自己没能和他见上最后一面。也许,当时只道是寻常,如今却阴阳两隔了,想到这些,泪水又止不住的流淌。

天空蒙蒙亮,四乡八里的人们,送陈所长最后一程,有干部、耆老、同事、乡邻,还有外籍友人,人们佩戴白花、头扎孝布,百余人随着灵车缓缓地驶向殡仪馆。

遗体告别的大厅寂静无声,陈所长安卧在鲜花旁,我和省文联的张老师最后一个离开的,此时我凝视着他,行注目礼,他像是熟睡，面容安详，亦如往日的谦谦君子。我相顾无言，唯有泪水流。

年过古稀的张老师暗自抽泣，他牙齿咬住下嘴唇，瞪着眼珠重重地嘘了口气，说："陈宝根这个人重情重义，走怎么早，可惜了！"

"哎，张老师，太出乎意料了，他还有好多高风亮节的地方……"

那是2006年秋天，他得知所里有年轻人积极上进，便主动向公司提出提前二年退职，执意让贤，说让年轻人展示才干。他退居二线后主动请缨，承担几个台区，抄表收费。还说，吃亏是福。

电影《人世间》有句台词："这世界，你在意的人和在意你的人，其实就这么几个，这就是你的全部世界。"我的世界里，少了一个你。陈所长，你走后的日子，我常思念你，清明节快到了，向你倾诉几句心语，寄托心中牵挂和哀思。

刊于2022年4月13日《亮报》
2022年11月12日《扬州文艺创作研究》

青春，在竞赛中叠彩

"哇，孙波，你太不容易了，真的不简单……""孙波，你小子看不出来啊，竟能夺得第二名……"这几日，从高邮供电公司营销部到开发区供电所，熟悉孙波的同事，都报以啧啧称赞。

眼前的孙波，中等身材，浓眉大眼，带着一副近视眼镜，长相清瘦，略显几分书生气。别看只有 32 岁的他说话木讷，有点腼腆，从 2010 年 8 月份参加农电工作，由于好学上进，工作出色，先后出任副班长、班长，2016 年 6 月曾代表扬州公司参加省公司配电营业工竞赛，2017 年 7 月光荣地加入中国共产党，2019 年 6 月在扬州供电公司举办的配电营业工技能比赛中，取得个人第五名的好成绩。

该公司营销部高度重视技能竞赛，经"伯乐"们反复酝酿人选，最后从开发区供电所相中了这匹政治合格文武双全的"千里马"。

从 10 月 11 日被公司营销部抽调集训起，孙波白天在营销部小会议室看书学习，备战竞赛。发下来的书籍题库一大摞，有《农网配电营业工》《供电营业规程》《电力法》等，特别是白纸印的 16K 的《装表接电工》一本书就 745 页。"抓在手上厚厚的，心里感觉沉沉的……"孙波告诉笔者。

晚上，小会议室成了他和同事们学习看书的临时场所。孙波开始"啃"书，单选、多选、判断、计算题等进行讨论。对于熟悉的题目，他加深记忆，举一反三；对于陌生的，他用"五角星"标注好，虚心向扬州人力资源培训师秦德金请教。

一天夜里，一条"三相三线接线图，要求写出更正系数"题目像"拦路虎"似的挡住了他。孙波皱着眉头，苦思冥想，时间不知不觉地划近子夜，他想请教秦德金，可想现在人家肯定睡觉了。那一夜，孙波睡眠质量很差，梦里都有题目的影子。

第二天大早，他给秦德金微信，不消十分钟，就让他茅塞顿开。"我看到孙波发给我的纸，上面密密麻麻的黑字和红字。一看，就知道他一定伤透了脑筋。"秦德金实诚地说。

周六、周日赶到汉留的实训基地训练，孙波更是全力以赴。那块编号22号的木质三合板成了他的工作台。孙波习惯靠着板面，站在三相三线表下，目光凝视，一会儿忙剥线、一会儿忙穿线，然后，动作娴熟地装互感器，接联合接线盒，排线，连表计桩头，他按部就班，一丝不苟。

连日超负荷劳作，孙波的腿时常出现麻木、衣衫被汗水湿透的情形，但他咬咬牙全然不顾，心中只想着排好线。手皮脱落了，红通通的，指甲盖儿开裂了，钻心地痛，可他心中想起自己是党员，不能忘记入党时的初心，想起前天教练宣布的扬州市总工会的竞赛规则，要求选手在规定的时限完成排线，达到接线正确，横平竖直，美观大方。想到这些，他搓搓手，昂起头，继续演练，把每次实操训练当成"竞赛现场"！他对参赛队友丛健说："赛场如战场，稍有疏忽大意，就会全军覆没。"

作为开发区供电所的运维采集班长，班里22名台区经理，采集线损也是他的分内事。10月18日，他得知金港村的台区经理王某管理的线损不合格时，便利用中午吃饭时间，与其赶到该村17号变，处理总表通信故障，现场检查通讯参数和通讯模块。直到采集正常后，在所里匆匆扒了几口饭，又投入紧张的备赛中。

10月30日晚，寄宿扬州丁山宾馆竞赛的孙波看到六岁女儿的视频，远在常州的女儿在视频中泪流满面地说："爸爸，你不要我啦，什么时候回来，我想你啊……"此时，这位铁骨铮铮的汉子悄悄地转到一旁，双眼湿润了。"女儿说得不错，这段时间，家中装修，事务繁忙，我有近二十天没有回常州的家了。"他抓了抓头发，唏嘘起来……

谈及孙波，一同参加此次竞赛的营销部计量专职梁文杰感慨地说："孙波在20天的备赛中吃尽辛苦，顽强拼搏，体重瘦了七八斤。技能竞赛中，教练夸赞他在竞赛中表现出色，31日的三相三线表错接线检查处于领先水平，装表接电比赛60分钟，他竟提前了7分钟完成，获得第二名当之无愧！"

不倒的劳模

——扬州供电公司退休职工曾晓明的人生故事

2016年10月19日，星期三，这是个极为平常的日子。

然而，对于曾晓明的一家人来说，却是刻骨铭心的一天。

这天早上，在仪征市真州培训基地授课的曾晓明身上渐渐地虚汗直滴，头晕目眩，精神恍惚。他皱着眉毛咬了咬牙，想把这堂《高压电力线路》的课下部分讲完再休息，就在他努力地授课中，突然，一个趔趄瘫倒在地，不省人事……

这突如其来的事件让学员们震惊了，让培训基地的领导震惊了，更让曾晓明的家人及亲友震惊了！

曾晓明被迅速转到苏北人民医院治疗，住进ICU重症监护室抢救。由于"房颤"引起的脑梗阻出现了讲话流口水，大小便失禁等病症，妻子王宝茹整夜整日地守护，望着昔日"壮如牛"的丈夫浑身插满管子静静地躺着，她心如刀绞，悄悄地流泪。

毕竟过了40年的夫妻，她太了解他了，这位身高1.86米的大个子帅哥，眼里永远只有工作第一，家人亲情常常无暇顾及。别人是8小时工作，而他除了短短的五六个小时休息时间，脑子里全是工作！平时劝他总是不听，都退休两年了，仍然一天忙到晚，江都、苏州、仪征等地辗转。想到这里，王宝茹又心疼起来。

年轻时的曾晓明曾在南京军区当过装甲兵，由于作风正派，吃苦耐劳，表现出色，1971年7月光荣地加入中国共产党。1976年2月退役后就职于扬州供电局。

1977年5月，邗江从扬州供电局划分，军人出身的曾晓明主动放弃了局机关安逸的工作，到县局一线去锻炼，他负责10千伏至110千伏线路的运行和维护管理，每日骑车穿梭于扬州和邗江的大街小巷，乡村阡陌，有时巡线来不及回局里就餐，只能带上干粮或面包充饥。1983年的夏天，曾晓明冒着高温参与线路"清障"工作，为完成当天的锯树任务，有时下午两三点钟才能吃饭。那段40多天的日子，他的脸皮晒得黝黑，人也变得清瘦起来。这一线锻炼的8年，曾晓明把自己最美好的青春都奉献给了线路维护，这也为他今后线路管理提供了丰富的实践经验。

后来，曾晓明调入扬州供电局任第一抢修班班长。他一心扑在工作上，扬州城用电客户大大小小的抢修都是他参与的。当时没有手机，曾晓明便将家中的电话号码告诉用电客户，妻子常常半夜三更接到客户抢修电话。1998年3月10日，扬州仓储超市开业，晚上试营业因超负荷失电，曾晓明接到电话，连忙带着工具包，骑车和姚师傅一到去处理。当超市老板笑眯眯地塞给他红包时，被婉言谢绝了。

翻开扬州供电公司的抢修记录簿，曾晓明从1978年起，连续24年没有回家过春节。每年的除夕夜是供电抢修的高峰期，抢修现场定会出现曾晓明的身影。1984年除夕夜，一场大雪造成10千伏扬寿线爱国支线37号杆断线，给12米电杆和金具牢牢地结上一层白白的厚冰，而当时电工师傅认为电杆结冰危险性大，不能贸然登杆。胆大心细的他主动请战。当他顺利地更换断落的导线，恢复供电回家，已是大年初一的早晨。1995年除夕夜，市区发生一起煤气泄漏事故，他不顾楼房倒塌的危险，为消防、武警官兵救援现场提供应急照明。2004年除夕，他抢修了梅岭东路58

号架空导线烧断，及时为百姓送光明……

爱岗奉献的曾晓明得到领导和同行的高度赞扬，他先后获得"江苏省劳动模范""全国优秀生产技术能手"和"全国五一劳动奖章"光荣称号。

面对荣誉，有人徘徊不前，有人沾沾自喜，甚至有人居功自傲。而曾晓明只是淡淡地说："荣誉只能代表过去，不代表现在和将来，只有不懈努力，负重前行，才能无愧于荣誉。"

他是这样说的，也是这样做的。

为了丰富自己的理论知识，曾晓明在完成本职工作的基础上，利用5年时间先后自学了中专和大专，同时结合长期工作实践经验，创造了"监督、指导、管理、服务"和8字工作法；先后发表11篇科技论文，其中《浅析职工在电业生产过程中的不安全行为》获得2004年全国电力科技论坛论文三等奖；创立了曾晓明工作室，他的"导线架设防止绝缘""导线平绑"和"拉线制作"等创新工作法，被列入国网公司电工技能大赛规则。

2001年2月，曾晓明调入扬州公司安监部任安全员，有人曾经劝他："你已经是劳模了，为何还做这种'得罪人'的事情？"曾晓明严肃地说："对于违章者就是要红脸，我不怕得罪人。"2007年8月，工区副主任杜某在扬州杭集镇施工现场，擅自戴黄色安全帽，曾晓明发觉后，当即指出："戴黄色安全帽不符合国家电网公司安全生产规定，应该戴红色安全帽。"事后，还扣了其150元的奖金。2009年7月，扬州一房地产开发商将材料乱堆乱放在线路下，影响线路安全，曾晓明知道后，责令其停工整顿。2012年，连云港一员工想请曾晓明通融，能评上高级职称。他当场考他的现场施工要领。该员工回答得支支吾吾的，曾晓明果断地让他回去再学习。临别时，嘱咐他："安全生产，不能有半点马虎。"事后，此人感慨地说："像曾老师这样讲原则的人，已经不多了。"

2014年5月曾晓明离开了他心爱的岗位，可退休后的他仍初心不改，退而不休。2016年春节刚过，他就整理行囊来到江都锦西培训基地，为该公司新入职的大学生进行技能培训，他将自己的知识和实践经验传授给年轻一代，让他们为电网建设发挥作用。新入职的大学生王鹏有恐高症，曾晓明不厌其烦，多次现场操作示范，让他多练习。如今，王鹏彻底告别了恐高症，在10米杆上能安装横担和绝缘子得心应手。这期间，他加班加点地工作，顾不上家庭，妻子在苏北医院手术，他趁午休时间，只象征性地看了十分钟，又匆匆忙忙地赶回基地。

曾晓明就像一台永不停息的机器一样，长期超负荷的运转，终究积劳成疾。他"倒下"前天晚上，还拖着疲惫的身子挑灯夜战地写讲课材料；他"倒下"当天早晨，他走路时腿脚发软，头昏沉沉的，身体已经向他发出求救信号，他却依然如故地走上钟情的三尺讲台……

曾晓明的身体健康牵动着各级领导的心，2017年五一期间，扬州市政协主席朱明阳和扬州供电公司领导看望了在家康复治疗的曾晓明，勉励他好好休养，早日康复。在妻子悉心照顾下，如今，曾晓明的身体正渐渐恢复，尽管讲话声音不够清晰，但精神状态依然饱满，坐在轮椅上的他自信满满地说："这辈子最亏欠的是妻子，最得意的是工作，等我身体好了之后，我还要到培训基地，继续给他们讲课！"

刊于2018年省公司《电暖流》故事会第三期

迟到的红玫瑰

"亲爱的,晚上8时在爱情海咖啡厅等你,给你一个惊喜……"2月14日情人节的下午,G市供电公司城区供电所农电工英杰的手机里,收到了相处3年的女朋友肖婧发来的微信。

英杰是城区供电所抢修班的员工,今年28岁。小伙子平素憨厚朴实,工作敬业,为人谦和低调。2014年大学毕业后,参加工作不到3年的他就被供电公司表彰为先进生产者。

2月14日这天,英杰正与电工老俞师傅值白班,只需再在饭前更换一农户家的故障表计即可结束工作。接到女友的邀请,他捺不住激动的心情,暗自思忖:"晚上浪漫之约的惊喜莫非是她妈同意我们的婚事了?"忐忑和喜悦在英杰心中荡漾着。

肖婧比英杰小1岁,自确定恋爱关系以来,两人一直如胶似漆。可就是肖婧妈认为英杰家条件不好,婚事一直悬而未决。

下午6时准点交班。英杰一身轻松,嘴中哼起孙楠的经典歌曲《不见不散》,回家草草吃完晚饭,穿上平常很少穿上身的西装,特意对着卫生间的镜子照了照,往头上喷了些啫喱水,套上锃亮的新皮鞋,精神抖擞地跨上摩托车,往约定地点驶去。

情人节晚上的街道商铺林立,行人摩肩接踵。英杰放慢车速,眼睛扫视到街对面一家名为"伴君一生"的鲜花店。他下车挑选了一束精致的红玫瑰,付款80元后把花揣在胸前,幻想着与肖婧见面献花的那一激动时刻。

天公偏不作美，呼啸的寒风中飘起了雨点。这让等待的时间显得更漫长，好不容易晃悠到 7 时 30 分。英杰暗想早点赶到"爱情海"，先给女友肖婧一个惊喜。谁知车刚一发动，只听"砰"的一声，整个大街全部陷入了黑暗中。

"停电了，停电了……"大街上有人嚷开了。

英杰赶紧刹车，正想掏出手机给女友打一个电话，不料手机却先响了起来："英杰，你在哪里？10千伏城南 I 回线 6 号杆过桥引线烧断，造成市政府、中医院、商品街、文化宫等路段停电，能不能过来突击抢修？"手机里传来所长安加平焦急的声音。

"好的，我马上赶到。"英杰立刻回答。

"工装和工具我们给你带过去。"安加平在手机中说道。

距城南 I 回线 6 号杆处 7 公里的路程，英杰心急火燎 10 分钟就赶到了。现场已围了一群人，市电视台《现场追踪》栏目组的记者正在现场采访。"95598"抢修车旁，所长安加平、抢修班长赵德明及抢修班人员都已"全副武装"。

"安所长，我马上就登杆。"英杰一边说着一边脱下西装换上工装，并小心翼翼地将红玫瑰连同手机放在摩托车后备厢中。

此时，天色暗淡无光，加上风雨交加，给抢修工作带来了极大的困难。

赵德明身披雨衣，在雨中不得不高扯着嗓门，艰难地指挥。英杰在杆上和其他 2 名抢修人员分工协作，全然不顾冰冷的雨水顺着帽檐滴进了颈里，浸透了他们的衣服。

"快了，快了，电力'抢修哥'好样的。"沿路的商铺门口、餐馆的窗户时不时有人探出身子，查看抢修进展情况。

9 时 30 分，经过 1 个多小时的抢修，线路故障排除了，一盏盏街灯重放光芒。

英杰赶紧打开摩托车的后备厢，取出手机，上面有 3 个未接电话和 2 条微信："小杰，我在爱情海咖啡厅的电视《现场追踪》频道中看到你冒雨在电杆上抢修，我挺感动的，有点舍不得你，你要注意安全……"来不及多想，英杰赶紧翻看下一条微信："告诉你一个惊喜，妈听左邻右舍讲你勤劳人缘好，已同意我们今天'五一'节结婚啦！"

　　淋得像"落汤鸡"一样的英杰一边打着喷嚏，一边发动摩托车，热血沸腾地赶去给肖婧送上那束迟到的红玫瑰。

刊于 2012 年 2 月 19 日《江苏电力报》

那晚，出租车上

那天，北风呼啸。我在朋友家吃完晚饭，独自打车回家。平时有些晕车的我，坐上车就有点晕头转向，更何况当晚还被朋友劝了酒。

突然，随着"吱"的刹车声，我一个趔趄，睁大惺忪的睡眼，后车门被打开了，一位哭丧着脸的大姐抱着一个满脸流血的七八岁小孩上了车，她屁股还未坐稳，就惊慌地说："快、快，送医院！""乖乖，你醒醒啊！乖乖……"只听大姐不停地念叨着。

我连忙挪动身子让位，推了推眼镜，关切地问道："孩子是跌倒的还是被撞车的？""兄弟，被一辆摩托车撞的，那人逃跑了。他是我孙子，我带他来逛超市的。"大姐横眉，言语间愤然作色。

此刻，抱在大姐怀中的孩子双眼紧闭，可能由于惊吓过度，双手抽搐，在痛苦地呻吟。头上的血滴在白色的车坐垫上，让人感觉有些惊悚。我用手指摸了摸孩子的脸庞，对司机说："能不能快点开？"司机没回话。忽然，车却突然停了，我抬头看见了前方红灯。

"能不能硬闯！"我厉声地说。

司机歪着头，不屑地睨视我，说了句："闯红灯200块扣6分！你给啊？"

"给就给！"也不知哪来的勇气，我边说边掏出两张红色的百元大钞。

正说着，绿灯亮了，"嘟、嘟……"车又行驶了。车窗外，北风的呼啸声更大了，听风声就知道司机受了我言辞的刺激加快了车速。

"好兄弟，借你的手机给我儿子打个电话，我家就住在医院附近。"大姐的口气带着几分哀求。

我没吭声，匆忙掏出手机，按照她提供的号码按了过去，并敦促对方赶到医院急诊室先挂号。此时，小孩的头上的血流不止，我心里有些发怵，眉头一皱，不如先稳定他们情绪。遂用安慰的口吻说："估计是外伤，到医院包扎下就好了。"然后伸出右手，在孩子脸上轻轻的摩挲，并将食指和中指放在小孩的鼻孔处，感觉呼吸还正常。

此时，司机加大了油门。约莫十分钟，车右拐弯疾驶至医院，还未停稳，我匆忙地跳下车，协助孩子的爸爸妈妈和护士将孩子放在救护担架上，向急诊室奔跑。

"你起床，昨晚干什么了？"第二天一早，在梦乡的我被妻子莫明其妙地嚷醒，这嚷嚷声与平时的温柔声音判若两人。

"怎么啦？"我从床边拿来眼镜架在鼻梁上，乜着眼无力地应答。

妻子怒视地将我的上衣外套掷向坐在床上的我，并呵斥我解释清楚。我仔细瞧着我过生日时妻子买的新外套，胳膊处洇开烧饼大的血迹斑痕，用鼻子嗅了嗅，一股血腥味。我立刻明白了，是昨晚撞车小孩昏迷时，脑袋斜倚在我胳膊肘上的。我与小孩的家人将其送到急诊室后，匆忙地回家，带着微醺倒床就寝，没在意衣服。

我皱起眉头，若有所思。倏然，妻子用手擦眼睛，抽噎起来。我思忖，妻子怕我在外惹祸，才哭哭啼啼的。看来不说清楚难过关，也正好问问孩子的病情。于是，赶紧掏出手机，强作笑颜地说："我将手机放在免提上，你听……"

"哦，我正准备打电话谢谢你呢，医生说，如再迟到5分钟，孩子就因失血过多性命难保了！"我还没"啊"出声，对方爽朗地说开了，"现在脱离危险了，好在没有伤着大脑。听我妈妈说，估计孩子头上的血弄脏你的衣服了！"电话那头是孩子爸爸感激的声音。

我笑眯眯地对着手机喊话："没事、没事，先给孩子治疗，举手之劳，不用谢！"妻子破涕为笑，连忙将我的新外套拿去浣洗了。

这时，一束冬阳射入屋内，柔和的光线照得我浑身暖暖的。

刊于2016年12月7日《亮报》"品位原创"头条

结缘电力的老兵

上周三,我开车和林老一起去高邮市界首镇拍摄 220 千伏线路铁塔上的东方白鹳。

按照导航停好车,和林老走在微风轻拂的绿野上,眺望铁塔上的鸟巢,他没有急着拿出航拍无人机拍鸟。而是对着远处的 220 千伏线路看了又看。"和电打了一辈子交道,直到哪儿瞅见线路、铁塔、电杆都要多看两眼,这种职业习惯改都改不了。"

眼前的林老,头发花白,脸上皱纹纵深,一双眼睛却炯炯有神。虽说与 50 年前穿着蓝白相间条纹衫的"海魂衫"相比,少些许英姿飒爽,可他笔直的腰杆,利索的动作,仍显军人特有气质。

眼前的林老名叫林鸿森,今年 70 岁,在国网高邮供电公司农电有限公司退休。

林老与电结缘还源于他的"小心思"。1975 年 5 月从某部队北海舰队退役的他,放弃了家里给他安排优越工作,毅然决然地学起了电工,还主动请缨参加了高邮县第一条 110 千伏线路工程建设。"那时的施工设备和现在没法比,挖塘靠人挖,立杆靠扒杆、人拉,器材用板车拖,我们吃住都在工地,整个两年我瘦了整整 10 斤,可为了架线送光明,身上有使不完的劲儿。"想起当年的吃的那些苦,林老记忆犹新:"生活艰苦一些,可一想到农村多处没电,能为老百姓送光明,身上就有使不完的力气。"

谈起那些经年往事,林老眼里依然闪着军人的那种坚毅执着的光芒。

1980年5月，林老时任高邮县武安农电站站长。当时电力设施十分薄弱，电力线从树上乱拖，进户线从梁柱私拉等现象比比皆是。且电伤人的现象时有发生。老林看在眼里，急在心里，从抓安全生产入手，一个人常常骑着自行车巡视线路。有一次，某村兴修水利建涵洞，临时用电搅拌机的线头裸露在马路上，他发现后，要求村里停工整改。村主任请他吃饭，被他一口拒绝。他板着面孔，声如洪钟地告诉村主任："安全面前，岂能有丝毫的麻痹大意！"乡党委书记知道后，曾在部门负责人会上特意表扬老林的铁面无私。

1985年9月，他被借调到高邮县供电局任农电联站副站长。工作环境变了，可他的军人作风没变。"电力是高危作业。对待安全生产和部队打仗一样。不能有丝毫的差错。"时至今日，林老依然觉得当年的铁面无私没有过错。

林老退休后，自学起了摄影。除了向书本求知识外，除了雨天每天东方刚露鱼肚白，他就骑着电动车，背着相机奔走在高邮湖、大运河、汪曾祺纪念馆等景点。有时为了捕捉动物嬉戏或精彩瞬间，光线、构图、角度等他都会悉心揣摩。他用一双发现美的眼睛，终于有了收获，去年他的《湖边草园》和《欢乐》双双获市文联摄影奖。身为电力人，他的镜头更多的是那些默默奉献的电力人，那些挥汗如雨架线施工现场，那些酷暑寒冬的抢修画面，那些遍布田野阡陌的魏巍铁塔银线，都被他一一收入镜头中，晒到微信朋友圈里。

正是有了许许多多像林老这样的默默无闻地关注电力、结缘电力的老兵，在电力系统中的辛勤付出，才有了万家灯火的更加璀璨。

刊于2020年8月10日《扬州文艺创作研究》

生活的强者

好友手术后，我十分担心挂念。前天，我特意前往探视。

一进门，他邀我坐下来，替我端茶，我慌忙地站起身："你是病号，歇歇，我自己来。"

寒暄几句后，好友笑道："没什么大事，目前正在化疗，共8个疗程，已下来4个了。"我抬头打量，两个月不见的好友依然和患病前一样，面色白皙、清瘦、精干，说话有理有节，说到动情时，激越铿锵。哪像一个化疗之人？

茶杯中的香茗雾气氤氲，一本淡蓝色封面的《瓦尔登湖》放在茶几上，我随手拿起来翻翻，好友笑了笑说："你也可以看看，是美国作家梭罗独居瓦尔登湖畔，用两年时间写成的散文集，语言清新得很。"见我听得入迷，他挺了挺胸脯侃侃而谈，"近来没有上班，也没写新闻，生活状态大为改变。现在，每天早晚坚持跑步半小时，闲下来便给自己充充电。前天刚读完林语堂的《苏东坡传》，昨天又为文友的儿子登上《越战越勇》的舞台转发点赞，倒也很是丰富。"

我拍拍他的肩膀，打断他的话，轻声地问："化疗有什么生理反应吗？"

"当然有，刚开始恶心呕吐，甚至腹痛。说实话，阅读苏东坡的坎坷人生，我增强了战胜病魔的信心，也懂得要珍惜当下的每一天。"好友说着，正襟危坐起来，似乎身上充满力量。

我点点头，若有所思，眼前的好友，经历了这场病患，却丝毫没有丧失生活的信心，术后两周就开始跑步，边锻炼身体边配合治疗。目前，医生检查各项生理指标恢复良好，我不禁暗暗敬佩。

"术后康复期刚跑步时，身体虚弱，每迈一步都需要勇气，但为了家庭和自己，必须咬牙坚持！"好友说着，端出一盘葡萄让我品尝，吃着有些酸涩的葡萄，我心中五味杂陈，思绪翻滚。其实，好友的人生也时有酸涩。有一年的大年夜，当他加完班回到家，家人已吃过年夜饭，面对家人的抱怨指责，他独自流泪。一次，他在大街上骑车，脑子琢磨一篇新闻故事，误闯红灯，险些酿成交通事故。多年来，他钟情于创作，从不会写消息到现在散文小说都能得心应手，历次被表彰为"优秀通讯员"。那一张张精美的新闻图片，一篇篇散发正能量的文章，不正是他追求理想、克服困难的生动写照吗？

平素，我常和好友聚在一起，煮酒论文，情谊酽酽；好友生病的日子，我曾专程赴上海看望他，给他提振信心，鼓劲加油；这段日子，我更是常替正值壮年的他担忧，突如其来的命运打击和生活磨难，他能从容应对吗？

望着好友淡雅的笑容，我觉得自己的担心是多余的。我知道，在生活的强者面前，一切苦难挫折，都是上帝的馈赠。他会挺过难关的，一定会的。

刊于 2017 年 9 月 15 日《国家电网报》"亮生活"

意外的微友

那天,我在超市购完物,远远瞥见我的停车位旁,围着几个陌生人,心里一惊,快步向前。

我轿车上的黑漆被蹭掉铜板大块。一位中年男子蹲在车门边,紧锁眉头,忧心忡忡。还横着一辆电动车,苹果和芹菜散落在地。看见我,他慌忙转身,面露愧色地说:"对不起,刚才一大妈横穿路道,我避让不及,蹭着你车,我也摔了一跤。"

见他臀部的有块脏斑,裤子也被划破了。知道事情原委的我哭笑不得地问:"腿受伤了吗?"

"裤子被划破了,没什么大碍,还能走路。"

我思忖,车蹭掉漆补修也不过二三百块钱。如果报警,他万一提出到医院检查,再事故认定,劳神费力的,得饶人处且饶人吧。想到这些,我推了推眼镜说:"算了。"

"这怎么行,我姓赵,开出租车,要不,相互加个微信呗。"中年男子语速很快,他眨着大眼睛,让我扫他的二维码。

"这人蛮老实的。"人群中不知谁嚷了一句。说心里话,我并不太情愿加他,怕节外生枝,可碍于情面,还是慢慢吞吞掏出手机。

事后,他通过微信,给我转了二百块钱,说是补车的。我感觉其人挺实诚的。他委实挺冤枉的,为了避让他人,才导致意外之祸。再说,我车子之前也有些划痕,修车时可一并处理。"做人做事还是应该留有余地。"我叹了口气,索性退了钱。

后来，通过微信聊天，了解其家庭情况，人到中年的他，孩子读高中，有四个老人赡养，生活拮据。为了挣钱养家，他常熬夜开车。一次，我劝他注意身体。他回答生活压力山大，只能四处奔波……我顿时心生恻然，觉得他不容易，劝慰他多多保重。

那天下午，我在房间看书，他突然用微信语音我："请到小区门口，找你有点事！"我蹙着眉毛，暗自踌躇，当下疫情仍未完全消除，他能找我什么事呢？我戴好口罩，下楼，快快地来到小区门口。

他摘下口罩向我招手，我趋步上前，一愣，眼前的他身材纤瘦，两腮长出胡子，额前露出"川"字，肩上背了只鱼篓。在我若有所思地打量他这身奇怪装扮的瞬间，他乐呵呵地说："受疫情影响，出租车生意清淡。我就找个小河钓鱼，今天收获不少，送点鱼给你。"

"这怎么好意思啊？"我推了推眼镜，立即推辞。

"不要担心，我自己钓的鱼，新鲜味道好。"他边说边将鱼篓放在地上，拣出七八条活蹦乱跳的大草鱼，装在塑料带中，硬朝我手里塞。

我沉着脸，一时愣怔，驻足，没接。他仿佛看出我心思，上前拍拍我肩膀，嘿嘿一笑说："上次事情，我心里还有些过意不去，你是个讲情讲理的人。再说，我们都是微信好友了。"

别看我以读书人自诩，平时能说会道的，竟被他的三言两语，弄得一时语塞。顿时面露窘态，脸颊发烫，言语嗫嚅："赵师傅，不、不，不好意思了。"

"来日方长！"赵师傅边说边套上口罩，向我挥手道别。望着他离去的背影，一阵暖流在心中荡漾……

刊于 2020 年 11 月 24 日《扬州晚报》

把最好的给你

　　女儿在我的手机上绑定了她公寓使用的宽带账户，本来 6 月底到期，可我人未老却忘性大了，没有及时交费，以致这两个月手机费用激增。

　　查询完话费，我心里有些郁闷。小区对面就有移动营业厅，不如去问个究竟，索性把宽带费交了。

　　进入凉爽的营业厅，墙面贴着各类宣传广告，三个玻璃柜台中放着许多手机、配件、充电器。柜台后面坐着位戴眼镜的中年男子。他见到我，微笑着站起身："请问，您办什么业务？"我沉着脸说："忘交宽带费用了，手机扣费太多，来交费的。"

　　"好的，您交迟了，手机上扣费一定不少，我帮您查查！"他不失礼貌，请我提供身份证。

　　我摩挲着口袋，一时犹豫，有些愣怔。

　　"别担心，给您查话费用的。"他咧着厚厚的嘴唇笑着说。

　　我这才掏出身份证来。他熟练地放在电脑旁黑色的身份证阅读器上，然后让我提供手机号，由我输入密码。

　　他双眼紧盯着电脑屏幕，不停地按动鼠标。倏地，他推了推眼镜，惊讶地说："这两个月扣了您 120 元，按照全年宽带 300 元费用，每月应该只有 25 元。"说完，他让我先打客服电话反映一下。

　　电话很快接通了，客服人员登记了情况后，说在 48 小时内反馈。

他和蔼地告诉我:"您在月底前交了宽带费用就行了,我下午替您和客服再商量一下,尽量追回扣费。"我茫然地点点头,心里却半信半疑。

第二天上午,我就接到他的电话:"高师傅,被扣费的 120 元钱已经到您账户上。"我一时愕然,还没有"哦"出声,就听粗壮的嗓音接着说:"手机应该收到短信的。"

我连忙掏出手机,一瞧,的确如他所言。正好有空,我便赶到营业厅:"你给我意外的收获,服务真的到家了,我由衷地感谢!"

"应该的、应该的,我对每个客户都这样。我做业务近 20 年了,这几年实行网上交费后,业务骤减,竞争激烈。你看,隔壁的营业厅上个月都关门了,我全仗着老客户。其实,维持好和老客户的关系,发展新客户,全凭优质服务,把最好的给客户,才是拓展业务的关键。"

他又从抽屉里拿来名片盒,双手递给我名片,腼腆地说:"我姓茆,今后如业务上有什么事,可直接联系。"

离开营业厅,那句"把最好的给你"在脑海里闪现,简单、朴实,让人觉得温暖。

刊于 2019 年 8 月 9 日《国家电网报》

善意的恐吓

上周与朋友小聚。酒酣,朋友夹了块黄澄澄的鱼子,笑嘻嘻地说:"小时候,我最喜欢吃它,可母亲说,吃鱼子会变笨的,现在想想真好笑……"

朋友的笑谈勾起了我童年时母亲恐吓我的那些记忆。

小时候,我们几个乳臭未干的小淘气遇上风高夜黑的晚上,便相互追逐嬉戏,时而打打闹闹,时而躲躲藏藏。母亲发觉后,皱着眉头,拍着大腿焦急地说:"快点回家,外面有鬼!"闻声几个孩子异口同声地叫喊:"哦,鬼来了!"刹那间,个个吓得双手捂着头发,仓皇拔腿飞奔回家。

那时晚上没有电灯,用"油老鼠"代替照明,母亲忙不过来时,便嘱托我灯点。我很是兴奋,心想,这正是我玩火的时候,于是乘机点燃一根火柴。骏黑的房屋光亮起来,我欣然吹口气,火苗呼啦啦又忽闪忽闪,时明时暗。于是我便常常在灯亮后还要划上几根火柴。母亲看见沉着脸训斥道:"小孩子不能玩火,玩火夜里要尿床的。"孩提时的确有尿床的记录在案,母亲一语中的,我心有余悸,只好乖乖地将火柴装入盒中。

长大后才懂得,这些既无因果关系,也没内在关联的话语,实属风马牛不相及,驴唇不对马嘴。但思忖琢磨,却不难发现在20世纪五六十年代,农村多数人家父母目不识丁,在小孩子无知无识的情况下,用这种"恐吓"的方法,使自己孩子平平安安健康地成长，真是可怜天下父母心。如吃鱼子会变笨之说，因为鱼子不易消化吸收，所以家长便拿"变笨"来恫吓孩子，哪个孩子不想自己更聪明呢？晚上不回家在外面玩耍，父母也担心出意外，所以就用"鬼"来吓唬孩子，其实世界上的任何人也不知鬼的模样。至于晚上玩火会尿床，现在听起来滑稽可笑。然而，当时的父母遇见孩子玩火，可能会引起火灾，带来灾难，才那样呵斥孩子的。

几十年过去了，这些善意的恐吓时常在我脑海闪现，这些有悖于实践的理论在当时的确起到震慑作用。我想，出生在那个年代的人们都会受到类似的启蒙教育。这些善意的恐吓帮助我们从懵懂中长大，从无知中认识社会。

如今孩子稀少了，有的家庭甚至只要一个小孩，家长们岂敢恐吓，常常百般奉承万般娇惯，有时即便遇见孩子擅自闯红灯或玩火皮水等危险情景，也只是慈爱般地哄笑。这样一来，在孩子幼小心灵中，渐渐失去敬畏之心，习惯成自然。

善意的恐吓出发点并无恶意，有时还能帮助你战胜生活中的阴霾，让你的人生重见光明。十年前，朋友婚后有了外遇，妻子经常吵闹，家中不得安宁。我想尽办法规劝他迷途知返。我按照其父亲委托说，人家女孩的爸爸要上法院告你重婚罪，并拿出所谓的"状纸"给他瞧，竟然把朋友吓了一跳。当时，我觉得对朋友不忠诚，心生愧疚，但随着时间的推移，如今夫妻俩过得相当幸福，朋友的儿子都已结婚了。我也为当初的善意恐吓而暗自庆幸。

尽管现在生活优渥了，但生活中仍需要善意的恐吓。这样，人们才葆有敬畏之心，多一些自律。而自律的生活才是阳光和幸福的生活。

寒夜偶遇

那晚,我陪朋友打完台球,从吾悦广场出来,天空刮起了刀子风,行人稀少的路上空旷清冷。我打了一个寒噤,缩着脖子,掖好衣襟,疾步回家。

走到广场的西南侧,我看见一个头戴三角巾的老妇人,佝偻着身体,在四下张望。我心里嘀咕,老太太是不是迷路了?我放慢脚步,靠近她。见到我,老太太抬头,有点不好意思地问我:"请问到欧洲城一期朝哪里走?""你道走反了,越走越远。应该从这儿向北,过红绿灯,从路北走,穿过汽车站,再向前就到了。"我边扬起嘴角边用手比画。

"这、这……我来的时候好像不是这么走的。"她说着用余光扫视我,摇摇头,叹了口气,眼神透着疑惑。

我思忖,周遭高楼林立,广场面朝向西南,方向感差一点是难认路呢。欧洲城一期距离此地约1.5公里,距我回家的路,不过多绕1公里,权当锻炼身体的呗。我踅过身子说:"我送你回家吧。"

老太太连说了两声:"谢谢同志!"

此时风"呼呼"刮着,我和老太太在人行道并排走着,她三角巾下露出白发,额头长满褶皱,脸上点点褐色的老人斑。我说:"你年纪大了,应该让孩子陪伴出行。""下晚到吾悦广场散散心的,哪晓得出来分不清东南北了,人老不中用了!"她说时,脸庞夹杂些许忧愁和无助。我宽慰她，不要担心，一定将你安全送到家。老太太此时脸上露出笑容，和我聊了开来。她姓徐，今年 77 岁，儿子在上海打工，由于疫情不能回家过年，今天给孩子送些老家的青菜、慈姑和大蒜，哪晓得外来找不到家了。她笑着说："同志，你心真好。"

　　穿过红绿灯，向西走约一刻钟，从汽车站路口的斑马线过去，就到欧洲城一期了。想必她不消几分钟就可以到家了，我心头一阵轻松。谁知，老妪突然沉下脸。说道："这里不是我家，唉，走错了！"她说着双手掩面，无奈地蹲在路上。

　　我心里一惊，这怎么办啊，深夜 10 点多钟了，天寒地冻的，她迷路有一段时间了，这体力不支，加上焦急，才蹲在路边的。我将她扶到路边的石凳上，让她坐下先休憩一会儿，避避风寒。然后，问她儿子的电话号码，老妪一脸茫然，说，我只带了老人机，打小不识字，电话号码不记得。我接过老人机，迅速找到了她儿子的电话号码，让其在上海的儿子立即通知家人，尽快联系我。

　　夜渐渐深了，我望着焦躁不安的老妪，不停地看着手机，寒风吹来，时间显得漫长。这时，老妪家人打来电话说，我家在欧洲城二期，就在汽车站对面，我在 4 幢楼下等你们，真的很感谢！原来老太太将家庭住址欧洲城二期说成一期了。

　　"好的、好的，最多 7 分钟就可以到家！"我兴奋地挽着老妪的手，两人说笑着向斑马线走去……

刊于 2021 年 1 月 27 日《扬州晚报》"东关街"

遥想郑洪杰老师

结缘徐州供电公司局域网栏目《文化广角》是在 2008 年。那时经常拜读省电力系统唯一中国作协作家郑洪杰的大作。小小说《胆小鬼》、散文《大嫂，你在龚山还好吗?》、随笔《拒绝聊天》，等等，品读这些出自郑老师之手的脍炙人口的文章，心生敬佩之余，真盼望有朝一日与其相见。

机缘巧合。2009 年 10 月中旬，有幸参加《江苏电力报》举办的文学笔会的我，见到精神矍铄，饱经风霜中等身材的郑洪杰老师。那天他给我们讲创作的心路历程，他说他 36 岁开始漫长的求学之路。参加全国高等教育自学考试时，严重的疾病迫使他暂停发求学的脚步。但病中的他依然以书为伴，阅读了大量中外古典名著。这些书籍吸引、感染、陶冶着他，使他忘却了疾病，忘却了年龄。功夫不负苦心人，1997 年第 8 期《百花园》刊发的《郑洪杰小小说十题》在全国引起巨大反响。其中，《六嫂子》一篇被 10 多家报刊选登，并获年度"读者评选最佳作品奖"。

之前听业内人士透露，大名鼎鼎的郑老师勇当"战地记者"，于 2008 年 2 月赴浙江龚山报道抗冰抢险。他冒雨雪冰冻跋山涉水，深入实地考察，采写的报告文学作品《笑看冰破春归时》被《中国电力报》《国家电网报》和《江苏电力报》同时采用，在社会和行业中产生了深远的影响。同年，作为江苏省电力系统"保电"新闻首席记者的他不顾年老体弱，又参加了北京奥运会保电报道。2009年4月29日,他收到上海文艺出版社寄来的《中国新文学大系》(微型小说卷)一书。他的微型小说《电话拜年》《老人与墙》被收入该书。

依稀记得郑老师饱含深情的讲演:"我每天坚持学习,昨晚接到讲课任务后,我坐在电脑前,抽掉两包烟,连夜写了5000多字的讲演材料……"坐在台下的我,聆听郑老师的话语,被其感染了。一个年近花甲之人,对生活和工作的激情,对文学和新闻的执着,让不见经传的"我"除了感动还有愧疚。

第二天,我们七十余人一行赴安徽绩溪采风。旅途中,通过与郑老师的接触,竟然让我不敢相信自己的眼睛,一个系国家二级作家,兼任中国微型小说协会理事、徐州市作家协会副主席的他居然没有半点架势,对我们和蔼可亲。他在车上谈笑风生,俨然像个普通百姓一样地与我们拉家常,让我一颗忐忑不安的心渐渐地舒坦开来。

下午踏入著名的龙川镇。在这古色古香历史文化渊源深厚的小镇里,我们走在乱石子铺垫的羊肠小道上,紧跟着郑老师,听他幽默的谈吐和即兴的搞笑。他与导游引经据典的理论,总能让班门弄斧的导游尴尬,引得大家捧腹大笑。

我们三人同行。猝然,我面露难色地对郑老师说,我能与您照张相吗?当我说到一半时,就有点后悔了,因为他是大作家,假如郑老师不愿意,那多失面子。岂知我话刚说出口,郑老师就主动拉着我,欣然地与我站在一起,笑容满面地给我留了一张珍贵的合影。

从那以后,徐州供电公司网站的《文化广角》成了我的精神家园,在那儿也时常看到一些不曾相识的优秀写手,如张振华、丁明莉、周淑珍、周葆亮……据说当时《文化广角》刊登的每一篇文章都由郑老师亲自把关、刀斫斧削而成,难怪人们说徐州公司人才辈出。这当中不仅凝聚了郑老师的辛勤和汗水，更体现了他对小辈的提携和关爱。

2010年，郑洪杰老师光荣退休了。自然也就难再读到郑老师那充满哲理寓意深远才华横溢的文章了，这让我有怅然若失之感！尽管我与郑老师没有什么交往，但君子之交淡若水，这里，我默默地祝福郑老师颐养天年，健康长寿！而他的平易近人和善解人意在我脑海里挥之不去！他的严谨治学的精神将激励我不断前行。

刊于2018年9月10日江苏电力公司网站

找到"走友"

两个月前的一次邂逅，无意间与小学同学赵明成了"走友"。

那天傍晚，我正在家门口散步。突然，一个高大魁梧皮肤白皙的男人迎面走来，我下意识抬头一看，这不是我小学同学赵明吗？还没等我反应过来，他先发话了："老同学，你这样慢慢走，效果不行，明天我开车带你到东塔广场，那里人多，走得快。""好吧，就这么定了。"我笑着说。

第二天，刚吃完晚饭，赵明就将他的爱车开到我家门口。下车瞬间，瞧见他挺腰叠肚，脑海里浮现出他小时候的模样。那时候，他家境贫寒，初中没毕业就走向社会，干过临时工、卖过菜、当过小贩，吃了不少苦头。现在，他成了本市某名酒的总代理，有了属于自己的天地。

不到10分钟，赵明将车停在东塔广场对面的街道上。

此时，广场嘈杂喧嚣。我们肩并肩，边走边聊。赵明告诉我，他这几年在外面打拼，随着业务量增大，应酬也多了起来，肚子渐大，血压攀高。"唉，没办法，人在江湖，身不由己……"他边说边摇头，脸沉着，眉头皱着。

转过一圈。突然，有两个一高一矮的中年妇女大步流星地超过了我们。赵明说："这就是我的'走友'，她们走的速度不像你在家门口慢慢腾腾的。人家每天都坚持，现在我们就跟着她们。"两个中年妇女微笑着示意我紧跟其后。我亦步亦趋地走着，刚开始还能跟上，不到两圈，两公里的路程，我和赵明都有些吃不消了，额头冒出汗珠，走路一跛一跛的。特别是我，喘着粗气，感觉脚特别沉。

"你们休息一会吧。"其中一高个妇女平和地说。

我和赵明精疲力竭地在靠近广场的石墩上休憩。我望着她们的背影，想到自己以前常常在家门口走真是像打发时间。今天和"走友"相比，才知道差距，竟然体力不支，以至坚持不下去。

见我若有所思，赵明转身对我说："人家不是有驴友、网友、车友吗？往后，你我就是'走友'了。"

这时，两位英姿飒爽的中年妇女又健步来到我们面前，见她们红光满面，精神焕发的样子，我拉着赵明的手，又与她们一起前行。

刊于 2014 年 5 月 20 日《国家电网报》

老师，您慢些老！

淅沥的秋雨绵延地下，给人以苍凉寂寥之感，在书房的我随手拿起《古文观止》漫不经心地翻着。忽然，诸葛亮的《出师表》让我眼前一亮，这篇让我如人们所说"幼学如漆"，至今也能一句不落地背诵的文章，使我脑海里浮现执教我初中语文方老师的身影。

那天，我们几个"发小"约好去看初中语文方老师。当我们齐刷刷地快到方老师家门口时，就看到一位头发花白的老大爷正微笑地颤抖着右手坐在轮椅车上，好像在向我们招手。我快步向前，映入眼帘的是方老师那皱纹纵深的脸上出现的许多深褐色的老人斑。一见到我，他哆嗦着紧紧抓住我的手不放，久久不语。我心里一紧，倒是旁边的师母和蔼地说，方老师在15年前，累倒在讲台上，幸亏抢救及时，这是"脑中风"留下的后遗症。

坐在轮椅车上的方老师示意同学坐下来，可大家还是不自觉地依偎着轮椅，有人抓着他的手，有人蹲在他面前，彼此看着……我关切地问："方老师，您现在生活好吗？"方老师含笑点头。其实同学心里都清楚，生性倔强的方老师患病纯粹是事业心太强酿成的。他从民办教师开始，辛勤执教10余载，学生成绩在班级遥遥领先，受到师生普遍赞许。后通过自学考试转成公办教师，当了我们的班主任。那时同学们最爱听方老师讲的语文课，依稀记得方老师英姿勃勃地站在三尺讲台上，手执教鞭，激昂文字，吱吱嘎嘎写下漂亮的粉笔字。那口若悬河栩栩如生的讲解，让我至今也不忘却鲁迅的小说《故乡》中的闰土和杨二嫂的形象。

尤其对方老师让调皮的我留下来背诵《出师表》的记忆印象深刻。站在桌边的我刚从嘴角挤出句："先帝创业未半……"就出现磨牙搓手的情景。当时的方老师非但没责怪我，反而拍着我肩膀和蔼地说道，回去再读读，明天再背吧。后来，天慢慢黯淡下来，他又骑自行车送我回家，路上还鼓励我珍惜时光，勤奋学习……

方老师 58 岁患病住院时，我曾去医院看望他。那时，他深度昏迷。曾经为我们传道授业解惑的他，一直以顽强毅力同病魔抗争，出院后每天坚持锻炼。为了能重新走路，他在师母的搀扶下，艰难地迈着趔趄的步伐，不知摔了多少跟头。但即便如此，他还是不忘初心，坚持学习，每天看书读报。心态达观的方老师身体康复稳中有进。

方老师执意挽留我们吃中饭，几个同学喝起了酒，大家纷纷围拢在轮椅旁，同学举着酒杯说："方老师，祝您健康长寿！""方老师，祝您幸福永远！"方老师长满沟壑的脸上笑成一朵花。也许是难得的激动人心，大家喝着喝着，有几个同学竟哭了起来，不知是看到方老师如此年迈，也不知是平时少看望了方老师，还是在思念逝去的少年时光，或许是感叹自己也在渐渐老去……

中午后，我们难舍难分地告别了方老师。回到单位，我将曾经执教我们老师的通信地址加到微信群中，并附言：请同学们抽空看望执教的老师，因为他们正渐渐老去，哪怕打电话问候亦可。前期，我的一个同学参加同学会，听说有几个老师已经过世。唉，人生苦短，岁月无情，逝者如斯夫。

还有那些教过我的王老师、龚老师、丁老师……你们红烛一样燃烧自己，照亮别人。教师节快到了，学生在此祝愿你们身体健康，慢些老！

刊于 2016 年 9 月 9 日《华东电力报》

老何的生活故事

结识老何是几年前的事儿,他在小镇上开爿小店,经营油盐酱醋烟酒及副食品之类。

他中等身材,穿蓝色粗布工作服,腰部系着大围裙,清瘦的脸庞上顶着花白的头发,不大的眼睛却有神韵。小摊贩上门送货,他忙着点货、记账、付款;客人上门买东西,他要取货、收款、送客。

其实老何除了收货和卖货,他还忙里偷闲,在店门口摆了两副棋盘,吸引了南来北往的人。我也爱好下象棋。那天,我特意来到店门口。

见到我,老何乐呵呵地说,来,陪你玩一盘。我点点头,坐下来,摆好棋子。

忽然,有个中年妇女要给小孩买水喝。他说了句"等会"匆忙站起身,不到两分钟,刚刚坐稳,他猝然站起来,急切地说:"不好了,刚才钱少找给人家了。"老何丢下棋子,慌忙地跨上电动车,向走不远的中年男人追赶。

"刚才那人的小孩哭闹,拿了张一百的,她没在意。我也以为五十的,心里只惦记下棋,少找人家了。"老何说着吁了一口气,有如释重负之感,由于刚才的心烦意乱,老何走棋出了漏招,被我白吃一子,没一会儿,他败北了。我有些腼腆地说:"你太忙了,下次等你有空闲时间再玩。"

谁知老何粲然一笑，说："我下棋纯粹是愉悦身心，不在乎输赢，只在乎过程，只要开心就好。"说着挥着右手，来了句："好的，下次陪你！"

此后，我只要从店门口路过，就想玩两盘。我驻足观赏别人下棋的同时，瞥见有三三两两的人跑进他小店，购物。我思忖，原来老何摆棋摊是为了吸引了人气，有人气才有消费群体，小店门庭若市，难怪生意兴隆呢，老何真睿智。

有一次，老何店门口的棋摊周遭围观十几人，原来是两个小青年在博弈。瞧见他们面色凝重，屏气凝神，又剑拔弩张的样子，老何似乎看出了端倪。就在一小青年掏钱之时，老何突然拨开人群，面露愠色说道："你们来玩玩可以，我这里不允许赌博！"说着将棋盘掀翻，棋子散落一地。

我还真没见过他发这么大的火！两个小青年悻悻地走了。他脸色渐渐变白，语气缓慢地对众人说，"这里从来不收费，下棋本身是高雅的休闲活动，如果说为了赌钱，这棋下的还什么意思呢？"

一天傍晚，我骑车买菜，远远瞥见一个熟悉的身影健步如飞地跑来，原来是老何！我停下车，他喘息未定地跑到我跟前，一抹额头上汗珠，拍拍我的肩膀说，"老高啊，什么时候，我们一起跑？见我笑而不答，老何又爽朗地说开了，以前一天忙到晚，头昏脑涨的，通过每天坚持跑步、打羽毛球等运动，现在身体什么毛病都没有。"然后，他挥挥手转身大步流星地走了。

望着长我近十岁老何的背影，敬佩之情油然而生。

刊于 2016 年 11 月 4 日《华东电力报》

差距

那天，秋阳高照，气候爽朗。我与好友相约去市区一家台球俱乐部打台球。乍一看，里面不仅装潢精美，灯光璀璨，人气也很旺，几张台球桌上已围观好多人，高矮胖瘦穿着风格各异者在这里一展身手。

好友叫我与他打一盘，按当地的老规矩，玩"花实"，实则是最后谁将"8"号球先打进洞内的一方获胜。朋友伸手很利索，左攻右突，前后夹击，三下五除二就把我打败了。我还有些不服气，认为是对球桌的习性没掌握，遂又换一张，岂知，仍旧是输。

我不知晓好友竟有如此的好身手，真是人不可貌相，海水不可斗量。我有些纳闷，在单位与同事打台球水平还能凑数，怎么到这儿就这么差劲呢？我不由得闷闷不乐起来，好友似乎看出了我的心事，笑着说，朋友玩的，别往心里去哦。

倏忽，一中等身材，留着小平头，穿着皮衣的约30多岁男人走过来与我搭腔。他自报家门说自己在此地经营几年了，我们刚才比赛的全过程他看了，只属"菜鸟"级水准，这里高手云集，有些球我们想都不敢想，更没有看过。

见我满脸疑云，小平头立即在台球桌面上随手拿起两只球，将一球置于桌面的左中袋口，另一球置于对面的右中袋口，并说能将两球同时打进各自袋内。说着，他俯瞰凝神，左手放置球台上，左手紧握球杆，球杆伸缩、再伸缩，接着，脸色严峻，深呼吸口气。我将手搭在好友的肩膀上，屏住呼吸静静地等待。猝然，听见"啪"一声，母球飞速地将左中袋边的球打入袋内后，自动慢悠悠地弹回，又将右中袋口的球也撞击洞内。"神奇，太神奇了……"我和好友不约而同地惊叹着。小平头笑嘻嘻又连续表演了几个"跳球"和"三角球"，均弹无虚发，好似古书上英雄骑马射箭的百步穿杨之功。

我投以羡慕的眼神，小平头兴奋地告诉我，来这里的高手太多了，他的水平只能是一般化，市台球协会藏龙卧虎的人有的是。小平台不经意的话语让我想起10年前参加市象棋比赛的经历。

2005年，我与单位3人参加市公司举行的象棋比赛，并获得"团体第一名"。当时，正值壮年，不仅有成就感，且对象棋痴迷，有时带夜独自在床上"打谱"，譬如《象棋开局精要》《中盘杀法》等，可以说踌躇满志。谁知，我们3人在市里的象棋大赛中皆没进入决赛圈。

这两件事在我心里萦绕着，让我脑海醍醐灌顶之感，今天的台球比赛与10年前象棋比赛结果不是如出一辙吗？我以前在单位打台球、下棋水平都不错，常常自我感觉良好，裹足不前，乐于做"井底之蛙"，孤陋寡闻，只看见井面的"小世界"。熟料，刚走出单位的上一层，才觉得原来差距那么大。

刊于2015年1月6日《高邮日报》

不会营生的装修工

对门新房装修，装修工老刘抱着一捆塑料管，进门后戴上口罩，蹲身拿起电钻，突然手机响了，他大声说，好的，过几天去帮你设计。随后，一阵砰砰轰轰声，飞扬的泥灰沾在他身上。

女儿买了小公寓之后，不知怎么，向她推销装修的电话多了起来。她坦言涉世未深，便找我商量。我知道装修行业鱼龙混杂，水深得很，又转念一想，听说给对门装修的老刘做事地道，便抱着试试看的心理跟他谈谈，好在现在搞装修的人多得很。

我想好了见到老刘时说辞，和他聊聊当今装修行业竞争如何的激烈，然后说出价格低于别人，质量好于别人的意图。当我自信满满地见到头发蓬乱满脸皱纹的老刘时，他笑着拍拍身上的泥灰，坐在脏兮兮的木盒上，不紧不慢地说，我这人不会做生意，装好之后，你认为还可以，最后商定价格。

他的回答大出我意料，我一时语塞，慌忙回了句："这怎么行？"他和蔼地说："你住在我装修的对门，不会有事的！"

两个月后，小公寓装修成功，女儿看了新房，简约大方，内饰精美。欣喜之余，便约了老刘几次，想请他吃饭，顺便将账结掉。他推脱说没时间。那天，我和他通上电话，他约我到城郊的小区，寒暄几句，便问他装修工资的事情，他摆摆手，不急、不急，他手上还有三年没有收回的款项呢。我一脸真诚地问，你这样下去，老婆孩子也没养人啊。我这一问，老刘的脸庞刷地红了,皱起浓眉,一双大眼睛拍闪着说出了藏在心中的故事。

老刘出道不是干装修行业的,他祖辈行医,悬壶济世。生性岐嶷的他幼年就学会抓药、针灸,高中毕业后,去镇卫生院当了医生。乡亲们遇头痛脑热找到他,他不会使用高价的头孢、阿奇霉素等抗生素药品,常开廉价的黄芪、菊花、板蓝根等中草药方。那天,院长严厉批评了他:"卫生院自负盈亏,你开这样的药方,奖金比别人少不说,可也影响医院的经济效率……"没等院长说完,他离去辞职了。

回家后,妻子抱怨他,说他死脑筋蠢货,人家行医发财,你竟然连药方都开不好?也难怪妻子说,居家生活,油盐酱醋,儿子上学,都要花钱。迫于生计,老刘改行学了木工,当了木工后,又自学水电工,风里来雨里去十多年了,繁忙的业务,脸上的皱纹加深了,可家里房子依旧未变。儿子娶亲时,还向弟弟借了三万元,才勉强成婚。

我不解地问老刘,现在装修业可是肥差,许多人不是发财吗?

老刘眨眨眼苦笑道,这世界的事情要看什么人去做,我这人不会做生意,钱看得轻,一生没有追求,也没有发过什么财,快60岁了,倒是身板挺硬朗的,身上什么毛病没有。他说着挺了挺结实的胸膛,笑意盛满了眼眶。"现在有些装修工在价格上做文章,甚至劣质产品以次充好,而我坚守质量,完工保住工资就行了,人家买房也不容易,告诉你可能不信,有些工程还亏本,我和人家谈价格谈得低,像去年瓦匠、油漆等工种的工资上涨,我还是按照以前的老价格,可这些工匠认我结账。"老刘蓦然站起身,唏嘘不已。

这两年,城区请老刘装修的人家多了起来,他一年到头顶着蓬乱的头发,仍旧满身泥灰骑着电动车穿梭于街衢巷陌。经他装修的人都说，老刘人心地善良，做事地道。前年，他给从农村买进小区的老冯家装修，中途，老冯骑车出了车祸，他依然先垫资，按时交付新房。结账时，老刘主动让了他8000元，老冯感动得口中嗫嚅着说不出话来。

　　当我向他提出结账时，他笑了笑，说不急、不急，你先留着用。突然，他戴上安全帽，"噌"地从竹梯挨近吊顶，掏出钳子，斜着身子从塑料管中抽出电线，动作娴熟地剥开皮接线……

刊于2019年3月27日《亮报》

在援藏中感悟幸福

去西藏正是秋高气爽的季节，可到了那儿，我却找不到秋天的影子。气温骤变，干燥的风吹在身上，冷飕飕的，浑身不舒适。昼夜的温差伴随着稀薄的空气，让我感觉呼吸系统出了毛病，整个人没精打采的。

我到拉萨的当天晚上，就被高原反应撂了个"下马威"。尽管我吸着氧气，可效果一点也不好。夜里醒来五六次，头上一直冒虚汗，额头发烫，睡眠很浅，做着稀奇古怪的梦。翌日醒来，浑身乏力，对着镜子看到双鬓多了几根白头发，仿佛一夜之间颓然老矣。

由于身体状况不佳，我去拉萨地标性建筑布达拉宫览胜的计划，被迫取消。我感到困顿怅惘，一股失落感油然而生，勉强喝了一点稀粥，拖着疲惫的身体去就医。

回到旅馆，服药后我睡了一觉，感觉身体轻松些许。第二天一早，我便开始了这次的采访任务。来到项目部，负责西藏达孜县、林周县农网改造升级工程的周宪和我聊了起来。交谈中，我得知他来自江苏泰州供电公司，刚过而立之年。身材颀长的他，黝黑的脸上架着近视眼镜，说话时有着坚毅果敢的神情。

见我一脸倦容，他站起身笑着说，你这是高原反应，克服几天就没事了。去年2月，我刚到这里也这样，每天早晨起床时，都会发现鼻子里有血块，走路稍快些就喘得厉害。可是我选择不吸氧气，即便看到氧气罐，也不吸，就这样慢慢坚持下来了。

我不解地问，不吸氧气不难受吗？

他坐下来，推了推眼镜，继续说，不吸氧气的确难受。因为他经常要爬山坡，跑现场，过峡谷，检查工程质量。如果背着氧气罐，工作就不方便了。"去年初夏的一天，我去林周 10 千伏线路工程现场，途中突发泥石流。如果不是跑得快，我就会被山上滚落的巨石砸中。只有凭着意志力去克服困难，坚持下去。"他说着，无奈地摊开了手掌。

我掏出笔记本，开始做记录。他微笑着有些腼腆地说道，其实，当初来拉萨也有过思想斗争，妻子和孩子不同意。不仅要应对高原反应，还要和亲人离别。去年 7 月，正值达孜县、林周县新一轮农网改造的关键时期。奶奶突发脑溢血住院，他含泪给父亲打电话，说这儿走不开……

我愣住了，缓缓地放下笔。想到自己在日复一日的安稳生活中，浮躁娇气，连高原反应都让我精神颓废，茫然不知所措。眼前同样是血肉之躯啊！若和这位远离亲人，不畏艰难险阻，投身西藏电力事业的年轻人相比，我是多么狭隘渺小！

我脸色发红，有些局促不安。忽然，有 4 个人推门进来。他们看到我，就像看到亲人一样，个个脸上洋溢着笑容。房间里的气氛一下子活跃起来。经过交谈，我得知他们都是来自江苏的援藏电力人，他们也参与西藏的农网升级改造工程。

我知道，每个参与援藏的电力人要克服环境、习俗、生活等诸多困难。援藏不是每个人都愿意去做的事，没有强大的心理定力，难以坚守。当我问起他们这次赴藏最大的收获，一位人称老宋的项目经理动情地说："我收获了西藏的老百姓对援藏电力人的一份情。这份情里不仅有洁白的哈达，香甜的酥油茶，还有西藏的老百姓对光明的向往。我早已把西藏当作第二故乡。"国网江苏电力去年一共有十人参加援藏。他们十人同吃同住同劳动，早已像兄弟一样肝胆相照。

几个人不约而同地鼓起掌。我激动地点点头，一把拉着老宋的手，发自肺腑地说了句"你们真不简单"，然后起身，依依不舍地和他们道别。

此时，一阵清凉的秋风吹开我的发际，让我神清气爽，精神焕发。

走在灯火璀璨的马路上，霓虹灯不停地闪烁。拉萨街头流光溢彩，灯火辉煌。这一刻的美景离不开援藏电力人的付出。

当你和家人团圆的时候，当你和好友聚会的时候，当你和爱人一起散步的时候，也许你会说，这是很平常的呀！然而，那些援藏电力人会告诉你，这是非常幸福的事儿！

出去旅行，不是一味地去看风景。正如这次西藏之行，由于高原反应，我没能看到心仪的风景。可是，那些援藏电力人的身影，不正是一道道美丽的风景吗？

刊于 2018 年 10 月 26 日《国家电网报》"亮生活"

一本有故事的书

在我的书房里,收藏着一本三十几年前的《中篇小说选》,纸张泛黄绵软,摸在手上有褶皱感。我自珍的原因,这是一本有故事的书。

那年我高中毕业,在家待业。一天早上,父亲让我去城里杂货店买筲箕,临行前给我了两块钱。我这个乡下人上城后,被街上的熙来攘往和鳞次栉比建筑物吸引了,就像书中陈奂生一样,新奇又兴奋。我骑着自行车兜圈子,不知不觉走进街北的新华书店,在琳琅满目的书架上有一本绿色封面、人民文学出版社出版的《中篇小说选》,我暗自窃喜,拿来翻阅,一嗅,一股墨香充斥鼻腔。一会儿,一位身穿蓝色工装、佩戴新华书店徽章的中年男子来到我跟前,微笑地说:"这套刚进的 1982 年《中篇小说选》,卖得好呢,现在还剩第二册了,没几本了。"

"那第一册呢?"

"被顾客买光了,一时进不了货。"

就在他介绍的时候,我悄悄地斜了一眼,书的封底价格 1.75 元。我不由得用手捏着口袋里那张绿色钞票,暗暗踌躇:家中淘米的筲箕坏了,如果拿钱买书,父亲会不会骂我呢?蹙着眉毛转念一想,父亲是教师,经常鼓励我读书,我买书估计他不会太生气吧!

想到这里,我攥着书,走到收银台前,摸出买筲箕的两块钱。狠狠心,买了书。

出书店门,我将书夹在自行车坐垫后面的铁架上,跨上车,哼起小曲,使劲往家骑,不到半小时便到家门口了。就在我下车转身的瞬间,我心里蓦然一沉:书没了!霎时,我有些傻眼了,觉得闷热难受,父亲见我脸上红一阵白一阵的冒着虚汗,焦急地问:"春子,你怎么啦?筲箕买回来了?"

我僵着脸没敢吭声,鼻子一酸,嘴唇翕动,眼泪吧嗒吧嗒地掉下来。父亲见状有些惊慌,推了推鼻梁上的眼镜,沉着脸问:"你上城犯什么事啦?"我咬紧嘴唇,心里委屈,怅然地杵在门口。见父亲威严的目光,我将车龙头一转,扭头骑上车寻书。

一路上我不停地张望,希望书失而复得,可骑越远心里越发慌。彼时路上有三三两两的人路过,我一时羞涩,问不出口。我思忖书可能丢失在出城的那段凹凸不平羊肠小道上,那里人迹稀少,落在那儿有希望找回。我不知哪来的劲儿,骑着车飞速穿过一片桑树地,然后跳下车,在那段路上寻觅,就连路边的草丛里都找遍了。但希望像肥皂泡沫一样破灭了,一股绝望笼罩心头。"这回闯祸了,回去也不能对父亲自圆其说呀,他一定会斥责的。"我坐在路边,低头哽咽起来。

不知什么时候,父亲满头大汗地来到我身边,看我满脸泪痕地坐着。他蹲下身掏出手帕,替我擦掉泪水,听我讲述事情的原委。让我意外的是,他不仅没有责怪我,还拉着我一起去新华书店,毅然决定购买了这本《中篇小说选》。顿时,我惊喜交集。

后来,这本《中篇小说选》中《流泪的红蜡烛》《锅碗瓢盆交响曲》等先后被改编拍摄成电影,在全国放映。酷爱读书的我觉得远不如书中味道，就连轰动一时的《高山下花环》也比原著逊色些许。当然，这纯属见仁见智罢了。

　　一本书伴随我马齿渐增几十年，还有书外的故事，教我如何不珍惜？

刊于 2022 年 12 期《散文选刊》

第五章 思绪风铃

心灵的距离没有远去

老屋拆迁，搬进了较为偏僻的新家。新家的邻居以老年人居多，还有些甚至是不识字的文盲。入住那日起，自诩为"文化人"的我就觉得和他们有距离，心里难免有些失落。

生活依旧，每日上班、下班。那天早上，我推着自行车准备上班，刚出家门便发现车后胎瘪了。也难怪，最近几日因搬家忙忙乱乱，忘了给车胎打气。眼看上班打卡的时间快到了，急得我直跳脚。

这时，隔壁的老王左手端着热气腾腾的饭碗，右手提着一只打气筒出现在我面前。"快打吧，不然上班要迟到了。"我顾不上客气，匆匆打完气，火速骑到单位。打过卡，三步并作两步冲进洗手间，拧开水龙头，反复用洗手液搓洗双手，脑海中还浮现出刚入住那天邻居告诉我的话："老王啊，五年前就患了直肠癌，你要离他远点。"也许因为这个原因，入住几天了，我都从未主动和老王说过话。

那天下班回家后，我告诉了妻子早上老王借打气筒的事，临了加了一句，让妻子平日离老王远点。妻子顿时气不打一处来，说道："人家早上还帮过你，你怎么能这样？再说，肠癌又不传染。"我脸上有些挂不住，没接话茬。

每天傍晚，我都有散步的习惯。那天刚走一会儿，迎面就看到头发花白、脸颊冒汗的老王正健步如飞地跑过来，他主动和我打招呼,那矫健的身姿,怎么看都不像是个身患癌症的人。

　　看来,老王是个有故事的人。我赶紧回头喊住他,快步走上前去和他一起慢跑起来。闲聊中,老王告诉我,五年前他患上直肠癌。手术成功后,他觉得被切除的不仅是他病变的直肠,还有曾经的"三观"(人生观、世界观、价值观)。如今,他变得豁达了,把一切名利看得很淡,坚持锻炼身体,主动承担村庄的垃圾收拾、地面清扫等工作,而且他做公益从来不计半点报酬。那天回家时,我心里对老王产生了一种崇敬之情,感觉自己从前太狭隘了。

　　前天中午,家里来了亲戚,我打算骑车到集镇上去买些蔬菜,没想到刚出门又碰上了老王。我骑在车上,和老王打了声招呼,喊了句要去集镇买菜。老王立即摆摆手叫我下车,转身走回家去,没一会提着一只篮子折返回来。我一看,足足半篮子蔬菜。"老高,这菜都是家里种的,保证绿色食品。""这怎么行?!"我连连推让。"又见外了,要多吃蔬菜,青菜豆腐保平安呢!"老王的笑声爽朗,中气十足。

　　我赶忙掏钱包,老王瞪着眼睛假装生气,口中不停地说:"邻里邻居的,还谈钱!"

　　老王快七十岁了,文化程度不高,生活条件一般,但是论起做人的热情、友善,他远高于以"文化人"自诩的我,他分明就是一位历经风雨、笑对生活的长者,值得我好好学习。

　　幸好,我没有错过与老王的相识,没有错过与真、善、美邂逅的机会,我与老王心灵的距离没有远去。

刊于2014年12月30日《江苏电力报》

我步行，我快乐

　　从家到供电所走路需要四十五分钟，以往我上下班总是骑着摩托车急匆匆地飞快前行。现在，每天清晨，我会比以往提前一个小时起床，洗漱、用餐……一切收拾妥当，离上班时间还很早，便开始步行上班。

　　多年来在妻子口中有"懒虫"绰号的我之所以下决心步行上班，是因为源于去年医生的一次检查，医生告诫我："你有'三高症'，需要戒烟、限酒，多吃素菜，多锻炼……"然在下平素经不住酒肉之侵蚀，人到中年后，肚皮像个西瓜，血压血脂也越来越高，在吃降压、降脂药效果不显著的情况下，想通过步行锻炼，对病魔实施"内外夹击"，以达到标本兼治之目的。

　　常言道：万事开头难。记得刚开始步行的那阵子，刚走了20分钟的路，腿就仿佛灌满了铅似的，接着口喘粗气，温柔的内衣也发起飙来，不自觉地绑架了两条腿……若有熟悉之人看到我这般狼狈，便面露尴尬相，甚至还想逃遁。

　　回想孩提时，一年四季都在步行，那时没有车辆，进城要步行，上学要步行，走亲访友还要步行，好像走习惯了，也不费什么力气。记得上初中时，几个同学身背书包，走在散发泥土芳香的路上，经常讨论作业题，有时争论不休，有时谈笑风生，不知不觉地步行回家了。

　　在腰酸背痛中挨了一周，我有点犹豫，又好像"骑虎难下"，左右为难地思忖着。"如果说放弃步行，将功亏一篑，三日肩膀四日腿，我现在不是每天跑得很好嘛……"同事小孙一番开导的话让我幡然醒悟豁然开朗，我暗下决心，就这样日复一日，三周下来了，一个月下来了。我的脚步变轻快了，往返时间比开始步行时缩短了五六分钟，精神愈来愈焕发；两个月走下来，感觉神清气爽，血压也下降了，体重减轻 6 公斤。妻子用揶揄的口气说："你等于扔掉了背在身上一只大西瓜。"

冬去春来。如今，我走起路来大步流星，偶尔还边走边做深呼吸，有时伸伸手，握握拳头，抬抬胳膊。每天必经的武安东路，有时遇上"红灯"，伫候观望，路边聚集的人们，有的打太极拳，有的跳健身操，有的扭动胳膊肘儿。咫尺处的两块巨幅招商引资广告牌，高邮市城区东部新城开发的美景尽收眼底。那川流不息的车辆，珠光路道两旁新建的错落有致的高大楼盘，路边长着排列着很有次序的香樟树，整齐而茂盛，树影婆娑。这一切，让人流连难忘，惬意畅达。

傍晚下班回来，在黄昏的路上行走，工作的压力与疲惫被释放在脚下，让自己的头脑有个暂时的空白。美丽的暮色中，远远地看着西边的红日慢慢离我远去，身边的街灯一盏盏亮起来。徜徉于匆匆的人流中，整个人渐变轻松舒畅，脸膛洋溢着快乐，偶遇故友熟人主动问候，然后欣然走向自己温馨的家。

也许原本紧张的生活节奏助长了人们对交通工具的依赖。生活就是这样，本来我只是为了上班而赶路骑车，却渐渐地发现原来步行也是一种快乐。我们每个人都在追求美好生活，而绿色和低碳正是美好生活的重要元素。

我步行，我快乐，快乐前行，梦想就在前方。

刊于 2011 年 6 月 15 日《江苏电力报》

学车记

　　学车的人都知道考过科目一的理论，接着就是学习实际操作了。科目一通过后，我的学车历程一波三折。

　　今年3月份，刚上路练车，岳母突然生病，我和妻子在医院日夜陪伴，老人家7月16日不幸离世，农村风俗习惯烦琐，沉痛的心情加上料理后事的忙碌使学车的事儿遭搁置。

　　前期看到一帧照片，93岁的黄永玉先生潇洒地叼着烟斗，紧握方向盘，驾驶红色跑车，稀疏的头发随风飘荡，好不逍遥。被人们戏称"老顽童"的黄老50多岁才学车。羡慕之余，我学车的激情又被引燃。

　　初秋的一天，我来到偌大的训练场上，见到了身材微胖、平头大眼的金教练，他微笑时咧着厚厚的嘴唇，直观感觉仁厚。彼此寒暄了几句后，他转身打开车门，让我坐在驾驶员位置上。

　　"先系好保险带，调整车坐垫，目测镜像后，双手握紧方向盘，看好前面的点和线……"坐在副驾驶位置的金教练沉着脸，声音变得严厉，简直与刚才寒暄时判若两人。我连忙扭动车钥匙，学着挂好离合器，打方向灯起步。车，沿着黄色的线路缓慢行驶。

　　突然，我猝不及防身体向前倾，原来是金教练的右脚踩了副驾驶上的刹车装置。"方向左打90度，回正！"教练下达口令，我扭头一瞧，车的右前盘压线了。"学车要认真，考试只要压线就不合格!"我心里一紧,眨眨眼睛,连忙抬头向前行驶。

为增强记忆,我将教练每天讲的知识记在笔记本上,脑子里思索他说的每句话,我深谙"学而不思则罔"的道理,悄悄地利用第二天练车的机会体验。学车的历程循序渐进,从直角弯到S弯,从侧方到倒库,连同坡道一共五项,我一项一项地攻克。虽时至秋天,但只要练车,身上便时不时地冒汗,车上无线对讲话筒时不时地传来教练的督促和斥责声,有时车子跑偏还要再练习巩固。

10月1日《驾考新规》实施之后,考场采用封闭式考试,每个进考场的人必须经过像乘坐飞机一样的安检,待考大厅安置了一大一小的两个电子荧屏,大荧屏用来通告参考人员的考次和顺序,小荧屏则用来通告参考人员操作经过和结果。几十人坐在待考席上,工作人员神情凝重,仔细检查每个参考人员,整个大厅戒备森严秩序井然。当我看到大荧屏上滚动出自己的名字时,竟胸口沉闷、手足无措,尽管做深呼吸,仍旧忐忑不安。在"收掉手机""验明正身""报告姓名"上车后,脸色惨白的我系好保险带,手握方向盘,两腿有些颤抖,结果第一次败北了。紧接着,第二次补考,我顺利地完成了正反方向的倒库任务。彼时,令人意外的事情发生了,我没将车开至原点,在库中竟荒唐地打开了车门,直到被无情地通知挂科时,才知道自己误操作了。

我垂头丧气地回到家。

"挂科再学呗,一楼的小年轻还考两次呢……"妻子笑着慰藉道。我铁青着脸深深地嘘了口气,败走麦城的失落感袭上心头。

回到训练场的我暗下决心,一切从头再来,必须勤学苦练,熟能生巧。一个秋雨绵绵的下午,好多学员都休息了,我在操场上反复演练,对项目复习了一遍又一遍,开了一圈又一圈,天黑黢黢时，才拖着疲惫的身子回家。

第二次考试中，当我踌躇满志地完成了五项中的四项，却在最后通过直角弯的瞬间，由于心情激动，忘记打方向灯，被二次挂科。心情沮丧到极点。我回到家，戚戚地躺在床上辗转反侧，估计自己就是扶不起的刘阿斗，"怎么在这么简单直角弯上挂科呢？这在新规出台之前是没有大碍的，但规定又是针对每个人的，不能抱怨新规，还是技术不够娴熟，再加上内心的惧怕和紧张才……"我自言自语。

两次失败使我的自信心严重受挫，头上多出了颓废的白发，脑门新添了深深的皱纹，整个人困顿怅惘，像被秋后霜冻的茄子蔫蔫的，好几天也没去练车。妻子让我陪她去西安看看秦砖汉瓦，以驱心中的阴霾。

旅途中，我接到金教练的电话，他说找我当面谈话。

"老高，我看你技术没什么问题，关键是心态，紧张造成的！"金教练的话说到我心里去了。

"教练，我两次都不过关，我有些不好意思，不太想学了……"我涨红了脸嗫嚅着。

"什么不想学，你才多大？去年有个老哥，61岁，练了一年多，考了四次才过关，你必须考试，不能放弃！"金教练声如洪钟地给我鼓劲。

金教练的语重心长让我陷入深思：是啊，当年姜子牙72岁出山，83岁帮周文王打天下；黄公望80岁还孤零零地到富春江边爬山看水，开始画《富春山居图》，历时四年多，创作了中国山水画的巅峰之作；山德士62岁才开了第一家肯德基餐厅。我刚刚"奔六"，人生的路还长着呢。想到这些，我从容地接过他手中钥匙，转身大步流星地跨上车……

功夫不负有心人。10月28日，当我驾车驶入直角弯，听到车上传来"考试合格"的语音提示时,我猛吸口新鲜空气,眼眶里有些濡湿。而此时,一直伫立在待考大厅的金教练笑呵呵主动上前跟我握手。

每个人心中都怀揣梦想,在通往成功的路上,布满荆棘,只有不忘初心,持之以恒地去努力,才能将梦想变成现实。

刊于 2017 年 12 月 8 日《国家电网报》"亮生活"

闲聊"朋友圈"

当今信息时代,出现了一个新的圈子,叫"朋友圈"。

邻居小王有好几个"朋友圈,"他每天要花时间做"低头一族",阅览图文,给好友点赞、回复,还对一些经典美文转发。说起圈内的故事,他唏嘘不已。

一天,小王走在大街上,巧遇他多年未见的同学,寒暄之后,谈得投机,最后分别时,同学掏出手机,让小王扫一下二维码,说有事好联系。

与老同学加成微信好友后,从聊天中得知其饲养鸽子,还有个"鸽友圈"。老同学热情地将小王也拉入圈子。圈内有七八十人,老同学为小王介绍后,随即有网友搭讪,使小王充满了好奇心。网友说,晚上有抢红包活动,20元分成8个包,抢得最少者,发下一个包。每当华灯初上,小王便热衷于抢红包。他不知是哪里来的手气,连连获利,一晚下来,赚了近百元。兴奋之余,竟将妻子也加入其中。

正当小王夫妇兴高采烈地抢红包时,却事与愿违,出现了连续不断的亏损,不到一个月,竟然赔本近千元。原来,少数人在手机中安装了抢红包软件,故意让小王先尝点甜头,任凭小王夫妻俩怎么抢,就是抢得最少者。气愤之下,小王夫妇删除了"鸽友圈"。

喜爱玩微信的同事老张对"朋友圈"也有些怨怼。那天,他通过"附近的人"加了一好友,日后二人谈得投机,好友的微商经营风生水起,便怂恿他做理财产品,还说是看在朋友面上,内部定向认购。起初,老张有些半信半疑,好友在"朋友圈"发了张公司年收益保证不低于18%的盈利表和一些成功人士的演讲视频,让老张怦然心动,仿佛财富就在眼前,唾手可得。于是,东拼西凑了50万元汇出,好友突然失联,从此人间蒸发。

上周与文友聊天,无意之中谈到"朋友圈",文友感慨地说,如今"朋友圈"最廉价,只需轻轻一扫,即为好友了。此后,有的朋友便再也没有什么交往,形同陌生人。"朋友圈"大致归纳三大类,养生、广告和拉票,见我满脸疑惑,文友推了推眼镜,微笑说,"养身"即心灵鸡汤,"广告"即新产品和微商,"拉票"即帮助某某投票。

听着文友的话,我若有所思,生活中每个人都需要朋友,没有朋友的人生不完整;没有朋友的内心世界多么的孤独和无助。朋友多了路好走,可当下"朋友圈"的朋友中不乏有志趣不投者、心浮气躁者,急功近利者,而"真正的朋友,是一个灵魂孕育在两个躯体里"(亚里士多德)。

交友须慎,不慎招祸。小王和老张的际遇使我想到"朋友圈"里不全部是朋友。是啊,"只需轻轻一扫,即为好友",世上哪有这般廉价朋友,彼此之间只是初见或在微信上加入的好友,这种友情怎能与"莫逆之交""总角之交"和"生死之交"相比呢。"朋友圈"的虚拟世界里,友谊的小船说翻就翻,不妨学"管宁割席"那样,道不同不与为谋。

所以,加"朋友圈"还是知己知彼好。

刊于 2017 年 11 月 29 日《江苏电力报》

新年，奔向更好的自己

昨天，看到同事老刘在迎新年半程马拉松比赛上，精神抖擞地迈出矫健的步伐，坚毅的面容上洋溢自信。当他张开双臂跑完赛程，兴奋地和我握手时，我打心底里佩服，真不敢相信他有这么大的毅力。

其实，就在一年前，身高不足 1.7 米、体重 90 公斤的老刘走路都有些气喘，查出了"三高"，但他并没有被病情吓倒，也没有服药，而是选择跑步。由于体态肥胖，刚刚跑了 500 米就体力不支，大汗淋漓。妻子心疼地劝他，都一把年纪了，还跑什么步。"也曾经想退缩，可是为了身体和家庭，还是咬牙坚持。"老刘坚守着信念，一圈、二圈，他征服了一个个终点，完成了一次次冲刺，后来发展到 10 圈、30 圈……他每天乐此不疲，风雨无阻地出现在跑道上。

如今，老刘气色红润，说话中气十足，"三高"没了，体重也下降了 15 公斤，50 多岁的他仿佛又焕发了青春。

日子就像窗外树枝上停歇的麻雀，不经意间倏忽从我眼前飞过。来不及思考，又是一年！如果说把人生比作一次长跑，新年就是一次新的起点。回首人生长跑中的万千风景和许多感慨，与过去的日子挥手告别，新的长跑又开始了。

早上，收到好友发来一条微信："祝你新年快乐，多出好作品！"短短 11 个字，让我心里暖暖的。我想，快乐是生活的心态，新的一年开始了，生活如常，有阳光鲜花，有风雪泥泞，需要我笑看云卷云舒，花开花落，同时鼓足勇气，战胜生活的中重重困难；至于多出好作品，这根本不可能，明知自己不是写作的料，但爱读书码字，活到老，学到老，有书相伴，心宁静淡然，这样的生活也充实。

"人生到处知何似，应似飞鸿踏雪泥。"2017年丁酉年（鸡年），使我想起了"闻鸡起舞"的故事，祖逖年轻时很有抱负，每次和好友刘琨谈论时局，总是慷慨激昂，满怀信心。为了报效国家，他们在半夜一听到鸡鸣，就披衣起床，拔剑练武，刻苦锻炼本领，最终成为东晋时期名将。新年，奔向更好的自己，越努力，越幸运，把命运掌握自己手中，才能让生活阳光照耀你。

奔向更好的自己，不忘惜时。唯有珍惜韶华，不负光阴，让每寸光阴都活出精彩，有意义。鲁迅12岁在绍兴读私塾的时候，在父亲身患重病，两个弟弟尚年幼的情况下，不仅经常上当铺、跑药店，帮母亲做家务，还精确地安排时间完成作业。时光对我们每个人来说都弥足珍贵，赢得时间，积极进取，才能"回首往事的时候，不因碌碌无为而羞愧，不为虚度年华而悔恨……"

著名作家毕淑敏说，所有的动力都是来自内心的沸腾。在新的一年来临之际，列一张心愿清单，想要实现哪些心愿，一个小小的心愿就如同长跑中看到美丽的花儿一样，等待你们去撷取。当然，撷取的过程不会一帆风顺。聋哑人海伦·凯勒以坚强的意志，不惧困难挫折，影响着许多人。不忘初心，方得始终。"咬定青山不放松"，锤炼自我，向着人生目标迈进。

如此说来，站在新年新的起点上，许下新年的诺言，我们的生活才有意义。

刊于2017年1月6日《国家电网报》"亮创作"

时光从不等待

自从迷恋上写作后，家中就书满为患。邻家老王以为我是读书人，便问我书上问题，我竟一时语塞，脸上浮出一抹羞赧。老王宽慰我，你家书橱中肯定找到答案。

之后，我将几百册书籍整理了一遍，留下值得研读的精品书。我思忖，这么多的书跟我历经拆迁，辗转又睡在新居的书橱中，常常遭受"冷遇"。近日的闲暇之余，我阅读了一些精品文章，一个人独处一室，一杯香茗，一盏孤灯，与世俗暂隔。捧着散发着墨香的书籍，欢笑、洒泪、激动、宁静不时地伴随着我，滋润着我几乎干涸的心灵。哦，读书真好！我不由得感叹着，其实这些年，我虚掷了多少光阴啊。

平日我们总是不经意地把时间抛弃，怠慢了它，恍惚间几十年就下来了。记得20岁刚参加农电工作的那年，那时候电脑和互联网还没普及，人们书写材料、信件只能是手写，而写字从一定程度上反映人文化素养，是人另一张"面孔"。一天，在兽医站姚站长办公桌子玻璃台板下，一幅龙飞凤舞的钢笔书法字吸引我的兴致。我晃动着脑袋瓜子，凝视着娟秀的字迹，沉思默想，若是我写这么漂亮的字多好。慈眉善目的姚站长仿佛看出了我的心思，和蔼可亲地说，上海有家书法函授班，有毛笔和钢笔，随便你学，只要交40块钱。随后姚站长替我报了硬笔书法班。刚开始还能完成老师布置的函授作业，后勉勉强强坚持了一段时间，便放弃习字了。而姚站长还报了毛笔班，后来他起早贪黑地又苦练了五六年，在书法上有所进益，参加比赛，办过书展。而我由于年轻贪玩，没能坚持下去，与他相比，少了勤奋。

　　生活中被我们抛弃不仅仅是爱好，还有亲情。刚工作那会，要与电工师傅学技术，装灯、架线、登杆，还要抄表，参与核算，忙忙碌碌，年迈的老父亲曾提出外去走走，哪怕只到扬州游玩也行，我只是口头应诺，却迟疑不决。后来结婚有了小孩，忙这忙那，在日复一日中不经意间耽搁了下来。终于有一天早晨，父亲突然不能讲话，我和妻子手忙脚乱地用板车将他送到医院。躺在病榻上父亲的脸膛发紫，眼泪流淌，双手战栗，我抓着他的手时不时地啜泣着。当医生沉着脸拔下输氧管时，摊开手无奈地说，准备后事吧，你父亲断气了。突如其来的噩耗吓得我和妻子一时不知所措，怎么几个小时，一个大活人就没了，人的生命如此脆弱。忽然，我意识到，生活中有些事错过了，无法弥补，会抱憾终生的。

　　年轻的我总认为快乐日子好多好多，时间好长好长。可是，蓦然回首，前半生时光就这样不知不觉地消失了，真是应是歌词中的"时光都去哪儿了，还没有好好感受年轻就失去了……"好多梦想还没实现，好多事情还没来得及做，我的两鬓已斑白，脸上皱纹纵深了。这让我心生感慨，原来青春是那么短暂、易逝，而最容易被人忽视的是时间。时光真是一位伟大的魔术师，能把一切事物渐渐改变掉。倏忽，我对时间又增添了几分敬畏感。

　　时间像一条奔腾不息小溪，流淌不复返。珍惜时间，把握当下，让每个平凡日子活出意义，活出精彩；抓住韶华，倍加努力，让人生不枉然悔恨。这样，当我们回首往事就少一些自怨自艾，少一些对命运的抱憾。

　　因为，时光从不等待。

刊于 2016 年 3 月 8 日《高邮日报》

以书为伴，滋养心灵

与书结缘是在 20 年前的病榻上。

那段灰暗的时光始终在我记忆深处挥之不去：父亲去世落下债务，骑车被撞住进医院。祸不单行的日子，我的额头上绑缚白纱布，鼻孔插着输氧管，每天四五瓶消炎镇痛药水注入静脉……孤独的我埋怨命运不公，忧郁失望，甚至变得自暴自弃起来，妻子和医生劝我要配合治疗。

邻床住着一位头发花白的老师，在半躺着阅读《读者》，见我斜视他，摘下眼镜放下书，说，年轻人，给你看看吧，开卷有益。见他言语和蔼，我便接过他手中的书，没精打采地翻着。倏地，俄罗斯作家普希金《假如生活欺骗你》的诗歌映入我的眼帘，我默默地吟诵着："当生活欺骗了你，不要悲伤，不要心急，忧郁的日子需要镇静……"捧着书，内心震撼。原来，普希金在被流放的日子里，仍然没有丧失希望和斗志，热爱生活，执着地追求理想。与他积极乐观的人生态度相比之下，我这点委屈算什么呢？想着、想着，我的脸颊泛红了。

第三天，这位老师出院，他将《读者》赠送给我，书中淡淡的墨香，让我爱不释手。从此，《读者》走进了我的生活，消弭了我心灵的阴影和生活的阴霾，让我看到了生活的希望。

康复上班后，我便到新华书店买了岳麓书店出版的四大名著。刚开始读书，博大精深的国学，一些艰涩难懂的文字，让才疏学浅的我不得甚解，捧着厚厚的名著，对照着字典阅读。有时，我还会在一些页面里，用红笔画符加注，偶尔摘几句哲理名言，抄一些诗词短文，若是灵感来了，还写上几句感想，让我的精神生活丰富起来。

2002年，适逢农电体制改革，坚持读书的我顺利地通过了考试，成了一名农电工。公司倡导员工"多读书，读好书，让阅读成为一种习惯。"从那以后，鲁迅、胡适、路遥等作家的作品，一本本走进了我的生活，走进了我的内心世界，滋润着我干涸的心灵。

书读多了，就萌生写作的念头。2004年秋季，公司举办"奉献在岗位"的演讲比赛，我根据美国作家阿尔伯特·哈伯德撰写的《把信送给加西亚》的主人公"信使"罗文的事迹，写成了《从罗文精神说开去》的演讲稿，不仅获得演讲二等奖，还被公司评为最佳稿件奖。

喜欢读书的我还有幸被公司聘为业余通讯员，从不会写消息开始到现在偶尔文章能见报端，这都是广泛阅读的结果。别人休息时，我徜徉在书的海洋里，那清心凝练的散文，荡气回肠的小说，针砭时弊的杂文，字里行间让我如饮佳酿，如品佳茗，乐此不疲地吸吮着"全人类的营养品"。

2008年，改革开放30周年，公司将应征全国性征文的重任交给我，并嘱托我联系公司的发展变化来写稿。那些日，我白天走访调查找资料，夜晚辗转反侧忙改稿，题为《三十年高邮的"电"和我》的散文获得新华报业网社颁发的"优秀奖"证书。

这些年，尽管我的视力下降，记忆力减退，仍然坚持每天读书，即便疲倦了，哪怕看一会儿，睡觉才安然，否则如同挚友未谋面，心里憋得慌一样。我想，在社会愈加"物化"的今天，读书虽建不成"黄金屋",娶不得"颜如玉",但书籍留下的氤氲,定能启迪心智,温润心境,品味人生,树立正确的"三观"。

去年十月份,坚持读书写作的我多了作家的身份。我知道自己生性愚拙,腹笥贫瘠,名不副实,但如果不是书籍,为我增长知识,开阔眼界,甘当我进步的阶梯,岂能有我的今天?

感谢你,书籍!是你,使我看饱了人间世事,淡泊了功名得失,滋养了我的心灵,让我健康成长,不断地改变着我的生活态度。

刊于 2017 年 4 月 26 日《江苏电力报》

至味人生

  2019年江苏省高考作文，以"物各有性，水至淡，盐有味。水加水还是水，盐加盐还是盐。酸甜苦辣咸，五味调和，共存相生，百味纷呈。物如此，事犹是，人亦然"。写一篇800字的文章，文体自选，引发众多网友的热议。愚也凑热闹，权当笑料。

——作者题记

  黄昏，河堤小道上，绿树成荫，繁花葱茏，香味扑鼻，空气清新，徜徉此间不思归。
  倏忽，前方走来衣着朴素，满头白发的老者，方脸、矮小、清瘦。我一瞧一愣，感觉跟刘伶差不多高；他站在我面前一怔，笑着说，你有1.8米吧，我莞尔道，还高一点。
  我这才打量他，他毕竟老了，额上都起了褶皱，脸庞褐色的斑点丛生，可不大的眼睛却有神韵，说话声音洪亮。我礼貌地问他贵庚，老人咧开嘴巴，小呢，才90岁，说着举起右手的食指，勾勒出9字形状。
  "走啊！"老人手一挥，我紧随其后。他脚下生风，步子比小他近40岁的我迈得还要快。
  石亭边，我和他攀谈起来。他感慨地说，到了人生暮年，必须保养好身体，快乐过好每一天。再说，人生的酸甜苦辣都饱尝了，心境变得澄明了，看淡了一切。

见我羡慕的眼神，老人吁了口气说，40岁的时候，他靠投机一夜暴富，一时间门庭若市，香车宝马，花天酒地，整日沉湎于酬酢，说"春风得意马蹄疾，一日看尽长安花"一点不吹牛。

"后来呢？"我焦急地问。

"后来没说头。"老人皱起眉头咳了声，沉默。

在我恳求的语气中，老人讲起后来的故事。

那时日，他整日昏昏沉沉，浑浑噩噩，无心经营自己的企业，不务正业，和一群狐朋狗友厮混，挥金如土，胡吃海喝，短短的两年，体重激增至90公斤，血压严重超标，走路气喘吁吁。一次中风，幸亏抢救及时，捡回小命。可祸不单行，企业资金不济，也处于瘫痪状态。而原来和他交好的那些人，一个个如惊弓之鸟，全部飞走了。说着老人面色凝重起来。

后来，他还清了债务，关闭了企业。回到农村后，植蔬菜，练跑步，读典籍，打太极，粗茶淡饭的日子过得宁静简朴充实，身体日渐好转，体重也下降了许多。就这样，一直坚持了几十年。

老人说完，神色释然，昂首凝视前方。

我听得有些激动，上前握着老人的手，和他留下了联系方式。

辞别老人，我信步在皎洁的月光下，心情豁然开朗，蓦然想起《庄子·逍遥游》的句子："鹪鹩巢于深林，不过一枝；偃鼠饮河，不过满腹。"

刊于2019年6月11日江苏省电力公司网站

电脑的"自白"

十年前的供电所只有两台电脑。我和师兄伫立在所长、核算员的办公桌上。那舒适的环境，轻松的工作，让我有养尊处优之感。

几年后，供电所搞班组化建设，正值壮年的我被抽调班组继续发挥作用。班里的赵班长是名长相儒雅的大学生，每天一上班，他静静地坐在我面前，开机刷新后，习惯地推一下眼镜，斯文地点击鼠标。无论是建立班组信息，还是拟订工作目标，赵班长轻柔的动作，正确的操作，让我心生惬意。

可好运不长，公司要求供电所员工熟练操作计算机。我的"厄运"来临了，班里的老王和老陈都是上了一把年纪的"机盲"。他们不顾我的感受，经常上机乱操作，键盘上的 CTRL+V 和 CTRL+C 都分不清，让我心烦意乱；那个衣着邋遢的大胡子老王，还叼着香烟坐在我面前，呛得我连连咳嗽。他一会儿手指僵硬地上网查资料，一会儿又打开我的硬盘，我心里一阵哆嗦。记得他打"旅程"的"旅"字，在五笔打不出，拼音拼不准时，竟然拍案叫骂道"活受罪"，一气之下，关掉电源，让我内心充满了孤独和无助。

老张是班里有名的"大胆"，时有小违章被撕票。有一次，他的手机没电了，情急之下，竟将充电电源直插入我的大脑，在我头痛难忍，心脏发出嗞嗞惨叫的几分钟后，所长来到班组，严肃地对他批评教育，可张大胆还不以为然，歪着头、斜着眼地与所长理论。可麻烦还是来了，公司明文规定不准私自外联。接着，供电所每人被扣 300 元奖金，我也被送到公司信息中心，接受住院治疗。那些天，我是"人在曹营心在汉"。供电所的管理时刻也离不开我，一些老师傅不懂我的脾气，乱操作造成我身心交瘁，我内心好伤感！

  班组里的常常超负荷运转，让我身体健康受到影响，有时刚制作完成 EXCEL 表格，又调我上系统查电费，接着又录入物资管理……常常连续几个星期也不让我休息，在心烦意乱之时，在系统内发出警告，其实只要让我稍作休整，我又能继续工作。那天，赵班长还没忙完，我就头疼得要命，老王又急需要查资料，全然不顾我的感受，任意打开我的大脑，让我大脑伤风，我实在是撑不下去了，只能"黑屏"。气急败坏的老王还骂了我句："这个活现世！"那一刻，我就像扔在路边的敝屣一样遭受歧视，欲哭无泪。

  几个月后，公司领导知道了我的处境，结合供电所管理的实际需求，又给我新添了 6 台伙伴。这样一来，我的压力也减轻了许多。公司信息班的技术人员还上门对班组员工进行计算机知识培训。那天，通过培训合格的老王坐在我面前，见我上系统速度比以前提高好多，笑眯眯地在同事面前夸我说，刚刚录入了 PMS 系统，就在电脑上就能查看线路，多便于管理啊。接着，抽出纸巾轻轻地擦拭我身上的灰尘。顿时，我心里温暖如春。

  如今，我不再孤单，供电所里有 22 台伙伴。上次，我在班里忙不过来，我发一个信息给营业班的同仁，不一会儿，就为我完成线路长度统计工作。彼此之间，团结协作，配合默契，成了供电所管理的主力军。今年三月，辖区内较为偏僻的李庄组低压线路被盗窃，派出所的民警找到我，我以最快的速度提供了地理位置和线路图，帮助民警在不到 20 个小时就将犯罪分子捉拿归案。派出所的所长说："民警速战速决，多亏供电所的电脑提供情报……"

一个月前，一位李姓用电客气，气冲冲地来到我们班组，冲着赵班长发火，说家里的电表不准，电费高了。赵班长和蔼地叫他先坐下，然后，打开我的营销系统，瞬间显示该户的用电数据。原来，他家这几个月一基本用电量都在 500 度左右。前期，他在外出差，电费是由他妹妹代交的。通过几个月的甄别比对，让他口服心服。其实，就在客户说"对不起"的那一刻，我内心充满喜悦和自豪，比吃蜜还甜！

那天，所长在所务会还特意表扬了我，现在没电脑根本没法工作，线路查询、电费回收、物资管理、人员信息……涵盖了供电所的全部管理。我静静地坐在办公桌上，听得心里乐滋滋的。

刊于 2017 年 6 月 13 日江苏省电力公司网站

我的电视情结

家中装修接近尾声,谈起购买电视机,女儿主张应该买品牌,客厅必须买 60 英寸以上的,还要在网买。妻子却提出异议,觉得网上购买看不见摸不着,不如在实体店购买可挑可拣,母女俩的絮絮叨叨,一旁的我思绪却被拉回到三十多年前。

那时农村,几十户人家才可能有一家电视机。有一次,我在镇上一个父亲是干部的亲戚家玩,看见一台 14 英寸、上海产的黑白凯歌电视机。作为贵重物品,主人特意用枣红色的灯芯绒布套遮盖着机身,金黄的流苏飘带点缀周边。十分养眼。好奇心驱使我上前,母亲发觉后,沉着脸叫道:"不能碰!不能碰!"吓得我赶紧缩回了手。

当时电视机属于紧俏商品,有钱还得凭券才能买到。父亲的退休金只能供家庭基本生活开支,当然买不起电视。依稀记得 81 版的《大侠霍元甲》播放时,我和几个贪玩的小伙子自带杌子,早早地来到邻庄人家门口,静静地坐着等待。"昏睡百年,国人渐已醒……"听着激昂的旋律,心也跟着激动起来。荧屏上那拳打脚踢和刀光剑影,让现场的观众时而惊恐,时而欢笑。那场景,成了我年少贫乏生活的一抹亮色。

多少次梦想自己拥有一台电视机,这梦想在走上了工作岗位后终于实现了。当时,我无意之中看见同事朱师傅家有一台上海产的 14 英寸黑白飞跃电视机,立刻双眼放光,左看看,右瞧瞧。

朱师傅看出了我的心思道："想要？便宜卖给你。"我摩挲着口袋，里面 150 元是我的全部家当。即使全部拿出来，也还差 200 元。谁料到，朱师傅很爽快，答应让我赊欠 200 元。当我捧着"宝贝"回家时，心中真有说不出的喜悦。这台用手开关、旋转调台的八成新的 14 英寸黑白飞跃电视机还成了我 1986 年元旦结婚时房间里的主打电器，为我的婚房增添喜庆欢乐的同时，还让是我嘚瑟了一番。

到了 20 世纪末，彩色电视机逐渐风靡，进入千家万户。一日，在朋友家吃饭，看到他家客厅里带遥控装置的大彩电，那色彩斑斓的图像，清晰的视频效果，让我心里痒痒的。可由于刚刚建房，囊中羞涩，想买一台几千元的彩电，明显捉襟见肘，力不从心。

翌年秋天，眼看女儿要过生日了，妻子变戏法似的从柜子拿出 1000 元钱。我当时想，嘿，你真有两下子，平时省吃俭用的，竟为我存下这么多钱。加我们卖了一口猪，终于买回了一台 25 英寸的国产长虹彩电。

如今，各式各样的液晶、高清、智能电视早已进入寻常百姓家庭。这样的甜蜜生活怎不叫人感慨万千呢！

刊于 2020 年 8 月 5 日《扬州时报》

叩开幸福之门的金钥匙

那天下午，正在办公室写通讯的我，突然被手机微信中扬州住房公积金公众号的一条消息吸引了。映入眼帘的2022年度扬州住房公积金存缴基数又上涨了，且缴存基数下限为2280元，我心生欢喜地点击我的账户，自己贷款购房的欠款有望在退休前一年还清，顿感一股惬意充盈着心田。这毕竟是我2014年购房资金短缺的时候，用公积金贷款的20万元啊！没有这20万元，哪有现在三室一厅安居？

回首我享受公积金政策补贴的二十年来，是公积金两次为我纾困解难，渡过难关。正是这把金钥匙，叩开我家的幸福之门。

那是2006年夏天，我打算将原有锅灶腾出来给大女儿婚房，在房屋两侧新建两间厢房，砌个农家四合院。得到妻子的应允后，便着手搭建，依稀记得不到半个月，厢房主体砌好了，瓦工让妻子打几天饱浆水，说后面的浇混凝土、简易装修预计还需要五六万元的造价。

妻子知道我的资金状况，让我向朋友借钱。我脸红犯难。俗说，上山擒虎易，开口求人难，更何况还是借钱，要我这读书人向人借钱，还真难以启齿。于是，这"半拉子"工程一拖便到秋天了，这期间，有好事者询问厢房进度时，妻子脸上挂不住了，开始抱怨我"有上台，难下台"。我有一种骑虎难下之感，心中闷闷不乐。

一天，在单位听同事说，个人用于房屋修缮或翻建，住房公积金可以提现的好消息。我犹如搁在海滩的鲨鱼碰到涨潮的海水一样，倏然来了精神，整个人豁然开朗。第二天，我早早地赶到市住房公积金管理中心，怀揣住房公积金的存折，忐忑不安地站在柜台前，清晰地记得接待我的一位长相清秀的小伙子，他问明我的来意，看了我的存折余额，复印了我的身份证以及房产证后，不紧不慢地说："我现在到你家里看一下！""好！好！"我说着兴奋地点点头。

　　一路上，我们攀谈起来，得知他姓赵，去年大学毕业刚参加工作。他详细地询问了我单位公积金的缴纳额度，微笑着说，只要现场修缮房屋事实清楚，资料真实，两三天就可以放款……骑着电动车的我们很快便到家了。他架好车，二话没说，从包中掏出相机，快步对着我的"半拉子"工程拍了几张照片，然后留下了我的手机号码。当我想留他吃顿便饭时，他又微笑着说："这是正常工作。"然后向我挥挥手，转身跨上电动车。

　　妻子蹙着眉毛，嘟哝道："你真没用，不留人家小赵吃饭，人家为你办事吗？"

　　我努努嘴，一时语塞，脸上红一阵白一阵。思忖妻子的话也有些道理，唉，只能碰运气了，我吁了口。

　　岂料，第三天早上，我刚到单位，手机传来熟悉清亮的声音："喂，您好！我是住房管理中心的小赵，经过审批，您可以从账户中提现5万元！"

　　"好的、好的，我……我马上去办……"接到电话，我竟有些语无伦次，因为这5万元关系大女儿婚房的成功安置，对于捉襟见肘的我真可谓雪中送炭啊！至今我都记得小赵黝黑的国字脸，闪亮的大眼睛，说话态度和蔼，骑着一辆半新旧的电动车。

　　时光转眼到2014年，二女儿到了谈婚论嫁的年龄，需到城区购买一套婚房，我又一次犯愁了，资金缺口20万元。于是我抱着试试看的心理，再次来到住房公积金管理中心，结果顺利地办理20万元房贷，解决了我的燃眉之急。鉴于二女儿是首套房，无炒房之嫌疑，房款很快便打入开发商的账户上。不久，夫妻俩如愿以偿地结婚了，当年还生了大胖小子。

前天晚上，我们全家8人一起散步，不知怎么聊到住房公积金的话题，女儿、女婿他们在各自的单位，都享受单位的公积金补贴。夫妻俩不约而同地说，公积金制度是用人单位为职工缴纳住房公积金，职工可享受一些政策性的优惠措施。忽然，大女婿贴着我的耳畔说，一个月前，他用住房公积金购买了首套房，到时请我吃乔迁之喜酒呢。

我欣喜地点点头，迈着轻盈的脚步，仰望鳞次栉比的高楼星罗棋布，从万千窗户影射的柔和灯光中，唏嘘感慨，仿佛看见有多个家庭，像我一样享受国家公积金政策补贴。正是这把金钥匙，不仅叩开我家的幸福之门，也叩开扬州地区乃至全中国千千万万个家庭的幸福之门！

获扬州住房公积金2011年征文优秀奖

但愿天天都是"读书日"

2014年4月23日是第19个"世界读书日"。读书日里，媒体报纸杂志都会刊载许多名人读书的趣闻逸事，企业政工部门都会搞一些文学沙龙和读书交流活动等，这本无可厚非。

然而，读书日过后，有些人的读书意识开始淡化，疲于读书，最多应付式，甚至有人买书是为充当"门面。"据报载，从"欧美国家人均每年读书量达16本，北欧国家达到24本，我国较多的说法也只有6本"的数据来看，国人阅读数量少得可怜，不得不令人杞忧。

国人读书量减少，有人说："平时工作忙，应酬多，哪有工夫读书？"这使我想起明朝有位叫景清的御使大夫，他曾向朋友借一本密集，并答应次日即还。孰料，第二天景清竟然否认此事，结果对簿公堂。斯时，景清因能背诵密集内容被认定为是书的主人，而其朋友因不熟悉词句反遭败诉，胜诉后的景清将密集归还给朋友，并告诫朋友，要注意阅读。

现实生活中，像景清朋友一样藏书而不读之人并不少见，有书常忘读，有人将书柜盛满书籍，充当门面，束之高阁，至于书中内容，同样一问三不知。

"时间都去哪儿了？"这是当下一句流行语。鲁迅先生说得好："时间就好像海绵里的水，只要善挤，总还是有的。"一些人之所以问"时间都去哪儿了"，是因为他们把时间用在酒宴牌桌、茶楼歌厅、上网聊天和一些不值得的地方上去了。

"书籍是人类进步的阶梯。"人生大抵是离不开书的，一本好书，便是一座美丽的精神驿站，让你的心灵得到洗涤。其实，每个人的生存和生活都摆脱不了书的影响，不可避免地带着时代的印记直接或间接的影响，去打造人的灵魂、修塑人的性格、继而改变人的命运。中华民族为自己的子孙后代留下如此多的精神财富、为人类贡献如此璀璨的文化宝藏，这些财富和宝藏传递着民族的智慧，滋养着华夏儿女的心灵，是我们孜孜以求取之不竭的财富。

"黑发不知勤学早，白首方悔读书迟。"如果一味地等待，日复一日，年复一年，就会"春去秋来老将至"，到头来落得两手空空的下场。比比先贤，那些"凿壁偷光""囊萤映雪""负薪挂角"的掌故不值得我们弘扬光大吗？再说我们现在生存条件下比先贤不知好多少倍了。

"刀不磨要生锈，人不学习要落后。"拿起书本，一起享受阅读的乐趣。知识在于积累，贵在持之以恒，集腋成裘，聚沙成塔。但愿天天都是"读书日"。

刊于 2014 年 5 月 16 日《中国电力报》文化周刊头版

最美不过是"邱兵"

"五一"闲暇，阅读 4 月 29 日《经济日报》8 版《致敬劳动者——农电工邱兵》一文，内心被邱兵默默奉献的感人事迹打动了。"最美农电工"，这是心中蓦然升腾的五个字。

话不多，黝黑的脸，憨厚的笑容，邱兵是洪泽湖上典型的渔民形象。1995 年参加工作，不论刮风下雨，只要用户有需求，邱兵随叫随到，全力为湖区 55 平方公里水域的 800 多户渔民服务。从线路故障排除到帮用户采购日用品，邱兵是一条龙服务，深得当地百姓好评。

邱兵不仅有娴熟的电工技能，恶劣的环境，更练就了他能在风高浪急中划船、涉水、蹚水的特殊本领。他从没有什么豪言壮语，也不会夸夸其谈："湖里面，别的人都不愿意来，我是湖里面长大的，环境熟悉，不做怎么弄啊。"一句再朴实不过的话，讷于言，而敏于行。

邱兵成为村里的第一个农电工，一干就是 17 年，他在洪泽湖上一桨一桨划行 6 万多公里，加起来可绕地球一圈半！17 年来，工作忙，亏欠家里人太多。妻子他生了两个孩子，坐两次月子，他都没有一天时间好好陪陪她，每次想到这些，邱兵心里就不是滋味。他既可以外出打工，也可以专心养殖……或许生活会比现在宽裕。但是老人的用电安全，渔民的所想所盼，都是他心中不舍的牵挂。

没有惊天动地，没有战火纷飞。而 17 年湖区 800 多户渔民的用电安危，就是对邱兵 6205 天来孜孜以求乐于奉献的最好写照。采访结束临走时，记者问邱兵："你打算还在湖上干多少年？""20 年吧，再干 20 年刚好就退休了。"邱兵平淡的大白话却道出一名农电工的真实情怀——扎根湖区一辈子，奋斗不息心不改。

我沉思，是什么支撑着邱兵如此执着？是渔民的淳朴，是岗位的吸引，还是他的盲从？答案显然都不对！是他骨子里那弥足珍贵对农电岗位的坚守。在当今社会大环境下，邱兵的这份不离不弃的坚守，是他对农电工职业道德、行为规范和理念信念的坚守，更是他 17 年来风餐露宿，风雨同舟的见证！

老百姓需要像邱兵这样的农电工，有了邱兵这样的农电工，老百姓用电就再也不愁了。在用电需求越来越大，服务水平越来越高的当今，邱兵用自己的行动做出了响亮的回答：你用电，我用心；我行，我能行！

学习邱兵，要将各自的工作行为与之比对，比工作环境，比工作难度，比工作激情，扪心自问，我的短板在哪里？

学习邱兵，要将他事迹化为排除困难的动力，在今后的为民服务中，不仅只挂在口头上，更要付诸服务社会大众中，付诸提升国家电网品牌中。

学习邱兵，要将他身上那股蓬勃向上的正能量发扬光大，在系统掀起学习邱兵之热潮，因为社会需要更多邱兵，有了更多的邱兵，我们的生活才充满阳光。

致敬劳动者！致敬邱兵！1.7 米左右的个头，话语不多，黝黑的脸膛……你的形象很平凡，但却是"最美"。

2013 年 5 月 27 日《江苏电力报》头版，同年获《江苏电力报》举办的"姑苏杯"征文竞赛三等奖

也谈喝酒

喝酒的话题既古老又乏味，据说中国喝酒的资格很老，从"龙山文化"时就诞生酒了。酒伴随着王朝的更迭，时代的变迁生生不息；说到喝酒，盖因仁者见仁，智者见智，有人说喝酒能成事，有人却说喝酒会败事。在社会高度文明的今天，酒为何还能大有用武之地呢？

酒，属品尝怡情之物。世间的人们在一起小酌，古来有之，王公贵族举杯望月，文人雅士把酒临风，才子佳人对饮诉说，叙旧抒怀者有之，吐露心迹者有之。总之，酒作为情感的添加剂。没有酒，俨然朋友之间少了兴致，同样没有酒，俨然文人创作缺了由头。在古代，酒还是祭祀中祭品，如兄弟结拜、古装戏中经常看到将酒洒地的场景等都用到酒。

如今的喝酒之风愈演愈热，有好事者常打着酒文化之名，端坐于席间大放厥词，如"关云长温酒斩华雄""武松喝十八碗酒，景阳冈打虎"等；若是读点诗书之人便说："李白斗酒诗百篇""苏轼把酒问青天""欧阳修醉翁之意不在酒"；更有甚者还说："有志人喝酒，无聊人饮茶。""酒壮怂人胆"等似乎成了名正言顺的喝酒理由，让嗜好杯中之物的人借着酒性能侃侃而谈，动情之时亦能口若悬河。

其实这种做派使不擅长喝酒的人甚为难堪，不胜酒力的人坐在桌上不仅尴尬，即便勉强喝下肚，其人也会感觉"翻江倒海"，有的还次日"清算"。为了身体,他们只有推三阻四,甚至编起理由,以求同仁谅解。但由于"面子"作祟,只要听见敬酒者所谓的"感情深,一口䗪;感情浅,舔一舔"之类的话语,也不得不起身将杯中酒干掉。这样可以达到双重效果,一则彼此之间更融洽,再则现场氛围更热烈。

随着人们生活水平的提升,酒为嗜好者提供了广阔舞台,酒的用途也得到淋漓尽致的发挥。用酒的地方举不胜举,如晋级调动、生日满月、婚丧嫁娶、朋友聚会、请客吃饭都要喝酒,甚至情人约会也要举着高脚酒杯,脉脉含情对视着。有些人将喝酒视为"打仗",两者相遇勇者胜,爱拼才会赢;有些人将喝酒视为"赌局",只要领导喝兴致,自己虽醉犹荣;有些人将喝酒视为"建树",没有能力证明自己,昨晚喝了一斤便是佐证。

现今的酒市场比比皆是的以次充好,以劣充优。前几年名曰某名酒,由于热销,被鱼龙混杂,让人不敢饮之,有人说喝下去闹肚子,有人说喝下去头疼。据行业人士透露,现在有些厂家急功近利,将我国古老的"酿造"酒,变成"勾兑"酒,因为这样比酿造在时间上来得更快。

如今的酒已渐变成少数人的精神吗啡,大有一日不饮如同食不果腹之感,视其玉液琼浆。可以说"喝"与"吃"是对孪生兄弟,两者相会犹如饕餮之徒。终日下去,晕晕沉沉,庸庸碌碌,恍恍惚惚。如此颓废的精神哪有一点的浩然正气?哪有清静的心思去学习?哪有正确的决策判断是非?再说过度的喝酒也伤其身,损其志,败其业。甚至酒后犯法者、酿成悲剧者、身陷囹圄者也大有人在。

过度沉湎于酒,会让我生出懒病,落个骂名,有人整日以酒为友,以酒为荣,哪有精力去工作、去生活。"花开看半,酒喝微醺。"对于喝酒者，无论什么场合，把握分寸总相宜，这样才能喝出健康而温馨的酒。

而我随着年龄增加，身体抗酒精功能的逐渐衰减，对酒的兴趣也逐渐衰减，好多场合都不饮了。套用丰子恺老先生的一句诗："昔年唯恐芳樽浅，今日养身厌芳樽。"

刊于2014年1月13日《高邮日报》

抉择

郑彪处理完渣土车司机撞断电杆之事，回到家已是夜深。

打开门，院内荷花清香四溢，花蕊上露珠晶莹剔透，周边的荷叶芊绵。郑彪上前嗅了嗅，顿时觉得心旷神怡，脑海里闪现出昨晚在电杆理赔过程中与肇事者据理力争的画面，尽管其找到开电器商店的表弟李明打招呼，希望赔偿少点。但是自己不认账虽得罪了亲戚，却没使企业财产遭受损失……他兴奋地进了卧室。

妻子早已熟睡。郑彪蹑手蹑脚地找来拖鞋，肚子却闹革命了，他这才想起来晚饭还没吃。他走到橱柜前，快速地填饱肚子，拖着疲惫不堪的身子，在隔壁房间打起了呼噜。

"啊！"迷迷糊糊中，郑彪蓦地从床上坐起，一身冷汗，出现觳觫的神情。他做了一个奇怪的梦：一天上午，表弟李明带一班人砸碎了玻璃门，冲进所长室，事后遭到街坊邻居的冷嘲热讽……他抓两下头发，头昏昏的，看了一眼床边的手机，才凌晨五时，便又沉沉地入睡了。

初夏的阳光从窗棂的缝隙中射到郑彪的脸上。他一骨碌起床，连声打起哈欠来。

"昨晚什么时候回来的？一天至上晚在忙什么？"不等他回话，妻子铁青着脸又连珠炮似的发问："李明给我打电话，说打你手机不接，我打你也不接！现在当了所长，长本事了？哼！"妻子边说边呜咽起来。

郑彪最怕女人哭,何况还是自己的妻子,他一时慌了神,不知所措。

"叮当、叮当……"郑彪赶紧拉开门,抬头一看,是舅父来了,花白的头发,布满沟壑的脸庞,年逾古稀的他进门便说:"小虎啊,你表弟替人多事被我斥了一顿。"郑彪见舅父叫他乳名,想起幼时,母亲离世早,爸给他取名郑虎,后常体弱多病,舅父知情后,用给老虎加上"三把刀"的办法改叫郑彪,说来也怪,从那以后,郑彪从不犯啥毛病,体格健壮。因此,他从小到大都听舅父的话。

见舅父提及昨晚之事,郑彪一本正经地说:"舅父,您也不要说表弟了,请您老理解。"接着,将舅父引入客厅并为其沏上茶。

"舅父是无事不登三宝殿啊!"郑彪说道。舅父咳嗽一声,屁股还没坐稳,就开始陈述着表弟为何帮渣土车司机打招呼的缘由。"司机的哥哥吴总在本镇开服装厂,现新上变压器,你表弟为了讨好他,推销电器才找你帮忙的,现在不谈了,算你铁面无私,过两天请你与吴总协商一下,购买表弟店里的电器。我想,那吴总用电肯定要你点头画押的,这点人情世故还是有的。"舅父一面絮絮叨叨,一手端起茶杯喝了口。

"舅父,这个忙我真的不能帮,您要我指定厂家购电器,这'三不指定'就是一道'红线'。"郑彪面露难色地回答。

"外甥啊,你表弟就是因为购房差钱,30岁了,还没成婚,你又不是不知道。"舅父唉声叹气地说着。

此时空气仿佛凝固了。关键时妻子走出卧室,对舅父说:"小虎虽说是所长,但他不能利用职权开这个'口子',这是'红线'更是'底线'!"

妻子的嘴很厉害,郑彪往妻子深情地看去,心想,关键时刻还是老婆大人通融。

"咳,夫妻俩都不认人了,上山擒虎易,开口求人难啊!"岂料,舅父站起来,满脸潮红,目光如炬,欲拂袖离走。

郑彪上前一把拉住舅父,用安慰的口吻动情地说:"表弟推销电器,无非就吃点'回扣'。我不是有眼不识泰山,至于购房差钱,我可以替他借,家里还有两万元,你先拿着用,不用考虑归还。"

"有这等好事?你们真的这么定了?"舅父脸色变白,诧异地问道。

"这是我们夫妻俩共同做出的'抉择',请您老放心!"郑彪声如洪钟地说着,将钱递到舅父手中。

此时,艳阳高照,照得三人心里暖洋洋的。

刊于 2015 年 5 月 12 日《中国电力报》

扣子

扣子生在农村，周岁时爸妈怕他夭折，特意取名"扣子"。用最古老的方法加"人身意外保险"，祈盼他一生平平安安。

扣子有个很悦耳的大名，是入学时语文老师给他起的，叫管赟。高中毕业那年，经村委会推荐，管赟通过竞争上岗当上了一名农电工。不知是农村"赟"字认识的人少还是没有扣子叫得顺口，反正从所长到员工及周遭的邻居，都习惯称呼他"扣子"。

扣子可能患"自闭症"，见谁说话脸就红。但扣子爱岗敬业挺争气，所辖的防区不仅安全搞得好，电费回收也实现"颗粒归仓"。论起供电优质服务，更是做得顶呱呱："五保户"张大爷的家他没少去过，"空巢老人"李奶奶那里也常帮着做家务……

供电所年终评比，大伙儿一致推荐扣子。所长在会上要他谈获奖感言，扣子只是涨红了脸嗫嚅着，在所长强烈要求下，扣子勉强说了句让在场的人听了哭笑不得的台词："还是把奖给别人吧。"

有一次，邻居马大力家的宠物狗让一地痞偷走了。扣子知晓后，立刻冲进地痞家，无视其蛮横淫威，三下五除二地将狗抢回头。他妻子说他狗拿耗子——多管闲事，没给他好脸色，说他管闲事会"惹祸"。

一个风雨交加的夜晚，扣子营销稽查结束后骑着摩托车回家，途经李家村时发现前方的路灯突然闪了一下，随后附近的几盏路灯也同时熄灭了。职业的敏感让他紧急刹车,借着微弱的光亮,他隐约地看到路边的草丛中有几个黑影在动弹。扣子灵光一闪,想着可能有人盗窃路灯电缆,遂疾步冲上前大喝道:"你们在干什么?"

突如其来的呼喊声让几个人一时慌了神,其中一个光头壮着胆从草丛中爬出来,走到扣子跟前拍着他的肩膀说:"朋友,兄弟出来混的,光棍不当财路,我给500元私了怎么样?"

不等对方说完,扣子急转身一把紧紧抓住光的头手义愤填膺说:"跟我到派出所!"光头瞧见扣子个头不高体态清癯,顿时露出狰狞面目恶狠狠地说:"给我识点抬举,不然我做了你。"扣子疾言厉色:"快来人,抓贼啊。"这时,光头的两名同伙一起冲上来,其中一人用手捂着扣子的嘴,另一名则拿着匕首在扣子的脸上不停地晃动。

扣子的手仍然像一把钳子牢牢咬住光头的手。恼羞成怒的光头穷凶极恶地对着扣子的胸口狠刺一刀,霎时,鲜血染红了工装,也染红了那一抹"国网绿,"扣子的手慢慢地松了下来……

光头等见机逃窜。扣子强忍剧痛,颤抖着摸出手机:"110,快……抓歹徒,李庄村……路灯电缆……"

10分钟后,全副武装的110干警封锁了事故现场。在摩托车旁,扣子躺在血泊中不省人事,他手心仍攥着手机,地面上有散落的纽扣,沿路路灯电缆已被剪断,一把大剪刀丢弃在路边。

扣子醒来后躺在病榻上感觉做梦一般,缠绕绷带的胸口还隐隐作痛。猝然,他下意识地摸了摸胸口,急切问妻子:"我那上衣口袋里的入党申请书放哪了?"

妻子安慰道:"别激动,医生说歹徒的刀子距心脏仅5毫米,说你命大;我说是祖上把你'扣'住了,前天晚上你昏迷时,入党申请书和一沓替残疾人赵柱'埋单'的电费票据都被你所长拿走了。"

"我好好的，张扬什么？"就在扣子僵着脸抱怨妻子的时候，所长带着大伙儿踏进病房，见扣子脸色有些苍白，所长心疼地说："扣子，你为我们农电工争了光，你的事迹已在市电视台播放，社会反响强烈，3名破坏电力设施的犯罪分子也被绳之以法。你安心养伤啊，市见义勇为基金会还要授予你'最美电工'的称号呢！"

"啪啪啪"的掌声回响在暖阳斜射的病房里。

刊于2013年11月29日《中国电力报》

小马和老马

"你怎么能往杆下扔钢丝钳呢？多么危险！"站在杆旁瘦弱的老马抖动着满脸的络腮胡子，挥动着手，怒吼的脖子上裸露的青筋像几条蚯蚓横七竖八地匍匐着。

"班长，反正杆下也没人，现场就你一个人知情，我下不为例吧。"蹬在杆上皮肤白皙的小马，惊魂未定地涨红着脸，小声地嗫嚅着，语气近乎哀求。

"《安规》上怎么讲的？你给我下来好好反省反省，逮着违章就必须考核！"老马似乎没有听见小马的话，沙哑的声音依然能听出强硬的口气，叫小马停工，听候处理。

小马心想，你老马也太不近人情了，就在上个月，你儿子就业时，计算机应用水平不过关，我到你家里帮助他辅导 CAD 制图，就连简单的 EXCEL 制表都是我手把手教会的，花了我一周的时间不算，那天你们一家人留我吃饭，我都没好意思笑纳。

临别出门时，你妻子拍着我肩膀和蔼地说，小马啊，你和我家老马有缘分，都属马，同在供电公司工作，又在一个班组，你28岁，他大你两轮52岁，你们一老一小要相处好……你摩挲着络腮胡子，笑眯眯的还当场表态："没事、没事，我们一笔写不出两匹马，今后有什么难事，我老马给你担待。"

可今天，这点小事，你老马都不能担待，再说又没砸伤人，你不近人情，太让我寒心了。想到这里，小马阴沉着脸孔没好气顶嘴:"你看着办吧。"

"必须端正态度,安全无小事。《安规》是用血的教训写成的,公司2017年安全生产会议刚刚开过,我们班组就出这样的纰漏……"听着老马的絮叨不休,小马的心凉透了。

第二天上班,老马还是将小马在杆上乱扔钢丝钳之事通报了班务会。小马被责成书面检讨,扣罚考核奖500元。偶遇异样的眼神,他感到在同事面前颜面扫地,变得沉默少语。

此后,小马对老马有了芥蒂。他认为老马口惠而实不至,不是正人君子,跟这样缺乏温情的人后面混,自己算是认栽了,一点都带不活。哎,这世道知人知面不知心啊。小马长长地吁了口气。

这天,正在计算机上画线路图的小马接到妈妈的电话,泪水就像断了线的珍珠滚滚流淌。原来,今天上午他爸爸突发"脑溢血"住院,必须马上手术,前提是预缴3万元费用。小马掏出手纸,拭去泪迹的脸,心中漾起父亲为了供我念书上大学,长年打零工,吃尽苦头。联想自己刚工作,家庭底子薄,经济拮据,感觉天塌一般,心里难受极了。

小马蓦然站起来关掉电脑,慌忙到老马那儿请假,便心急火燎地赶往医院。

简单地向医生询问了病情,可钱的问题占据着小马的心际。尽管东凑西借,妈妈告诉他手术费还缺8千元,他坐卧不安,抓耳挠腮在父亲的病榻前踱着步。望着吸着呼吸机的氧气、身上插满管子犹如植物人一样躺着的父亲,娘儿俩抱头痛哭。

医生催款动手术。度日如年的小马,此时终于理解了"一分钱逼死英雄汉"的内涵。

就在娘儿俩急得像热锅上的蚂蚁时,忽然,门吱的一声开了,娘儿俩慌忙站起来,医生进门告诉小马,做好准备,马上手术！

　　望着悲喜交集满脸疑惑的娘儿俩，医生乐呵呵地说："刚才有个身材瘦弱，长着满脸络腮胡子的中年男子给你垫付了1万元，他说有抢修任务在身，就先走了。"

　　"莫非是老马送的'及时雨'？"小马嘀咕着，遂转身打开窗棂，俯瞰医院门口，却看不到那熟悉的身影。他掏出手机，电话那头传来老马沙哑的声音："没事、没事，先安心治疗，有什么困难打电话给我。再说，我们一笔写不出两匹马……"

　　小马怔住了，口中喃喃地说："班……长，老……马……"便哽咽起来。

　　此时，对面手术室的无影灯亮了。

刊于 2018 年 7 月 6 日《国家电网报》"亮创作"

贤内助

这几年,市公司赵副总经理可谓顺风顺水,36岁就擢升副处级。也不怪老天爷眷顾他,人家不仅工作勤勉,而且为人低调,群众基础又好,还有写一手好字的高雅爱好,是市书法协会会员。更让人羡慕的是他有一个善解人意,温柔可爱的妻子。

赵副总在公司是"副职",可在家却是"正职"。这不,家中哪怕买50元东西,妻子都要向他请示汇报;只要他的朋友登门,妻子都要下厨做饭,热诚待客,让他尊严有脸面。特别是前阵子,赵副总的母亲住院,妻子忙得形容憔悴,都没告诉在省公司培训的他,每次通电话都说家里平安无事。同事私底下议论赵副总前世"木鱼"敲通了,那是修来的福气。

这天,客厅里的赵副总伛下腰又聚精会神地临摹起米芾的《蜀素贴》来,尽管自己酷爱"米颠"书法,临摹了好长时间,但还是不能达到惟妙惟肖的境地。他用拳头敲了有些酸痛的腰,吁出口气。这时,"叮当"门铃响了,打开门,老熟人,是外协工程队的侯经理。

侯经理一进门便笑呵呵说,赵副总刻苦习书,字写得潇洒漂亮,难得、难得。说着点头哈腰。赵副总和悦地挥着手,口中谦和道:客气了,过奖,请坐,吃点茶!

寒暄之后,他们谈话的内容自然离不开书法,比如"二王"

"怀素"等书法大家习书的趣闻轶事，两人的共同语言也是因为有共同的爱好，侯经理喜欢龙飞凤舞的草书，而赵副总最擅长草书。他们就像故友重逢一样有说不完的话。

忽然，侯经理咳了声，伸手从茶几上抽出手纸揩着脸庞边对赵副总说，我公司大楼只有一个星期将落成典礼，敬求您的墨宝，放在我的办公室作为座右铭，内容由您选定。

赵副总攒眉沉思。片刻，他站起身粲然一笑说，我看就用诸葛亮《诫子书》中的"静以修身，俭以养德"吧，但我不留落款。

好的，这也符合当前的作风建设。侯经理点点头慌忙站起身，连忙从包内取出几沓现金，说，这是润笔费，反正你又没有白拿，再说我给别人也是给……

侯经理啊！你怎么能叫他题字呢，日前，他参加市里书法比赛，总共不到千人，他只拿到600名，这种字既不能收钱，更登不了大雅之堂啊！

正在犹豫不决的赵副总一听，顿感脸颊火辣辣的。心里却不是滋味，人家都说我娶了"贤内助"，偏偏她在这时候跑出来说这种灰心丧气的话，丢老公的脸面。

妻子板着脸说着，快步上前，将茶几上几沓现金塞进侯经理的包内。

此时，室内空气有些窒息，赵副总愣怔了，侯经理脸面也挂不住了……只见他阴沉着脸，皮笑肉不笑地说，不可能，不可能是600名，说着沮丧地拎起皮包，转身悻悻而去。

第二年，赵副总经理顺利地去掉"副"字，荣任公司总经理。

多少年后，退休赋闲的赵总经理在清理妻子的遗物时，一张烫金的获奖证书映入眼帘，只因年久发黄了，翻开清楚写着市书法比赛"一等奖"。

赵总经理双手颤抖地捧着那张发黄的烫金获奖证书,禁不住老泪纵横……

刊于 2017 年第 3 期总第 723 期《青春》

连环计

市供电公司总经理郑清的手机刚响,办公室里就闯进了一个似曾相熟的中年男子。出于礼貌,他向这个中年男子点了点头:"对不起,你坐一下,我出去接个电话。"

中年男子点头哈腰,强作傻笑,然后趄身歪坐在椅上四下张望。他摸摸脸上颤动的肌肉,一手的汗。等了十分钟,郑清还没有回来。

中年男子眯眯眼,情不自禁地想起了自己的"奋斗"经历:我这名取得真好,尤灵,姓尤名灵,这社会只有脑子尤其灵活的人才能人上人。自从组建电力工程施工队后,我靠社会上的潜规则,将原来10人的施工队发展到150多人。唉,与少数掌权的人打交道,还不是老规矩,我送一只鸡,换你一头牛。郑清啊郑清,上次明送你不要,难道要我来暗的……

想到这,尤灵忍不住偷笑起来,怕笑出声,连忙用右手捂住嘴。他像一只贪吃粮食的老鼠,眨眨眼睛,盯着门口,看了一会,掏出事先准备好的一沓百元大钞信封,蹑手蹑脚地挪到郑清的办公桌旁,伸手朝抽屉里一放,然后轻轻一拉,随后,悄悄地出了门。

过了一会儿,郑清返回办公室,发现尤灵没了身影,不过办公桌的抽屉却拉长着。这是尤灵故意给郑清看的。郑清拿出百元大钞放在桌上,顺手拨打尤灵写在信封上的电话号码:你拨打的用户已关机……

第二天，这沓百元大钞原封不动地送到了尤灵手上。"尤老板，我是市供电所公司纪委干事方正，这是我们郑总让我送给你的。"尤灵接过信封，脸倏然红到了底，他宛如接到一个烫手的山芋。

"哼，这个郑总难道不喜欢钱？"方正走后，尤灵内心郁闷纠结，一时想不出好办法来。突然。外面传来银铃般的女声："Hello，尤经理，下午去K歌，有空吗？"

抓耳挠腮的尤灵抬头一瞧，顿时眼前一亮，这不是工程队公关部新调来的梅丽嘛。瓜子脸，丹凤眼，高挑的身材，挺立的胸脯衬托红色的皮草，凸现出女性特有的曲线美，黑色的羊皮超短裙显得性感十足，周身散发的浓郁香水味让人闻得神魂颠倒。

尤灵晃动脑袋思量着，一双细眼眯成了一条线，他用食指对着梅丽点了点，不觉计上心来。他跨了一大步，贴在梅丽跟前，对着梅丽的耳根窃窃私语。

星期五的下午，郑清在办公室拟草下月工作计划，打扮时髦的梅丽轻轻推门而入。"您好啊，郑总！"发嗲的声音，让郑清打了个寒噤："你是？"

"我叫梅丽，是电力工程队的公关部经理，叫我小丽也可以哦。"梅丽笑盈盈地双手递上名片，挪步将身子有意紧挨郑总的肩头。她挺立的胸脯，周身弥漫的香水味让郑清须臾间丹田处一阵闷热……

"你坐到椅子上吧！"郑清郑重其事地说着，推开梅丽，面色凝重地站起身。"请回去告诉你们尤老板，现在，我们公司将取消与你们的合同。如果没有什么事，你可以走了。"

"啊！郑总，郑总，别，请你听我解释……"梅丽满脸羞红。

　　梅丽出门的一刹那，一束阳光射进了办公室，也照在梅丽和郑清的脸上。梅丽浓妆艳抹的脸，配上沮丧的表情，没有了一点光泽；而郑清略显黝黑的脸上，却显现出明亮的光芒。

　　　　　　　刊于2017年5月11日江苏省电力公司网站

患者心中的"北斗星"

在美丽的扬城南通西路 98 号,有一家百年"老字号"的苏北医院,因趋之若鹜的患者来此治疗,使附近的街衢巷陌,车水马龙,有时甚至拥挤。

如果不是 5 年前的一次身体染恙,也许就没有我和苏北医院结缘。那年春天,我被一家医院查出甲状腺节结,其时委实不懂这长在咽喉要道的东西有多么凶险,只能惴惴不安地将检查报告呈送医生,听候发落。

至今仍清晰地记得,那位白大褂认真地说:"你回家考虑好,为防止恶性,最好手术。"我心里一惊,惶惶地问:"请问医生,手术需要多少钱?""大约两万块吧。"

忧心忡忡的我从医院回家,没精打采地坐在沙发上耷拉脑袋,像被秋天霜冻的茄子,蔫蔫的,手时不时地摸着颈脖,又摸不出所以然,犹如芒刺在背,眉毛蹙着思忖,医生说的恶性也许就是癌吧。唉,过了天命之年,还要挨刀惹祸,花钱忍受疼痛,一阵惆怅袭上心头。我的满脸愁容终究被懂事的女儿发现了,她说让我到苏北医院,请专家查一下。

听了女儿的话,心里好受了些。可我天生胆小怕事,躺在床上失眠多梦,梦境里的内容已然记不清楚,只记得夜里睡得迷迷糊糊,起床后昏昏沉沉,对着镜子一瞧,脸色泛黄,白发也增添不少,仿佛一夜之间颓然老矣。

清晨，我从银行自动取款机取了两万块，赶到苏北医院。步入大厅，来这里就医的患者摩肩接踵。女儿挽着我的手说："爸，你看人家大医院，人就是多！"我瞧见人群如潮水般地向大厅涌入，黑压压的一片。我吁了口气，眨了眨眼，轻声说道："唉，是病是苦。"女儿让我坐在旁边椅子上等会，她帮我去排队、挂号。约30分钟之后，我怀揣着包里的两万块，忐忑不安地进了甲状腺乳腺科。

坐诊的医生是位中年男子，面善、体胖。他伸出右手，示意我坐下。在看了我的检查报告后，慈祥地笑着对我说："目前没有什么事，你每半年检查一次，只要结节不再长大，就别害怕。今后不要吸烟、饮酒，注意饮食和休息，同时放松心情。"

医生的话，让我一时竟不敢相信自己的耳朵，可笼罩心头的雾霾却烟消云散！不知怎么眼睛也有些濡湿。我生怕听错，便心生疑窦地问："医生，真的不用手术了？"

"不用、不用，定期检查……"他说着又冲我慈祥地笑了笑。

带着满心欢喜，和女儿从医院出来，明媚的春光照在我俩的脸上，我顿生惬意，摸摸包里的两万块，邮递员送信——原封不动！想不到两千年前"杏林春暖"的故事，在苏北医院，在我身上重演，心中喜悦之情无法言表，顿时精神焕然一新。父女俩还游逛了瘦西湖。

人们常说，天上的"北斗星"，是为所有星星指引方向的。这次难忘的经历，苏北医院便成了我全家乃至亲朋好友患病治疗，指引方向的"北斗星"。

前年二叔老胃病发作，去年女儿眼疾以及好友腿痛，均在我引荐下，在苏北医院治愈的。术后，他们还与我分享了发生在医生和护士身上，许多医德仁术的故事。今年四月，我身体某部位查出癌细胞值超高，尽管有人劝我去宁、沪治疗，而我却首选了苏北医院。一周后,医生为我做了活检穿刺,结果出乎所有人意料,让我犹如中了彩票大奖一样快乐——虚惊一场。

　　诚然,人吃五谷杂粮,哪有不生灾害病的。再说,随着我年岁渐大,身体犹如破旧的汽车,需要定期检查保养。那么,我就去拜会患者心中的"北斗星"呗!

从头再来

在那个五彩斑斓、百花盛开的春天,身为共产党员的农电工钟诚和风姿绰约的卞琴结为伉俪。

他俩"爱的小巢"落户在市郊的月圆苑。婚后他陪她的时间却与日俱少。卞琴觉得老公自加入"共产党员服务队"后,偶尔深夜外出抢修,有时回家脚都不洗就倒床就睡。新婚宴尔的她不仅心中窝火,且饱尝了几多寂寞。

初夏的一天,逢卞琴过生日,钟诚在集镇上买好蛋糕匆匆回家里。天色将晚,窗外蛙声阵阵,碧荷飘香;室内俊男靓女,情意绵绵。熄灭电灯,插上蜡烛。"琴,Happy birthday to you!"他的双眸里闪着深情祝福着。

如此浪漫美妙的时刻,岂料钟诚的手机却响了起来:"小钟啊,我是光明村的金大明,我家的鱼塘没电了,增氧泵用不起来,鱼苗开始'浮头'了,能不能过来帮忙修复?"

"好的,我马上赶到。"钟诚说着瞥了妻子一眼。

"你打电话请电工马斌去呗?"卞琴面带难色地嘟囔道。

"不行,我是共产党员,再说马斌也不熟悉光明村的情况。"钟诚边说边拿起工具包就朝楼梯口小跑。

"我可不做精神乌托邦,你若是现在走,我就与你分手!"不遂心的婚后生活催促卞琴铁青着脸下了最后通牒。

"随便你。"钟诚没好气地消失在夜幕中。

事后，不与她通电话，又硬是不去娘家接。就这样，爱情之花在那火热的季节里凋谢了。

其间，钟诚在"共产党员服务队"表现突出，被推选出来到市里参加"七一"表彰大会。当卞琴在电视中看到昔日的恋人戴红花站在主席台上领奖时，莫名的失落感袭上心头。

劳燕分飞后，钟诚尝到孑然一身的滋味。外卖、大碗面、矿泉水成了他一日三餐的主旋律。有时抢修夜深回家，他孤独地躺在床上，脑海浮现出与卞琴花前月下的情景，心中漾起怅惘的痛楚。

时间最能化解人的恩怨。一日，钟诚掏出手机，试图给卞琴打电话沟通。听到"手机已停机，请查询后再拨"的语音时，他感到绝望了。

一晃两年过去了，"两处茫茫皆不见"的日子还真不好过，再说男子无女不成家。他想在自己的微博上登个"征婚启事"，看能否幸遇意中人。当他在微博上打出"年龄相仿，善解人意，婚否不限"的字样时，竟情不自禁地想到了卞琴。

也许是前世注定的缘分。一天晚上，钟诚在微博上看到有个叫"为情困惑"网友给自己回复：小女子今年28岁，属牛，有婚史，两年前与前夫分手……

"啊"，钟诚心里陡然一惊，前来应征莫非是她？他深谙卞琴今年也是28岁，属牛……世上哪有这般蹊跷的事？他坐在电脑前百感交集。

毕竟自己是男子汉，理应大度包容。钟诚赶紧点击"为情困惑"，她正好在线。遂主动发送消息。

"你好，冒昧地问：你是否两年前居住在市郊的月圆苑？"

"你怎么知道的，你是谁？"

"我是钟诚啊，你出走后，我好想念你啊！"

约莫过了5分钟，对方似乎态度漠然。钟诚回想起婚前的誓言和婚后的忙碌，决定还是趁机给妻子道歉。"琴，都怨我，让你受委屈了，我保证今后抽时间多陪陪你，我们从头再来，原谅我好吗？"

毕竟一日夫妻百日恩。见钟诚认错表白，卞琴也开始回心转意了，回复道："我也任性不该走，有时也会想起你的好，却碍于面子不好意思回家。市里表彰你为民服务的感人事迹我都看到了，现在我终于理解你了。"

看到卞琴此时此刻能理解自己，平素硬铮的钟诚眼泪扑簌簌地直落，双手急不可耐地敲打键盘："那天我抢修着急，懊悔在你生日时没有给你带来快乐。从今往后我会让你幸福一辈子……"

"我当初也是自私任性。现在知道万家灯火的辉煌真有你们的功劳，呵呵！"

"琴，我现在就骑车接你回家！"钟诚飞奔出家门。

刊于2013年10月18日《中国电力报》"文艺沙龙"

龙卷风之后

六月，天气变脸太快。亮得刺眼的太阳被翻滚的乌云泼墨似淹没，天空陡然暗了下来，一阵龙卷风以排山倒海的威力刮起来，天地间仿佛抖动起来。

被龙卷风肆虐的王庄村摧枯拉朽，一片狼藉。一些居民大树连根拔起，许多人家屋顶撕裂坍塌，村庄主干供电线路东倒西歪，满目疮痍的龙卷风残景，使人感到自然灾害的不可抗力。

王峻值完夜班，刚在值班记录簿上签名交班时，值班电话却响了，所长吩咐他和9名党员组成突击队，火速修复王家村被龙卷风刮倒的电力线路。

居民们正忙着灾后自救。王峻赶到现场，随即与队员们展开了紧张的抢修，他刚挂上脚扣，就有一个电话打来。他一脸惊愕，皱了皱眉头，语无伦次地说："好、好，我、我马上、马上就来！"

王峻按住手机挥动两下，慌慌张张地对队员们说："你们先将主干线修复，我有事先去一下。"

此时，张大娘迎面跑上来说道："王师傅，我家的电线被风刮断了，你来了正好，顺便搭一下。"

王峻焦急地说："大娘，我真有急事！"

"王师傅，我们乡里乡亲的，老头子身体不好，等电呢……"

张大娘说着一把抓住他的手，带着协商口气说："王师傅，麻烦了，这两天老头子哮喘，早点接上电，空调就制冷了。"

王峻无奈地搬来梯子，并叫一名抢修队员过来监护，然后"噔噔噔"几步窜上屋檐，手机却又响了起来，但他只顾用钳子剥开线头，交叉连接，然后用胶布包裹好。

王峻爬下梯子，掸了掸身上的灰尘，重重地叹了口气，卸下工具包，大步跨上摩托车。

"不好了，不好了，李老太昏睡地上了，救命啊……"人群中不知谁呼喊。

王峻循声望去，不远处有一群人围在一起，七嘴八舌地议论着。他皱眉犹豫片刻，咬了咬嘴唇，像一头公牛疯狂地奔跑过去。

他推开人群，清癯的老太躺在地上，不省人事。她眼球凹陷，双眼紧闭，脸色苍白，看样子可能是受到严重刺激引起的休克。

"她儿媳都出去打工了，老太看到家中的屋顶被龙卷风掀翻了，急得直哆嗦，然后就瘫倒在地。"邻居老周指着昏迷的老太，满脸无奈地说。

王峻挥手散开人群，连忙摘下安全帽，蹲下来，伸出右手按老太的脉搏，微弱，扒开眼睑，瞳孔并没有放大。但老太随时可能猝死，必须尽快抢救！他随即跪下一条腿给老太实施人工呼吸。

王峻口袋中的手机又一次响起，可他仿佛没有听见。正对李老太吹气时，口中不知怎么吐出异物，呛得泪水直流，他咳了两声，又鼓起嘴巴有条不紊地施救。五分钟过去了，李老太仍然没有苏醒，他的手机一声紧似一声地响个不停，可他兀自不停，额头上的汗珠慢慢开始滑落，一滴一滴地掉到地上……

时间一分一秒地流逝，王峻涨红着脸喘着粗气，依旧不停地抢救。人群中议论纷纷，有人还拨打了120。

忽然，李老太身子动弹一下，浑浊的眼睛微微睁开了。王峻一把扶老太坐起来，用热毛巾敷在脑门上，并叫人端来糖水。

不一会儿，救护车来了，王峻又与医生一起将老太扶上车。

老太被送进2楼的住院部治疗，前来检查的医生笑着对王峻说："你母亲命大，不是你做人工呼吸，早就没命了。"

"我母亲，我母亲，她在9楼的ICU重症监护室抢救呢！"王峻强忍内心的恐惧，濡湿的大眼睛眨巴着对医生嘱托了几句，不等医生回话，就转身发疯似的向9楼飞奔……

王峻跟跟跄跄地推开9楼的门，一位护士正拉起白床单，给故去的人遮面。他头脑一片空白，愣怔在那儿，护士缓步轻声地告诉王峻："你母亲走了，节哀顺变吧！"

王峻蓦然扑向病床，掀起白床单，抱着母亲，泪如雨下，使劲地摇晃，沙哑的喉咙呼天抢地："妈妈，妈妈呀！为什么不等儿子一会儿呢？"

一旁的妻子啜泣着告诉王峻，妈妈走的时候神态安详，口中断断续续地说，你一定在救灾现场，为老百姓修电，自古忠孝难双全，她不怪你……

王进，我为你自豪！

看了《大国工匠》系列节目《行走在特高压线上的人——王进》，我的心久久不能平静，被王进精湛的技艺和不畏艰险排除万难的精神深深感动。"王进，我为你自豪！"我心中蓦然涌起这7个字。

视频中的王进戴着眼镜，身着屏蔽服，头戴安全帽，轻松地行走在接近60层楼高的塔顶上。他娴熟地攀爬886根脚钉，出现在1000千伏特高压交流输变电山东段，带领工友们做通电前的最后验收。

身为国网山东电力检修公司带电作业组组长，王进在日常工作中，经过千万次反复实验，凭借过硬本领，创造了一个又一个奇迹，用心"啃"下当今世界电压等级最高、容量最大、输送距离最远的输变电工程的检修作业，保障了千家万户的可靠用电。他在平凡岗位上追求极致，体现了大国工匠的情怀，也体现了国家电网公司员工的责任担当。

王进不仅能在138米高空晃动的导线上挑战，还能双手脱离导线工作，仅凭导线发出的电晕声音，就能够判断出直径不超过两毫米细的微小铝线哪里有损伤，以及损伤的程度。此外，王进还和他的团队用一年时间，创造了中国660千伏超高压电网带电检修中的"秋千法"，虽说此法可行性最高，但是对带电检修的工人挑战也最大，一旦防护不到位，就可能被强电流击中。"再危险的工作，总得有人去干。"王进对着镜头说出的这句再朴实不过的话，让人感受到他的毅力、担当和不畏艰险的品行。

从事如此高危行当，他的家人开始并不知情。每次检修，当站在导线上，就有很大的"嗞嗞"放电声不停在耳边响起，这本身对人的心理也是一种考验。可王进就是在这样的工作环境下练就了一身本领，他以自己对职业、对技术的坚守和热爱，不懈努力，永不放弃，最终和他的团队获得国家科技进步二等奖，也赢得了家人的理解和同事的赞扬。

镜头中的王进，在高空中屏气凝神地检修，他从容不迫的身影，令我敬佩有加。试问，高空危险会随时随地发生，谁不想在室内养尊处优？王进始终执着前行，用智慧的头脑，勤勉敬业的精神和一丝不苟的工作态度，书写着大国工匠的风采。

无疑，王进的精湛技艺和积极探索的精神令人叹服，他是国家电网人的骄傲，是一线杰出劳动者的代表，他身上所展现的蓬勃向上的正能量，将激励千千万万个国家电网人兑现"你用电我用心"的服务承诺。

王进，我为你自豪！为你喝彩！向你致敬，书写《大国工匠》的国家电网人！

刊于2016年10月11日《国家电网报》

尴尬的生日宴会

烟雾弥漫的大厅内,环境先生即将举行生日宴会。有环保意识的来宾们少得可怜。100 平方米的大厅只来了十几个人。

风第一个到场,且以迅雷不及掩耳之势窝火而来。他皱着眉头对空气大哥说:"烟雾太呛人了,叫人怎么受得了?!""兄弟,你看我全身是病,医生诊断,PM 值严重超标,要怪,全怪害人的金钱!"空气猝然脸色变白,拉大嗓门咳出血丝。

一旁的水先生发话了:"不能全怪金钱,要怪就贪婪的人类!金钱纵有金刚不坏之身,也经不住人类离经叛道的折磨!我现在全身皮肤就是一个字,黑!回想当年的'绿',我无脸见人。唉!"水先生捂着脸愤愤不平。

面容憔悴的金钱见水先生关键时刻的帮腔,动情地晃着脑袋嘟囔道:"不说了,兄弟们,我连死的念头都有了,远的不说,就在昨晚,化工厂的赵厂长将我五花大绑,悄悄地送给环保局的张局长,这个死胖子竟将我深埋在地窖里,差点闷死老子。"

他们的议论像是诉苦大会。此时,前来祝贺的亲朋好友陆续走进大厅。

"Happy birthday to you!Happy birthday to you!"……乐曲响起,宾朋附和着并纷纷鼓掌。

由于迟迟不见环境先生,宾朋开始交头接耳,有的说环境的架子太大,有的说环境不明事理,也有的说要打道回府。须臾,大厅内一片哗然。

就在这时,环境的助手上台鞠躬并大声宣布:"诸位,环境先生来不了了!一星期前,他因雾霾患了哮喘病,现住院治疗,生死未卜。心力交瘁的他让我捎句话:请大家好自为之,珍爱环境,因为地球最后的一滴水就是人类的眼泪!"

听罢,风、空气和水三位像犯错的孩子一样羞愧地坐桌上,其他的宾朋们哪有心情品尝餐桌上美酒佳肴,大家左右为难,面如土色,踌躇不知去留。

突然,"吱"的一声,金钱飞到台上猛敲桌子:"诸位,你们不能再做'冬烘先生'了,更不能为我不择手段。君子爱财,取之有道。你们要倡导绿色低碳生活,宁要绿水青山,不要金山银山。如果再这样破坏生存环境,最终不是搬起石头砸自己的脚吗?"

风、水、空气等听了后觉得很委屈,心想,我们本是无辜的啊,是人类让我们担了不该担的罪名。

刊于2014年4月11年《中国电力报》

抢红包

身为"潜水界"翘楚的常进财近来收入不菲，频发红包财。

一日中午，常进财与阿弥陀佛群的几名网友吃饭。觥筹交错之余，他瞧见身旁的网友朝阳不时地发着数额可观的红包。便故意欹侧身子，乜了一眼。他倏地站起来，端着酒杯，露出一丝不易察觉的狡黠笑容，说，兄弟，带我玩玩啊！

朝阳脸颊泛红，腼腆地回了句，没事、没事，我加你微信呗。

夜幕降临，华灯初上。常进财没有像往常一样陪妻子散步，而是径直进房间，悄悄地关上房门，双膝盘坐在床上，掏出手机，快速刷屏。此时此刻，阿弥陀佛群的网友正在相互发红包取乐呢。

"红包！太好了！"常进财眼明手快地点击红包，心怀觊觎地刷屏，口中念念有词。忽然，他低首蹙眉，映入眼帘的红包上赫然注有"修佛修心"字样。

"修佛修心，哼，我只管修财！"常进财翕动嘴巴，得意地嘟哝着。他不管三七二十一，刷，十元；再刷，三十元……常进财兴奋得摇头晃脑，抖动两髀。

"呀，有来无往非礼也！"常进财眨巴眼，挠挠头。眉头一皱，计上心来。遂从手机相册中找了张自己曾和某位老总握手言欢的照片，发到群中试图提升自己的名望。

这招果然奏效。不消二分钟，网友春风主动与他搭讪；接着，美女彩云还和他进入了私聊模式。

　　这可把常进财乐坏了，手舞足蹈地在床上跳起来，也不知道他跳的是哪家舞蹈。他忘情地跳着、跳着不禁唱道："今天是个好日子……"

　　突然，咔嚓一声，常进财猝不及防摔倒在地。他贪图便宜买的劣质床板断裂了。

　　常进财连忙擦拭鼻子上的血迹，瘸着发麻的腿跟跄着，找到飞出几米外的手机，上面清晰地写着一行字：阿弥陀佛，本群主见你贪心未改，见财起意，故踢出此群。阿弥陀佛，善哉……

　　常进财铁青着脸，愁眉苦恼地说："我的酒钱还没有捞回呢……"

刊于 2016 年 5 月 3 日《高邮日报》

月上柳梢头

傍晚，月光如水流般地泻在阳台的迎春花上，将疏疏朗朗的黄叶照得生动妩媚，宁婷上前闻了闻，一股清香充溢鼻腔。今天是元宵节，也是她和老公定情的日子，想着想着，她脸颊泛起红晕。

宁婷驻足凝视，眨了下眼皮，转身来到厨房，系好围裙，扭动液化气开关，熟练地将焯好排骨放在热油锅中，加糖，炒几铲，然后倒入料酒、酱油和醋，再往锅内加些许排骨汤。她知道，再用大火炖 20 分钟，最后起锅时以醋烹调，洒上芝麻，这是老公最喜欢吃的一道菜。

趁烧菜的空隙，她掏出手机瞟一眼，清一色的新冠肺炎消息，诸如武汉疫情通报，多地采取一级响应等。倏地，扭头瞧见锅盖边的热气氤氲，听到锅里咕嘟咕嘟声，却听不见老公的开门声，心里有些烦躁。早上，去供电公司抢修中心值班的老公出门时，还笑嘻嘻说，晚上回家陪你一起看月亮。他俩从相识到结婚三年来，每年的元宵节都在"月上柳梢头"的时候，两人依偎看如水的月光赏月，如胶似漆，说甜言蜜语，可怎么到现在还不回家呢。

宁婷打开微信想给老公发信息，可转念一想，老公开着车，不便干扰。而糖醋排骨到了起锅的时候，仍不见开门声，她柳眉横竖地蹙着，带着怨气蓦然关掉液化气，快步跑到阳台上。此时月亮长高了，照得迎春花影影绰绰，她无心欣赏，急切地将头伸向窗外，向停车位上张望。

车位仍然空着，就像宁婷空荡荡的心。踱步沉思的她，突然拍打脑门，想起一件事，春节前的那天晚上，老公参加同学聚会回家后，醉眼蒙眬地告诉她，班上大一班的王小莉曾经暗恋过他，在同学的怂恿下，喝了酒的他们还互加了微信。分别时王小莉不忘向他轻轻地挥手，回眸一笑。当时她也没往心里去。可这段日子，老公常以春节疫情，居民宅家，用电负荷激增，抢修班任务繁重为借口，不按时回家。

窗外，月亮一点一点长高；室内，宁婷胸口愈来愈发闷。她眉头紧锁地捋了捋发际，陷入深思，老公平时是多么的爱自己，就连衣服都抢着洗。他可是抢修中心的业务骨干，入党积极分子，即使想和那个王小莉约会，也不会选择今晚啊。想到这里，她摇摇头，无力地坐在沙发上，心神恍惚地打开电视。

映入眼帘的广告，宁婷觉得索然无味，有些茫然。于是，再调频道。突然，她眼睛一亮，市级快讯上，出现了电力工人抢修的新闻。禁不住心里一颤，眼睛直勾勾地看着电视，电视台记者手持麦克风，佩戴口罩，正在做现场直播："各位市民，就在刚才，由于渣土车将10千伏人医线3号电杆撞断，造成商品街、市政府、人民医院和工商银行失电，张市长率领公安干警也赶到现场，肇事驾驶员已被控制。当前疫情蔓延，市供电公司抢修中心9名抢修人员在第一时间赶到现场，组织抢修。据该中心赵主任透露，不到一小时就能恢复供电，请大家克服困难。下面我将直播画面撤换到事故抢修现场。"

月上中天，温柔皎洁。宁婷依稀可见高高的电杆上，月光下出现两人抢修的人影，而那个头戴安全帽，清瘦的身影，尽管面部被口罩遮挡，可那双闪着星光的大眼睛，她永远也忘记不了。

四年前元宵节的月亮下，就是这双闪着星光的大眼睛，魅力十足，深深地迷住了她……杆下，现场围观一群人，旁边停着电力抢修车和大吊车，大吊车的臂膀伸着。电杆周边围着红白相间的安全栅栏。

宁婷不由得站起身，目不转睛地看着，电视呈现了立体画面。地面，赵主任在挥舞着手，用对讲机呐喊，有条不紊地指挥。杆上，老公站在脚扣上，靠拢电杆的顶端，在执行赵主任的指令，他时而挪动角铁，时而扳着螺丝，与另一名抢修队员默契神会，在紧张地抢修。此时，天空明亮的月光，地面闪烁的探照灯，将他们的身影照射得犹如电视上看皮影戏一般。

由于市民们盼电，电视中不时地出现街上的店铺有人探出身子，张张望望的，还有人说："电力工人也是最美的逆行者！"莫约一刻钟，老公和另外一名抢修队员，踩着脚扣，蹭蹭蹭爬下电杆，随着一次性送电成功，现场欢声笑语。只见张市长转身对赵主任微笑着说，你们电力工人及时为医院恢复送电，挽救了新冠肺炎的患者，市里要为你们记功！不等张市长说完，现场响起了春雷般的掌声。

柔和的月光从阳台上泻入沙发上，将室内缀得斑驳陆离。蓦地，宁婷关掉电视，大步流星地跑到厨房，继续去做老公最喜爱吃的糖醋排骨。"老公从人民医院开车到家也就10分钟的车程，现在快要深夜了，肚子肯定早已闹革命了，没有人比我更懂你！"她喃喃地说着，眼里竟有一股液体流出。此时，月光下的夜晚，烘托出一片祥瑞静寂，映射得她楚楚动人。

后记

《在路上》是我从十余年来近二十万字发表文章中遴选出来结集的一部散文集。

人到中年后,回望走过的历程,童年的纯真、少年的懵懂、青春的恣意竟历历在目。而我年少丧母,青年丧父,交友不慎,时运不齐,命途多舛,饱尝生活艰辛和世态炎凉,那是我人生最灰暗的时光。

时间改变人的不仅是容颜,更是心智。每当夜幕降临,我便思考自己的人生。我虽说遭遇生活坎坷,但我比别的农村孩子幸运多了。在我儿时,旧学深厚的父亲便教我如何多读书,懂礼节,知自省。于是,闲暇时光,我便重拾书籍,充实自己的精神生活,太史公的宫刑、史铁生的残疾、普希金的流放……他们都没有丧失生活的希望和斗志,比起他们,我这点挫折算什么呢。

随着年龄的增长、阅读的广泛,我便有了写作的冲动,从《高邮日报》《扬州晚报》到后来的《解放日报》,从《珠湖》到《青春》《脊梁》,从高邮供电公司网站到《中国电力报》《国家电网报》,也有少数文章入选书籍和百度教育平台,后被学习强国平台、《散文选刊》刊登。于是,我便多了作家的名头。其实,这些年,每当别人称我老师的时候,我会报报然,默默地说,我不是老师。因为,我知道自己的斤两,既不是科班出身,也不是中文系毕业,所掌握的知识只是沧海一粟,充其量只是文学爱好者，只是用心记录生活点滴而已。我至今都不敢说我自己是个作家。

　　人们常说，文如其人，我性格率真。《在路上》不注重写作手法，当然，更不会炫技。收录的 90 多篇文章，以朴实的文风、真情的讲述，力求让每位读者能回眸那飞逝的光阴，感叹人生的变化，内心充盈着温馨情愫，用情感人，把心交给读者，能对自己良心有所拷问。其中有父母作为孩子第一任者老师的谆谆教诲，有自己在生活中跑步、学车、旅游等成长历程，也有我远赴西藏采访电力工人以及在扬州、宜兴、高邮等地采写的故事。

　　尽管自己在主观上总是希冀努力编写好，可总是不能如愿，原因是多方面的，鄙人水平受囿，腹笥贫瘠，对一些采访的故事，也许并不能完全反映主人公的精神内核。后来，老屋拆迁，一些文本散失。可唯一能够保持着的，恰恰是一份敝帚自珍的心情罢了，等自己垂暮之年，晒着太阳，翻阅这本谬误颇多的小册子，一定会幸福满满。虽说，它在汗牛充栋的书籍中也没有什么位置，但能成为关心、帮助、鼓励我之人的谈资笑料，无论是褒是贬，皆是对我的厚贶！

　　克尔凯郭尔说，人生只能向后理解，但必须向前生活。明年，我即将告别职业生涯，和自己心爱的企业告别了。但是，写作是一辈子的事，我不会因为退休而搁笔，因为，我热爱文学，是文学让我懂得了什么是人生，什么是生活。我深谙自己不是写作的料子，更写不出传世作品，但热爱文学的初心，永远不会丢，是文学照亮了我的人生和生活！

　　欣逢《在路上》即将问世，我的内心是驿动的、感激的，就像一位待字闺中的女子，对未来充满憧憬和希望。恳请各位方家不吝赐教，是你们的关心关爱，才有了这本小册子的付梓。

　　《在路上》得到国网高邮市供电公司党委、工会，得到江苏省电力作家协会，得到扬州市作家协会，得到高邮市文联、作协的关心支持！中国电力作家协会副主席、江苏省电力作家协会主席、著名作家王啸峰先生拨冗作序言，给予提携鼓励，为小册子增色添彩。

《在路上》的出版得到关心我的各位领导、老师和朋友的无私帮助。在此，一并谢忱！

新书出版，我心怀感恩，感谢有你。一路上有你，我的人生更精彩。

——甲辰年初夏于寒舍